ASTRID LEHMANN

Nur ein kurzer Sommer

ÜBER GRENZEN HINWEG Bretagne, Juni 1940. Durch die Küsten-
stadt Vannes dröhnen die Motoren der heranrückenden Wehrmacht, während die junge Bretonin Anne-Marie in einem Klosterkrankenhaus bei der
Geburt ihrer Tochter ums Überleben kämpft. Unter den deutschen Soldaten
befindet sich der frisch ausgebildete Arzt Helmut, dem es in höchster Not
gelingt, Mutter und Kind zu retten. Anne-Marie, wegen ihrer unehelichen
Schwangerschaft von ihrer Familie verstoßen, und Helmut, vom Krieg traumatisiert, kommen sich näher, spenden sich Trost. Hat ihre Liebe inmitten
dieses Wahnsinns eine Chance? Zur gleichen Zeit spürt der sechsjährige
Emil wenig vom Krieg. Mit seinen Eltern lebt er auf einem abgelegenen
Bauernhof in der Nähe von Baden-Baden. Er hilft der strengen Mutter bei
der Landwirtschaft und lernt vom blinden Vater alles über die Natur, bis eine
Katastrophe alles zerstört. 1962 lebt Emil in Freiburg. Noch immer leidet er
unter den Folgen des Erlebten. Da stößt er auf Spuren eines Geheimnisses,
das seine Familie mit der Bretagne verbindet.

© privat

*Nach einer kurzen Kindheit in Frankreich und einer etwas
längeren Jugend im Schwarzwald hat Astrid Lehmann auf
drei Kontinenten in großen Metropolen gelebt und gearbeitet. Nach vielen Jahren in der Ferne ist die Autorin und
Wildpflanzenpädagogin vor über fünfzehn Jahren in den
Schwarzwald zurückgekehrt, wo sie ihre ganz persönliche
Heimat gefunden hat. Am liebsten ist sie zu Fuß unterwegs,
um ganz einzutauchen in die kleinen Schönheiten am Wegesrand. In der Natur sprießen auch die Ideen für ihre Geschichten.*
www.astridlehmann.de

ASTRID LEHMANN

Nur ein kurzer Sommer

Eine Liebe in der Bretagne

GMEINER

Immer informiert

Spannung pur – mit unserem Newsletter informieren wir Sie
regelmäßig über Wissenswertes aus unserer Bücherwelt.

Gefällt mir!

Facebook: @Gmeiner.Verlag
Instagram: @gmeinerverlag

Besuchen Sie uns im Internet:
www.gmeiner-verlag.de

© 2025 – Gmeiner-Verlag GmbH
Im Ehnried 5, 88605 Meßkirch
Telefon 0 75 75 / 20 95 - 0
info@gmeiner-verlag.de
Alle Rechte vorbehalten
1. Auflage 2025

Lektorat: Daniel Abt
Satz: Mirjam Hecht
Umschlaggestaltung: U.O.R.G. Lutz Eberle, Stuttgart
unter Verwendung eines Fotos von: © RolfSt / iStock.com
Druck: GGP Media GmbH, Pößneck
Printed in Germany
ISBN 978-3-8392-0810-6

Für Günther
Du hast mir Flügel geschenkt,
damit ich zu meinen Träumen fliegen kann.

Le dormeur du val
1870

C'est un trou de verdure où chante une rivière
Accrochant follement aux herbes des haillons
D'argent ; où le soleil, de la montagne fière,
Luit : c'est un petit val qui mousse de rayons.

Un soldat jeune, bouche ouverte, tête nue,
Et la nuque baignant dans le frais cresson bleu,
Dort ; il est étendu dans l'herbe, sous la nue,
Pâle dans son lit vert où la lumière pleut.

Les pieds dans les glaïeuls, il dort. Souriant comme
Sourirait un enfant malade, il fait un somme :
Nature, berce-le chaudement : il a froid.

Les parfums ne font pas frissonner sa narine ;
Il dort dans le soleil, la main sur sa poitrine
Tranquille. Il a deux trous rouges au côté droit.

Arthur Rimbaud
französischer Dichter
(1854–1891)

6

Der Schläfer im Tal

In einer grünen Mulde ein Bächlein singt,
das wild das Gras mit Silberstaub umhüllt.
Vom stolzen Berge glüht die Sonne,
ein kleines Tal, vom Strahlenglanz durchtränkt.

Ein junger Soldat, mit offenem Mund und hoher Stirn,
den Hals im kühlen Grün gebettet,
die Beine ausgestreckt, schläft blass
auf der vom Licht umrieselten Wiese.

Die Füße in den Wasserlilien, er ruht.
Ein Lächeln umzieht seinen Mund,
traurig, wie das eines kranken Kindes.
Natur, wiege ihn warm, ihm ist kalt.

Die Düfte riecht er nimmermehr.
Er schläft in der Sonne, seine Hand verharrt
ruhig auf der Brust,
aus der das Blut sich ergießt.

Erster Teil

Kapitel 1

Bernadette

»*Mon Dieu*, die Deutschen kommen. Pressen Sie, *Mademoiselle*, pressen Sie!«

Die weit ausgezogenen Spitzen der weißen Flügelhaube flatterten nervös umher, als hätte eine Möwe auf dem Kopf der Nonne Platz genommen und würde mit wildem Flügelschlag Angreifer abwehren wollen. Schwester Bernadettes glasige Glubschaugen traten noch weiter hervor und sprangen fahrig von einem Ende des Raumes zum anderen. In ihnen lag nackte Angst. Rastlos schaute die Nonne zur Tür, bekreuzigte sich hektisch und widmete sich wieder der Gebärenden, die apathisch auf dem Krankenhausbett lag.

Gestern Abend war das verschreckte Mädchen zu ihnen gekommen. Es bestand nur aus Knochen, bis auf den kugelrunden Bauch, den es fest umschlungen gehalten hatte. Bereits zu diesem Zeitpunkt hatten Wehen den Körper durchzuckt. Die junge Frau hatte sich gekrümmt und leise gewimmert. Auf die Frage, wo denn der Vater des Kindes sei, hatte sie angefangen zu schluchzen und den Kopf geschüttelt. Es gab keinen Vater. Zumindest keinen offiziellen. Schwester Bernadette seufzte laut, als sie über das schändliche Treiben nachdachte. Es waren schreckliche Zeiten, in denen sich die Sitten in Luft auflösten. Was hatte sie im vergangenen Jahr alles erleben müssen … Vor allem die letzten Wochen waren furchterregend gewesen. Es verging kein Tag, an dem nicht vom Vorrücken der deutschen Truppen berichtet wurde. Ausgerechnet im Marienmonat Mai hatten die germanischen Barbaren große Teile Frankreichs überrannt. Vor einigen Tagen hatten sie die Bretagne erreicht. Etwas mehr als einen Monat hatten sie gebraucht, um sich Frankreich einzuverleiben. Die französische Armee war geflohen, panisch und unkontrolliert. Maréchal Pétain hatte die Franzosen zur Niederlegung der Waffen aufgerufen. Welche Schmach!

Seitdem war der stete Strom von Flüchtlingen weiter angeschwollen. Ausgezehrte Frauen mit gepressten Lippen, verschreckte Kinder mit greisen Gesichtern, bucklige Alte mit schwankendem Gang. Manche von ihnen waren wandelnde Kleiderschränke, die alles am Leib trugen, was sie anzuziehen hatten. Ihr wertvollstes Hab und Gut stapelten sie auf Handkarren, die sie unter größter Kraftanstrengung hinter sich herzogen. Ein ganzes Leben in Bewegung. Wohin auch immer. Die Zukunft aller Franzosen war ungewiss.

Auf dem gepflasterten Hof der Krankenstation hatten die Nonnen eine Suppenküche eingerichtet. Tag und Nacht köchelte in einem großen Kessel auf einer behelfsmäßig zusammengemauerten Feuerstelle eine wässrige Gemüsesuppe, die den ausgehungerten und übermüdeten Menschen Kraft spenden sollte. Manche legten nur eine kurze Rast ein, andere schliefen einige Stunden an die Wand des Gebäudes gelehnt. Bevor sie sich zurück in den Strom der

Flüchtlinge einreihten und weiterzogen, erzählten sie grausige Geschichten. So hatten die Nonnen erfahren, dass Rennes, die Hauptstadt der Bretagne, vor vier Tagen gefallen war. Man munkelte, dass am Vortag der Invasion ein höllischer Bombenangriff Hunderte von Menschen das Leben gekostet hatte. Die Zeitungen berichteten lediglich von wenigen Toten. Heute hatte sie die Schreckensnachricht erreicht, dass die Besetzung Vannes' kurz bevorstand. Seit gestern wehte vorsorglich die weiße Flagge auf dem Glockenturm des Rathauses – noch bevor ein einziger Deutscher gesichtet worden war. Mit der Ankunft des Feindes war jeden Augenblick zu rechnen.

Zunächst hatte Schwester Bernadette angenommen, dass die Geburt schnell verlaufen würde, schließlich waren die Wehen am Vorabend bereits regelmäßig gewesen. Doch mit jeder Stunde, die vorangeschritten war, wurden die Krämpfe der jungen Frau schwächer und die Angst der Nonne wuchs. In der Nacht, als eine gespenstische Stille in den Gängen geherrscht hatte und die Luft elektrisiert zu sein schien, war sie sicher gewesen, dass mit der Geburt etwas nicht stimmte. Dann hatte das laute Donnern der deutschen Geschütze eingesetzt, das seitdem nicht mehr verebbt war. Jetzt warf die Sommersonne zu allem Überfluss ein zitronengelbes Licht über die Fachwerkstadt, als hieße sie die deutschen Eindringlinge willkommen.

Schwester Bernadette spürte eine Erschütterung. Der Boden vibrierte beständig und die Fensterscheiben fingen zu zittern an. Die Gedärme der Erde brodelten. Durch das Zimmerfenster konnte die Nonne auf den inneren Hof blicken, wo an langen Wäscheleinen Bettlaken hingen. Ein blütenreines Weiß, das im Wind flatterte und Frische verhieß. Wie absurd angesichts der Bedrohung, dachte Schwester Bernadette. Das Beben ließ nicht nach, zusätzlich vernahm sie laute Motorengeräusche. Rollten deutsche Panzer auf ihr Klostergebäude zu? Augenblicklich steigerte sich die Panik ins Unermessliche. Den Deutschen eilte ein grausamer Ruf voraus. Von brutaler Rücksichtslosigkeit war die Rede, von Plünderungen und der Belästigung junger Frauen. Sogar von der Erschießung von Zivilisten. Vor drei Tagen hatten sie einen Vater von sechs jungen Kindern erschossen. In der Nähe von Pontivy hatte der mutige Mann feindliche Truppen vorrücken sehen und die Soldaten mit Steinen beworfen. Wenige Sekunden später hatte er tot auf der Straße gelegen. Die Neuigkeit hatte sich wie ein Lauffeuer verbreitet und die Bevölkerung in Schrecken versetzt.

Die Gebärende schien von dem Grollen und den steten Erschütterungen nichts mitzubekommen. Nach endlosen Stunden des Leidens war sie am Ende ihrer Kräfte und gab kein Lebenszeichen von sich bis auf ein flaches Atmen, das ihre Brust leicht anhob und senkte. Sie war mehr tot als lebendig. Da half auch der liebevolle Blick nicht, den die heilige Muttergottes von ihrem erhabenen Sockel aus auf die Frau richtete. Voller Güte und Vergebung schaute sie auf die junge Sünderin herab.

Vom Flur her tönten hektische Schritte und aufgeregte Schreie.

»*Mon Dieu*, das müssen die Deutschen sein!«

Hastig griff sie nach den Schultern der Schwangeren und schüttelte den leblosen Körper.

Das Mädchen reagierte nicht.

Schwester Bernadette ließ den schmächtigen Leib los. Wie eine Feder senkte er sich auf das Bett. So leicht, so zerbrechlich. Mit der rechten Hand holte die Nonne aus und ließ eine Ohrfeige auf die Wange der jungen Frau sausen. »Pressen Sie, *Mademoiselle*! Als Sie sich vergnügt haben, waren Sie auch nicht so zimperlich!« Sie erkannte ihre eigene Stimme nicht. Schrill wie eine Pfeife. Die bissige Bemerkung hatte sie sich nicht verkneifen können. Trotz der Angst, trotz der Bedrohung.

Wieder ein Schrei vom Flur, von einer Nonne diesmal. Eine Tür schlug zu. Bernadette nahm ihren ganzen Mut zusammen, raffte ihre Kutte und blickte ein letztes Mal auf die Schwangere. Hier kann ich nicht mehr helfen, die junge Frau und das Kind sind verloren, redete sie sich in Gedanken zu. Sie bekreuzigte sich. Dann trat sie auf den Flur hinaus und blickte durch das Fenster an der Vorderseite des Gebäudes. Bilder zwangen sich gewaltsam in ihre Augen.

Zwei Panzer mit offenen Luken, die Panzerführer standen im Turm, eine Fülle an Motorrädern, eine Flut an Soldaten mit angelegten Gewehren. Die Szenerie unglaublich langsam, wie eingefroren. Da rannte Schwester Alphonsine ihr entgegen und fiel ihr in die Arme, zerbrach den Moment. Hinter ihr marschierte eine Handvoll deutscher Soldaten. Selbstbewusster Gang, dunkle Uniform, kalter Blick, das stolze Auftreten von Besatzern. Eine Armeslänge vor den beiden Nonnen blieben sie stehen.

»Wer hat hier die Verantwortung?« Der Mann hatte in tadellosem Französisch gesprochen. Lediglich ein leichter, harter Akzent verriet seine Herkunft. Seine Schirmmütze war ein wenig zur Seite geneigt, darunter schauten zwei Eiskristalle abwechselnd auf die Schwestern.

Schwester Bernadette schob Alphonsine beiseite, räusperte sich und antwortete: »Ich, *Monsieur.*«

Ihre schlimmsten Befürchtungen waren wahr geworden. Der Feind stand vor ihr. Die Dämonen waren aus der Hölle gekrochen und hatten in Form deutscher Soldaten ihre Welt eingenommen. Sie spürte, wie sich die kurzen Fingernägel ihrer gefalteten Hände in ihre Knöchel bohrten. Ihre Lider hatten sich erneut selbstständig gemacht und zuckten wild. Einen Herzschlag lang schloss sie die Augen und zwang sich zu atmen.

»Schwester …?«

Mit seiner Frage hatte er seine Augenbrauen gehoben, sie formten zwei *Accents circonflexes*. Eine aristokratische Arroganz umgab ihn. Er war es gewohnt zu kommandieren, nicht nur zu Kriegszeiten, schoss es Bernadette durch den Kopf. Er war ein hochgewachsener, schlanker Mann mit lang gezogenem Gesicht. An seiner Brust hing eine militärische Auszeichnung, die im Gleichtakt mit seinen Bewegungen baumelte.

»Bernadette«, murmelte sie und fügte rasch hinzu: »Ich bin für das Kloster verantwortlich.«

»Oberleutnant Döring. Arbeiten hier außer den Schwestern noch Ärzte? Oder anderes ziviles männliches Personal?« Der Orden wackelte.

»Nein, wir hatten zwei Ärzte, die uns … verlassen haben.« Bernadettes Gesicht verhärtete sich. Sie brauchte ihm nicht zu sagen, dass beide Ärzte jüdischer Abstammung waren und es vorgezogen hatten, sich ins freie Frankreich durchzuschlagen.

»Meine Männer werden das Kloster und die Krankenstation nach Feinden durchsuchen. Danach bitte ich Sie, alle Kranken in ein Zimmer zu verlegen. Wir werden ein

Ausweichlazarett einrichten. Sie und Ihre Mitschwestern werden uns selbstverständlich helfen, die Verwundeten zu versorgen.«

»Das geht nicht, *Monsieur!* Männer und Frauen sind getrennt untergebracht. Wir können sie nicht gemeinsam in einen Saal legen. Außerdem haben wir eine Gebärende.« Sie presste ihre Ellenbogen gegen ihre Rippen, um das Zittern der gefalteten Hände zu unterdrücken. Sämtliche Luft hatte ihren Körper verlassen.

»Auf Ihre Empfindlichkeiten können wir leider keine Rücksicht nehmen. Einzig ich und meine Männer werden von nun an hier die Befehle erteilen. Haben wir uns verstanden, Schwester Bernadette?« Noch einmal hatten sich seine Augenbrauen zu kleinen spitzen Dächern erhoben. Widerwillig nickte sie, und seine Brauen entspannten sich. Er drehte sich zu seinen Männern um.

»Heinrich übernimmt, Hauptmann Usedom erwartet mich. Wagner, Sie halten die Stellung hier. Sobald wir die Krankenstation durchforstet haben, verschaffen Sie sich einen kurzen Überblick über die Kranken. Nicht dass sich ein französischer Soldat unter den Gebrechlichen versteckt. Wer nicht schwer verletzt ist, wird das Krankenhaus sofort verlassen. Berichterstattung beim Truppenarzt im Militärlazarett.« Sein Tonfall hatte einen scharfen Beiklang.

»Jawohl, Herr Oberleutnant.« Der Angesprochene war stehen geblieben, alle anderen waren ausgeschwärmt.

Schwester Bernadette hatte den jungen Mann bisher nicht wahrgenommen. Seitlich waren seine Haare kurz geschoren, oben schauten widerspenstige kurze braune Locken neben den Rändern seiner grauen Feldmütze hervor. Ein Junge, der besser bei seiner Mutter am Küchentisch sitzen und Kartoffeln schälen sollte, dachte die

Nonne bei seinem Anblick. Seine dunklen Augen hatten eine ungewöhnliche Sanftheit, als hätten sie von der Härte des Krieges nichts gesehen. Eine runde Hornbrille verstärkte sein jugendliches Aussehen. Bernadette war verwundert. Bisher hatte sie sich die Deutschen immer blond, blauäugig und stählern vorgestellt.

Noch einmal richtete der Oberleutnant das Wort an Schwester Bernadette: »Zeigen Sie bitte unserem Hilfsarzt den Materialraum. Wir möchten eine genaue Liste über Medikamente und Verbandszeug. Danach gehen Sie mit ihm die Patienten durch. Auch da benötigen wir eine genaue Aufstellung, wer im Krankenhaus liegt. Name, Anschrift, Familienstand, Krankheit.«

Obwohl er sich höflich ausdrückte und seine Worte in einem erträglichen Ton vorbrachte, prasselten sie auf die Schwester ein. Sie waren schallende Ohrfeigen, die ihre Unerschütterlichkeit ins Wanken brachten. Die Zeiten hatten sich geändert.

Kapitel 2

Vannes, Bretagne

Helmut

Eine bleierne Schwere umhüllte ihn, das Ruckeln des Wagens umnebelte seine Sinne. Was hatte er heute erlebt? Sobald er das Krankenzimmer betreten hatte, hatten sich seine Nackenhärchen aufgestellt. Sofort war ihm bewusst gewesen, dass er schnell handeln musste. Jede Sekunde hatte gezählt. Zuvor waren die Nonne und er im Materialraum gewesen. An Schwester Bernadettes Schlüsselbund hing eine Vielzahl an Schlüsseln, die mit jedem Schritt geklirrt hatten. Fast blind hatte sie die richtigen herangezogen, nach und nach alle Schränke geöffnet und ihren wertvollen Inhalt preisgegeben. Mit Erstaunen stellte er fest, wie gut bestückt die Krankenstation war. Fein säuberlich einsortiert reihten sich Verbände, Kompressen, Desinfektionsmittel, Medikamente und chirurgische Instrumente aneinander. Schwester Bernadette legte ihre devote Haltung ab und verschränkte ihre Arme vor der Brust. Ihre Lippen wurden schmaler, bis nur ein dünner Strich davon blieb. Ihr Körper drückte mit jedem Zentimeter aus, wie wenig sie damit einverstanden war, dem Besatzer ihre Heiligtümer zu überlassen.

»Haben Sie bereits eine Materialliste?« Mit den Händen machte er erklärende Zeichen. Dann lächelte er und

entschuldigte sich für seine mangelnden Sprachkennt-
nisse. Sein holpriges Französisch war seiner Unsicherheit
geschuldet. Die Nonne schüchterte ihn ein, in ihrem Beisein fühlte er sich wie ein Klosterschüler, der dabei ertappt
worden war, feuchte Papierkügelchen auf seine Kameraden zu spucken.

Sie schüttelte den Kopf, verengte die Augen und sah
ihn prüfend an. Der Strich in ihrem Gesicht war länger
geworden. Sie erinnerte ihn an eine Kröte. Vielleicht zwei-
felt sie daran, dass ich Arzt bin, kam es ihm in den Sinn.

»Sie sind Doktor?«

Er hatte sich nicht getäuscht. Auf sein Nicken hin griff
sie ihn am Arm und schaute ihn eindringlich an. »Monsieur, die Liste kann warten. Eine Gebärende liegt im Krankenzimmer nebenan. Ihr Zustand ist kritisch.« Sie ließ ihn
los und deutete mit den Händen den Bauch einer Schwangeren an.

Er hatte verstanden. Sie drehte sich um und forderte
ihn auf, ihr zu folgen.

Die junge Frau lag versunken im Bett, ein weißes Laken
bedeckte ihren dünnen Körper, aus dem sich der geschwol-
lene Bauch wie ein Fremdkörper erhob. Sie war kreide-
bleich, ihre Lider saßen grau in tiefen Höhlen und ver-
harrten bewegungslos. Eine aufgebahrte Tote.

Augenblicklich hatte er diese fast unkontrollierbare
Angst verspürt, die den Raum bis zur Decke füllte und
die Luft verdrängte. Seit Monaten war sie seine ungewollte
Begleiterin. Immer wieder drängte sie sich ihm auf und ließ
sich nur schwer vertreiben. Er hatte Angst, der Situation
nicht gewachsen zu sein, Angst, als Arzt zu versagen. Er
griff an seinen Kragen und öffnete den obersten Knopf,
damit wieder Leben in seinen Körper strömen konnte. Er

wusste, dass er sofort reagieren musste, und schüttelte die Lähmung ab.

Zunächst wusch er sich sorgfältig die Hände in der Schüssel, die auf dem Nachttischchen stand. Dann versuchte er, den Puls der Gebärenden zu ertasten. Schwach flatterte er, unregelmäßig. Schmetterlingsflügelleicht.

»Haben Sie ein Pinard-Rohr?« Seine Stimme versagte. Er räusperte sich und wiederholte seine Frage laut, ohne den Blick von der jungen Frau abzuwenden.

Die Nonne hatte ihm ohne Umschweife das Holzrohr gereicht, mit dem er die Herzschläge des Ungeborenen hören konnte. Er hatte das Laken weggezogen und das Hemd der Schwangeren hochgeschoben. Um die schwachen Herztöne zu vernehmen, hatte er genau hinhören müssen. Das leise Klopfen war ein Weckruf. Mit einem Mal hatte er dieses dringende Gefühl und war ganz der Arzt, den die Situation erforderte. Seine Gedanken hatten ihre Festigkeit wiedergefunden.

»Seit wann liegt die junge Frau hier? Wann haben die Wehen ausgesetzt?«

Er untersuchte die Schwangere kurz und stellte fest, dass das Ungeborene bereits tief in den Geburtskanal gerutscht war. Für einen Kaiserschnitt war es zu spät.

»Gestern Abend stand sie plötzlich vor der Tür. Da hatte sie regelmäßig Wehen. Irgendwann in der Nacht haben sie ausgesetzt. Wann genau, kann ich Ihnen nicht sagen. Vielleicht in den frühen Morgenstunden.« Entschuldigend fügte sie hinzu: »Wir sind nur noch zu dritt in der Krankenstation.«

»Kommen Sie, helfen Sie mir. Die Frau muss auf dem Boden knien und sich mit den Händen auf der Bettkante abstützen.« Er hatte einen befehlenden Ton angenommen, der keine Widerrede zuließ. Er galt vor allem ihm selbst, sollte ihm Mut zusprechen. Nachdem er der Nonne zugenickt hatte, legte er beide Hände unter die Brust der Schwangeren und zog ihren schlaffen Körper vom Bett. Anschließend hatte er der Schwester zu verstehen gegeben, was er von ihr forderte. Während er hinter der Schwangeren stehen und ihren Körper festhalten würde, sollte sie die junge Frau massieren, um auf diese Weise die Wehen zu fördern. Nach einer Zeit, die ihm wie eine Ewigkeit vorkam, spürten sie die ersten Kontraktionen. Zunächst zaghaft, dann immer stärker. Er schöpfte Hoffnung und ein fieberhafter Wille packte ihn, der sich wie heiße Wut anfühlte. Eine Wut auf das Leben, eine Wut auf die Zukunft. Diese Geburt musste einfach gut verlaufen, sie war ein Ausgleich für das Leid und die Schrecken, die er in den letzten Monaten hatte durchleben müssen. Notdürftig geflickte Körper, Luftröhrenschnitte, Schockbekämpfung, Notamputationen, er war sogar Zeuge einer Selbstverstümmelung geworden. Die hässlichen Folgen des Krieges. Sein kurzes Medizinstudium hatte ihn darauf nicht vorbereitet.

Von einem Augenblick zum anderen ging alles ganz schnell. Woher die junge Frau die Kraft nahm, wusste er nicht, aber nach wenigen heftigen Presswehen war das kleine Menschlein auf der Welt. Ein dünnes Ding voller Falten, kaum fünf Pfund wog es, dafür schrie es umso lauter. Als er das kleine Kind zum ersten Mal in den Armen hielt, glaubte er an ein Wunder. Er zählte zehn Finger. Glück durchfuhr ihn. Und Erleichterung, schließlich war es seine erste Geburt, sie traf ihn dazu völlig unvorbereitet. Erst da bemerkte er, wie entkräftet die Nonne und er waren. Für einen Atemzug schauten sie sich an. Das Licht der Anerkennung flackerte einen Moment lang in ihrem Blick. Es freute ihn. Gemeinsam versorgten sie die junge Mutter und ihr Neugeborenes. Schließlich ließ er beide in der Obhut der Schwester, um die anderen Kranken zu examinieren. Zu diesem Zeitpunkt waren sie bereits alle in einen großen Saal verlegt worden. Die Metallbetten reihten sich aneinander, dicht an dicht. Eine junge Nonne schritt mit ihm die Reihen ab und erklärte, was den einzelnen Patienten fehlte. Es fiel ihm schwer, diejenigen auszuwählen, die entlassen werden sollten. Doch Befehl war Befehl, er war Soldat und hatte sich den Weisungen des Oberleutnants zu fügen. Ein kleines Zahnrad in einer gewaltigen Maschinerie, mehr war er nicht. Schließlich hatte er sich für zwei Kinder entschieden, die von ihren Müttern bewacht wurden, und einen älteren Mann. Sie waren alle drei auf dem Weg der Besserung gewesen. Gegen Abend hatte er die restlichen Zimmer inspiziert und die nötigen Vorkehrungen getroffen, damit sie deutsche Soldaten aufnehmen konnten. Entgegen den Behauptungen seiner Vorgesetzten waren die Räume sauber gewesen. Immer wieder hatte man ihnen von der mangelnden Hygiene in Frankreich erzählt und er hatte sich auf schlimmere Zustände eingestellt. Die Einzelzimmer und Zellen waren ideal, falls im Militärlazarett eine Seuche ausbrechen sollte. Es befand sich nördlich der Innenstadt im beschlagnahmten Krankenhaus. Ihm war schleierhaft, welche Krankheitsfälle hier landen sollten.

»Die Einheimischen sind nicht glücklich darüber, dass sie uns einquartieren müssen.« Die Worte des Fahrers rissen ihn aus seinen Gedanken. Vielleicht war Helmut kurz eingenickt.

»Ich sagte, dass das Einquartieren bei der Bevölkerung auf Widerwillen stößt.«

Helmut nickte und rieb sich den Schlaf aus den Augen.

»Viele Hotels sind unbrauchbar und völlig verdreckt. In den Betten hüpfen die Wanzen. Da würden Sie nicht mal Ihren Hund reinlegen. Wir suchen nach einer geeigneten Unterkunft, um das Krankenhauspersonal unter ein Dach zu bringen. Vielleicht eine Kaserne oder eine Schule. In der Zwischenzeit werden viele Soldaten privat untergebracht. Für die Offiziere wurden die vornehmsten Häuser beschlagnahmt.«

Der Fahrer bog zu schnell um die Kurve. Helmut musste sich am Türgriff festhalten.

»Sie sind bei einer älteren Dame untergekommen, die allein in einem großen Anwesen lebt. Unweit des Klosters und nur einen Steinwurf vom Hafen entfernt. Sie Glücklicher! Ich muss mir einen Saal mit sieben anderen von uns teilen.« Der Fahrer drückte auf die Bremse und der Wagen kam mit quietschenden Reifen zum Stillstand. »Wir sind da.«

Mit dem Finger zeigte er auf ein hohes Steinhaus, das von Wohlstand zeugte und von der letzten Abendsonne angestrahlt wurde. Das Gebäude lag etwas von der Straße zurückgesetzt, ein Kiesweg führte zur Eingangstür. Sie war wie die Fensterläden und die Sprossenfenster in einem hellen Moosgrün gestrichen worden. Hinter dem Granithaus konnte Helmut einen Garten mit altem Baumbestand erahnen. Ihm schien es, als wäre eine Spitzengardine einen Wimpernschlag lang zur Seite geschoben worden.

»Sie müssen mich morgen nicht abholen. Ich werde zum Krankenhaus laufen.« Er hatte die Beifahrertür geöffnet und kletterte aus dem Mannschaftswagen. Kurz drehte er sich um, winkte dem Fahrer zum Abschied und lief auf dem knirschenden Kies zur Haustür. Auf Augenhöhe sah er eine bronzene Frauenhand, überzogen mit Patina. Bevor er nach dem Türklopfer greifen konnte, öffnete sich die Haustür. Vor ihm stand eine Erscheinung aus einem anderen Jahrhundert, gehüllt in bauschige Gewänder, klein und zierlich, dafür umso aufrechter. Eine *Grande Dame*, schoss es Helmut durch den Kopf. Sie hatte einen voluminösen Dutt auf ihrem Kopf drapiert, schwarz wie ihr Gewand. An ihrem Hals hingen lange Perlenketten, die bis zur Hüfte reichten. Sogar ihre Augen passten zu der Aufmachung, blauschwarz, gleich einem Gewitterhimmel.

Sie machte einen Schritt zur Seite und ließ ihn eintreten. »Ich habe Sie bereits erwartet. Kommen Sie herein.«

»Ich … Bitte entschuldigen Sie mein Eindringen, *Madame*.« Ihr selbstbewusstes Auftreten verunsicherte ihn. Unschlüssig blieb er vor der Haustür stehen und suchte seinen Einquartierungsschein in der Hosentasche.

»Schon gut. Sie haben sich diese Situation genauso wenig ausgesucht wie ich, nehme ich an.« Sie drehte sich um und begann, den langen Flur nach hinten zu schreiten. Ihre schwarzen Kleider raschelten.

Helmut trat schnell ein und schloss die Tür hinter sich. Der Hausgang war mit Möbeln vollgestellt und es roch angenehm nach Bienenwachs. Kleine Staubkörner tanzten im Licht der untergehenden Sonne und landeten auf Welten aus Porzellan. Mit Blumen verzierte Vasen, Schmuckdöschen, grazile Tänzerinnen, schlafende Katzen, nie in seinem Leben hatte Helmut so viel bunt dekorierte Keramik auf einmal gesehen. An den Wänden hingen Schmuckteller mit farbenfrohen Motiven. Röhrende Hirsche, Jagdgesellschaften und schwimmende Schwäne schauten auf ihn herab. Er fühlte sich erschlagen und fasziniert zugleich. Sahen alle französischen Häuser so aus?

Die Hausherrin war mittlerweile in einer geräumigen Küche angekommen, in dem ein überdimensionaler Herd stand. Der Tisch war für eine Person gedeckt. Sie blieb stehen und schaute zu ihm auf. »Ob wir wollen oder nicht, wir werden eine begrenzte Zeit miteinander leben müssen. Gegenseitige Rücksichtnahme und ein höflicher Umgangston würden uns dabei helfen.«

»*Madame*, es tut mir leid.« Ein Stammeln. Er war ein Eindringling und fühlte sich auch so. »Ich bin Arzt und verbringe die meiste Zeit im Krankenhaus. Ich werde kaum in Ihrem Haus sein«, fügte er entschuldigend hinzu.

»Soso. Arzt sind Sie. Wie mein verstorbener Mann.« Ein Glimmen schlich in ihre schwarzen Augen und Stille breitete sich aus.

»*Madame*, wenn Sie so freundlich wären, mir mein Zimmer zu zeigen. Ich fühle mich erschöpft und würde gerne schlafen.« Er hatte keinen Zweifel, dass seine roten Augen seinen Zustand längst verraten hatten. Sie brannten höllisch und er wollte sich nur noch zur Ruhe legen.

»Aber Sie haben noch gar nichts gegessen! Ich habe bereits für Sie gedeckt.« Ihre Worte purzelten ihm vor die Füße.

Verwirrt schaute er die kleine Person an. Er war auf Feindseligkeiten vorbereitet gewesen. Mit Fürsorge hatte er nicht gerechnet.

Sie nahm eine Suppenkelle und tauchte sie in den Kochtopf, der auf dem Herd stand. Da nahm er endlich den würzigen Geruch wahr, der der gusseisernen Kasserole entströmte und durch die Küche waberte. Seine Gastgeberin füllte einen tiefen Teller randvoll, stellte ihn auf einem

Tablett ab und legte die Brotscheiben gemeinsam mit dem Käsestück vom Tisch hinzu.

»Kommen Sie, *Monsieur*. Ich zeige Ihnen das Zimmer.«

Die burgunderroten Bodenfliesen waren ihm vorhin nicht aufgefallen. Sie führten in einem hübschen Muster zu einer geschwungenen Holztreppe, die nach oben führte. Die *Grande Dame* schritt voran, er artig hinterher. Auch der obere Flur war vollgestellt mit Möbelstücken. Kommoden, Beistelltische und weitere Gegenstände, deren Funktionen er nicht kannte. Ein buntes Sammelsurium voller Geschichten und Erinnerungen. Am Ende des Ganges betrat die Dame ein kleines Zimmer, das im Gegensatz zum Rest des Hauses geradezu schlicht wirkte. Ein Bett, ein Schrank, ein Tisch und ein Stuhl, alles aus dunklem Holz. Die Hausherrin stellte das Tablett auf den Tisch und ging zur Zimmertür.

»Das Bad befindet sich gegenüber. Gute Nacht, *Monsieur*.« Die *Madame* löste sich in ihren schwarzen Roben auf und verschwand.

Die vielen Emotionen vibrierten in Helmut nach und wühlten ihn auf. Unmöglich konnte er jetzt essen, geschweige denn die Geschehnisse einsortieren. Er legte sich in voller Uniform auf das knarzende Bett. Ehe ihn der Schlaf mitnahm, huschten flackernde Bilder in seine Gedanken. Geschwungene Flügelhauben. Tanzende Porzellanfiguren. Schwarze Gewänder. Klirrende Schlüssel. Das Schreien eines Neugeborenen. War es ein Junge oder ein Mädchen? Er vermochte es nicht mehr zu sagen. Morgen … morgen würde er nachfragen.

Kapitel 3

Vannes, Bretagne

Helmut

Ein schriller Schrei, gefolgt von einem lauten Lachen.

Helmut schreckte aus dem Tiefschlaf hoch, dabei stieß er sich in dem zu kurzen Bett den Kopf an der Kante. Hatte er den schneidenden Ruf nur geträumt? Er rieb sich die Schläfe und versuchte, seine Augen zu öffnen. Der tiefe Schlaf hatte sie fest zugeklebt, er musste mehrmals blinzeln, um das Tageslicht zu sehen.

Das Zimmer lag in der schönsten Morgensonne. Ein leichter Lufthauch wehte durch das geöffnete Fenster. Er hatte nicht bemerkt, dass es gestern Abend offen gestanden hatte, und in seiner Müdigkeit hatte er die Gardinen nicht zugezogen. Dunkelgrün und schwer hingen sie an den Seiten und rahmten die Außenwelt ein. Erneut eine schrille Lachsalve. Es war eine Möwe, die den Morgen verkündete. Wie spät es wohl sein mochte?

Gerädert richtete Helmut sich auf. Seine Uniform war zerknittert. Sogar die Stiefel hatte er angelassen. Er schüttelte den Kopf über sein Versäumnis, ansonsten war er sehr ordentlich. Langsam drangen die gestrigen Ereignisse zurück in seine Gedanken. Er hatte die vorangegangenen zwei Tage nicht geschlafen.

Sein Blick wanderte durch das kleine Zimmer und blieb am Tisch hängen. Auf der kalten Gemüsesuppe hatten sich kleine Fettaugen gebildet, die auf der Oberfläche schwammen und ihn anschauten. In diesem Moment bemerkte er, wie hungrig er war. Mit den Händen drückte er sich von der Bettkante hoch, stand auf und ging zum Tisch. Er nahm den Löffel und tauchte ihn in die bunte Suppe. Selbst kalt war sie köstlich. Er konnte Karotten, Rüben, Lauch und Kräuter herausschmecken, kleine weiße Fischstücke schwammen ebenfalls in der Brühe.

Keine fünf Minuten dauerte seine Mahlzeit, er aß alles, sogar das harte Brot. Eilig machte er sein Bett, schloss das Fenster und nahm das Tablett in die Hand.

Nachdem er sich im Bad gewaschen hatte, ging er nach unten. Von der Wand grüßten ihn die fröhlichen Gesellschaften auf den Tellern. Sie begleiteten ihn bis in die Küche.

Er blieb im Türrahmen stehen und schaute einer Frau zu, die mit dem Rücken zu ihm geschäftig am Herd hantierte. Mit der einen Hand schüttelte sie eine schwere Bratpfanne, mit der anderen griff sie nach einem Kochlöffel. Es zischte und brutzelte. Wie die Hausherrin war auch sie nicht sehr groß, dafür hatte sie breite Hüften und kräftige Oberarme. Eine geblümte Schürze spannte über ihrem Leib.

»Guten Morgen, *Madame*.« Er hatte sich geräuspert, bevor er sie begrüßte. Schließlich wollte er sie nicht erschrecken. Es hatte nicht geklappt. Mit einem spitzen Schrei zuckte sie zusammen, die Pfanne knallte scheppernd auf die Herdplatte.

»Haben Sie mich erschreckt!« Erbost funkelte sie ihn an. »*Madame* schläft noch. Ich bin die Haushälterin.« Jedes Wort warf sie ihm wie einen Vorwurf an den Kopf.

»Bitte entschuldigen Sie. Ich gehe sofort.« Er stellte das Tablett auf den Küchentisch. Ohne ein weiteres Wort an ihn zu verschwenden, wandte sie sich wieder ihrem Kochhandwerk zu. Ein kleiner Küchendrache, dachte Helmut, ehe er nach draußen trat.

Spontan beschloss er, nicht den direkten Weg zur Krankenstation einzuschlagen, sondern erst zum Hafen zu laufen und entlang des Kanals in die Klinik zu gehen. Er wusste, dass Vannes am Ende einer Bucht lag. Vom lang gezogenen Hafen aus gelangte man zunächst zu einem weiten Binnenmeer, bevor man den offenen Ozean am Horizont erblicken konnte. Vielleicht würde er es heute Abend schaffen, zu diesem Binnenmeer zu laufen.

Am Hafen angekommen blieb er einen Augenblick stehen und schaute den bunten Fischerbooten zu, die sich sanft im Wasser wiegten. Möwen saßen auf den Masten, warfen ab und an ihren Schrei in die Luft und ließen ihren Vogeldreck auf die Welt unter ihnen fallen. In der Ferne konnte er die Weite des Binnenmeers erahnen. Tief atmete er den salzigen, fischigen Duft ein.

Er drehte sich um und sah die Kirchturmspitze, an der er sich orientieren musste, um zur Innenstadt zu gelangen. Er spürte, wie die Menschen ihn anschauten, und glaubte, die Ablehnung in ihren Blicken zu fühlen. Sie brannte auf seinem Rücken. Ab und an kamen ihm uniformierte Wehrmachtssoldaten entgegen, die nach einem zackigen »Heil Hitler!« weiterzogen. Alle hatten ihre Aufgaben.

Am Ende des Hafens durchschritt Helmut ein altes Stadttor, das zur Innenstadt führte. Er war verwundert, das geschäftige Treiben auf den Straßen zu sehen. Angesichts der Ereignisse hatte er erwartet, dass das Leben zum Stillstand kommen würde. Doch die Bevölkerung schien ihren

Besorgungen mutig nachzugehen. Aus der Bäckerei drang ein appetitlicher Geruch, während von der Metzgerei lautes Schlagen ertönte. Vor einer Käserei fegte ein junges Mädchen die Straße. Die Cafés waren voller Menschen, und aus einem Bistro, das mit seiner roten Vertäfelung an einer Ecke lag, drangen die verlockenden Töne einer Sängerin. Sie sang von Liebe. Der Wirt stand am Türrahmen und rieb mit einem Küchentuch ein Weinglas blank. Einen Atemzug lang hielt er in seiner Bewegung inne und verfolgte Helmut mit den Augen, bevor er sich wieder seinem Glas zuwandte.

Helmut drehte um, bog hinter dem Stadttor rechts ab und lief entlang der Hafenstraße bis zur Krankenstation. Seinen Weg säumten hübsche Fachwerkhäuser. Dunkler Granit trug das bunte Fachwerk. Mal grün oder rot, mal gelb oder blau, die frohen Töne färbten die Stadt. Manche Häuser standen schief, und Helmut wunderte sich, wie sie die Jahrhunderte überdauert hatten, ohne einzustürzen. Bei manchen ragte das hölzerne Obergeschoss hervor, von Stelzen getragen. Helmut hatte nie zuvor ein so entzückendes Stadtbild gesehen und war augenblicklich begeistert. Hier sah es anders aus als im Schwarzwald. Heller, bunter, fröhlicher. Eigenartig, sinnierte er, man hält seine Heimat für den Nabel der Welt und stellt verwundert fest, wie schön es woanders ist. Zu gerne wäre er in Friedenszeiten hergekommen.

Er erreichte das Klostergebäude und nickte den zwei jungen Landsern zu, die Wachdienst hatten. Als er den Eingangsbereich betrat, rannte ihm Schwester Bernadette entgegen, gefolgt von einer jungen Nonne. Die Oberschwester sah makellos aus, ihr Habit grau und faltenlos, ihre Haube schneeweiß und gestärkt. Hatte sie überhaupt geschlafen?

»Wir haben eine Frau mit entzündeten Schleimhäuten und gelblichen Ablagerungen. Ihr Hals ist zugeschwollen und sie hustet. Das Atmen fällt ihr schwer. Ich befürchte, dass ihre Entzündung ansteckend ist. Ich habe sie vorsorglich von den anderen Kranken getrennt. Sie waren ja nicht da.« Der letzte Satz war eine Anklage. Das anerkennende Licht, das gestern in ihrem Blick geflimmert hatte, war erloschen.

»Gut. Ich schaue mir die Kranke gleich an.«

Ein langer Tag erwartete ihn. Sie waren im besetzten Frankreich nicht nur für die Gesundheit der deutschen Truppen verantwortlich, sondern mussten auch die Zivilbevölkerung ärztlich versorgen, um jeden Seuchenausbruch zu vermeiden.

Am Nachmittag war es so weit: Mit dem ersten Krankentransport wurden zwei Soldaten eingeliefert, die einen schweren Verkehrsunfall gehabt hatten. Das Militärlazarett hatte sie geschickt. Der eine hatte sich eine Brustkorbfraktur zugezogen, während der Beifahrer einen Schädelbruch erlitten hatte. Kurze Zeit später wurde ein junger Mann eingeliefert, bei dem eine Nachamputation erforderlich gewesen war. Eine hässliche Eiterung hatte sich an seinem Stumpf entwickelt, die sich langsam an seinem Bein hochgefressen hatte. Trotz seiner flehentlichen Bitten hatten die Kollegen vom Militärkrankenhaus nicht länger warten können und ihm ein weiteres Stück seines Beins abgenommen.

Nun sollte Helmut ihn versorgen. Die Wunde stank immer noch erbärmlich. Der Eiter hing ihm in der Nase, während er den Verband wechselte. Der Soldat tat ihm entsetzlich leid. Eine junge Frau wartete daheim auf ihn.

Er hatte einen großen Hof in Mecklenburg, den er bewirtschaften musste. Wie sollte er das schaffen mit einem Bein?

Um auf erfreulichere Gedanken zu kommen, beschloss er, bei der jungen Mutter vorbeizuschauen. Nach einem kurzen Klopfen trat er in das Zimmer. Das Baby lag auf dem Bauch der Frau, sie streichelte zärtlich sein Haar. Sie hatte ihn für eine Sekunde angeschaut und sich von ihm abgewendet, nun blickte sie demonstrativ aus dem Fenster.

Ihr Verhalten verunsicherte ihn und er hielt einen Herzschlag inne.

»*Madame*, ich möchte Ihnen zur Geburt Ihres Kindes gratulieren.«

Er erhielt keine Antwort, was ihn erstaunte. Immerhin war die Entbindung am Ende gut verlaufen. Er erwartete keinen Dank, aber eine kleine Geste der Anerkennung hätte ihm gutgetan. Die Zeiten waren unsicher, das begriff er, doch stand nicht jede Geburt für einen Neuanfang und barg einen Schimmer Hoffnung in sich?

Er trat näher an ihr Bett. Sie sieht in mir nicht einen Arzt, sondern den deutschen Feind, kam es ihm in den Sinn.

»Ein Kind erscheint im frohen Familienkreis;
zartes Glück erweckt jubelnde Bekundung;
und sein leuchtender Blick
lässt alle Augen strahlen.«

Die erste Strophe des Gedichts von Victor Hugo war ihm spontan eingefallen. Vor Jahren während seines Medizinstudiums hatte er es gelesen.

In dem Moment schrie das kleine Kindlein. Die Frau drehte den Kopf und wandte den Blick auf das Bündel auf ihrem Bauch. Da bemerkte Helmut die Tränen, die an ihren Wangen herunterliefen. Sie blickte zu ihm auf. Ihre Augen glichen silbergrauen Perlen, die feucht glänzten, eingerahmt von goldbraunem Haar. An den Schläfen hatten sich Locken aus ihrem Zopf gelöst. Ihre Lippen zitterten. Sie sah zerbrechlich aus, ein Sperling mit gebrochenen Flügeln.

»Bitte gehen Sie, *Monsieur*.« Eindringlich schauten ihn die Perlen an, groß waren sie.

Er fühlte sich aufgewühlt und berührt zugleich. Ohne ein weiteres Wort drehte er sich um und verließ fluchtartig das Krankenzimmer. Hatte er mit dem Gedicht einen Fehler begangen? Draußen stieß er fast mit Schwester Bernadette zusammen, die Verbandsmaterial auf einem Tablett transportierte. Sie war stehen geblieben und musterte ihn.

»Bitte entschuldigen Sie. Ich … ich war soeben bei der jungen Mutter. Sie weint. Wissen Sie, warum?« Er konnte seine Verwirrung nicht verbergen.

»Sie ist nicht verheiratet, *Monsieur*. *Une fille-mère*, eine ledige Mutter! Ich habe ihr nahegelegt, ihre Tochter zur Adoption freizugeben.« Da war er wieder, der lange Strich, der ihr Gesicht entstellte und ihre Missbilligung zum Ausdruck brachte.

»Möchte sie es denn?« Er hatte beobachtet, wie zart die junge Mutter den Kopf ihres Kindes gestreichelt hatte.

»Nein, natürlich nicht. Aber glauben Sie mir, es ist das Beste für Frau und Kind. Die Tochter kann unmöglich bei der Mutter aufwachsen. Wenn Sie mich nun entschuldigen würden, Ihre verwundeten Kameraden benötigen meine Aufmerksamkeit.« Das Krötengesicht schritt an ihm vorbei. Die Schlüssel klirrten.

Helmut fühlte eine Enge in seiner Brust. Laufen, er wollte laufen, bis er endlich das Meer schmecken konnte und der Wind seine Gedanken aufwirbeln würde. Es war spät geworden, doch das Licht würde den Tag noch einige Stunden erhellen. Ihm war aufgefallen, dass hier, am westlichsten Zipfel Frankreichs, die Sonne später unterging als in seiner Heimat und dass das Abendlicht allem einen besonderen Glanz verlieh.

Zunächst lief er zum Hafen und entlang des Kanals bis zur *Pointe des Émigrés*, von wo aus man das Binnenmeer ein erstes Mal sehen konnte. Mit jedem Schritt ließ seine innere Anspannung nach und machte langsam einer freudigen Erwartung Platz. Die größte Wasserfläche, die er in seinem Leben erblickt hatte, war der Bodensee gewesen, und bereits der hatte ihn begeistert. Als er an der Halbinsel Conleau ankam, stand die Sonne tief und färbte den Himmel in warmen Rottönen. Goldenes Licht rieselte auf die glatte Wasseroberfläche. Aus dem Binnenmeer erhob sich eine Vielzahl kleiner Inseln, die friedlich vor sich hindösten. An der Spitze der Landzunge hatte er das Gefühl, von Wasser umschlossen zu sein. Seine Sinne wurden getäuscht. Was war Festland, was war Insel? Viele kleine Fischerboote schaukelten gemütlich im Wind. Sie machten eine sonderbare Musik, Fahnen knatterten an Masten, Ketten und Taue schlugen gegen Rümpfe. Das Gekreisch der Möwen und das Plätschern der Wellen vervollständigten das Konzert. Er schloss die Augen und lauschte dem Gesang der Küste.

Hier könnte er bis in alle Ewigkeit stehen. Alles schien friedlich. Und da spürte er sie, ganz tief innen, die Freude des Augenblicks, die den Bauch wohlig wärmte. Seit seinem Aufbruch in Freiburg hatte er sie nicht mehr empfunden. Er sank auf die Knie, tauchte seine Hand in das Wasser und kostete das Salz an seinen Lippen. Er hatte keine

Ahnung, ob Ebbe oder Flut war. Wenige Schritte entfernt sah er einen kleinen Strand. Er setzte sich in den Sand und schaute den Wellen bei ihrem gemächlichen Wiegen zu. Das Meer schmatzte genüsslich, ohne Eile. Er vertiefte sich in seine Gedanken und Erinnerungen an die vergangenen Wochen und Monate.

Aufgrund einer Verkürzung der Studienzeit war er bereits nach acht Semestern zum vollwertigen Arzt ernannt worden. Mit dem Abschluss hatte ihn die Freude verlassen, er hatte nur noch Angst verspürt. Angst, den Anforderungen nicht gewachsen zu sein. Bis auf das wenige Sezieren hatte er keine praktische Erfahrung gehabt. Die solle er im Krieg sammeln, versuchte man ihn zu beruhigen. Schon bei den ersten Leichtverletzten war er heillos überfordert. Bei der ersten Notamputation hätte er am liebsten alles hingeschmissen und wäre fortgerannt, wohin auch immer. Doch die Monate hatten sich aneinandergereiht und mit ihnen die Kranken und Dahinsiechenden. Er hatte mit jedem Patienten an Selbstsicherheit gewonnen, aber an die Kriegsverletzungen konnte er sich nicht gewöhnen. Wer konnte das? Er wollte nicht verstümmeln und notflicken, sondern heilen und retten. Diese Ideale hatten ihn angetrieben, sich der Medizin zu verschreiben und während des Studiums die Zähne zusammenzubeißen, denn er hatte es schwerer als alle anderen gehabt. Er kam nicht aus einer Akademikerfamilie. Er hatte nicht nur den Gürtel enger schnallen müssen als seine Kommilitonen, sondern auch härter kämpfen, um wahrgenommen zu werden. Manchmal dachte er, dass er zu empfindsam für den Beruf war. Die Schicksale seiner Patienten erschütterten ihn und boten dem kleinen schwarzen Klumpen Nahrung, der in seiner Brust angefangen hatte zu wachsen.

Es war Ebbe. Das Wasser hatte sich mittlerweile ein Stück zurückgezogen. Wenn es doch nur seine Ängste und Unsicherheiten mitnehmen und in die Weite spülen könnte. Sie in den Tiefen des Meeres ertränken. Gedankenverloren griff er nach einem flachen, runden Stein im Sand und betrachtete ihn. Ein schieferfarbenes Grau, in dem silbrige Einschüsse schimmerten. Wie die Augen der jungen Mutter, die sich an ihn gekrallt hatten und in denen er gelesen hatte, dass sie in ihrem Leben tiefen Schmerz empfunden hatte. Sie war sehr hübsch, auf eine verletzliche Art, die ihn getroffen hatte. Mit seinem Gedicht hatte er einen Fauxpas begangen, er hatte nicht ahnen können, dass sie ledig war, ohne Mann und ohne Familie. Es war ungerecht, dass sie ihr Kind weggeben sollte.

Er schaute der Sonne zu, die glutrot ins Meer stürzte, und überlegte, dass er sich dafür einsetzen könnte, dass die kleine Tochter bei ihrer Mutter blieb, wo ihr Platz war. Morgen würde er mit Schwester Bernadette und anschließend mit der jungen Frau reden. Sie könnte eine Weile in der Krankenstation bleiben, bis sie eine Lösung gefunden hatte. Einer Verlegung in den Gemeinschaftssaal würde er sich widersetzen, so viel konnte er bewirken, solange niemand vom Militärlazarett ihm allzu genau auf die Finger schaute. Er stand auf und schleuderte den Stein hinaus aufs Meer. Ein paarmal hopste er über die Wasseroberfläche, ehe er mit einem Glucksen verschwand. Es wurde Zeit, zu seiner Unterkunft zurückzugehen.

Kapitel 4

Emil

Sorgfältig rieb Emil die rechte Hand an seinem Hemd, bis sie sauber war, und tauchte sie in den Eimer. Langsam zog er sie wieder heraus und ließ den überschüssigen Honig in den Topf fließen, bis lediglich einzelne dicke Tropfen an seinen Fingern klebten. Der Moment war gekommen. Er horchte in die Stille hinein, bis er ganz sicher sein konnte, dass die Luft rein war. Dann leckte er seine Hand ab, zunächst jeden einzelnen Finger, bevor die Innenfläche und der Handrücken an die Reihe kamen.

Er hatte seine süße Tat seit einer Ewigkeit ausgeheckt. Mindestens eine Stunde. Geduldig hatte er gewartet, bis die Mutter ihre Tasche geschnappt hatte und in die Stadt gelaufen war. Der Vater hatte sich nach dem Mittagessen hingelegt, wie es seine Gewohnheit war. Emil liebte den Geschmack der klebrigen Süße. Dafür nahm er viel in Kauf. Die Eltern hatten ihm verboten, sich allein in der Speisekammer aufzuhalten. Am Tannenhonig hatte er erst recht nichts zu suchen. Seine Hand war immer noch klebrig. Er würde sie draußen im Brunnentrog waschen, in der Küche war es zu gefährlich. Die Mutter könnte jederzeit nach Hause kommen. Sie wäre fuchsteufelswild, wenn sie herausfinden würde, dass er genascht hatte. Es würde Schläge setzen.

Mit der sauberen linken Hand drückte er den Deckel auf den Honigeimer. Er hatte sich genau gemerkt, wie er alles vorgefunden hatte, und war strengstens darauf bedacht, keine verräterischen Spuren zu hinterlassen. Deswegen hatte er keinen Löffel benutzt, denn den hätte er aus der Schublade nehmen und hinterher abwaschen müssen. Er war schlau.

Vorsichtig kletterte er von seinem Schemel herunter, damit er nicht wackelte und umkippte. Er musste leise sein, der Vater hatte keinen tiefen Schlaf und schien Ohren in jedem Raum zu haben. Emil klemmte den Schemel unter den Arm und öffnete mit der Linken die Tür. Das war gar nicht so einfach, denn er war Rechtshänder. Alles ruhig, keine Schritte, die die Mutter ankündigten. Auf leisen Sohlen schlich er durch die Küche, den Hausflur entlang und nach draußen. Geschafft!

Draußen neben dem Brunnentrog wartete Bobbele auf ihn und wedelte mit dem Schwanz. Er war sein bester Freund. Sein einziger Freund, seitdem sie letzten Herbst hierhergezogen waren. Sein Vater nannte ihn neckend einen »zerrupften Straßenköter«, doch er konnte ihn ja nicht sehen. In Emils Augen war er der schönste Hund auf Erden. Eine Terrier-Mischung mit frechen Schlappohren und drahtigem, lockigem Haar. Cremeweiß, wenn er gebadet hatte.

Sie lebten auf einem einsamen Hof, der auf einer kleinen Lichtung stand, mitten im Wald. Zur Stadt musste Emil fast eine Stunde laufen. Das machte ihm nichts aus, er liebte das Leben auf dem Bauernhof. Es war voller Abenteuer, die darauf warteten, erlebt zu werden. Vorher war er ein richtiges Stadtkind gewesen. Sie hatten in Heilbronn gelebt. Das war vor dem Krieg gewesen. Den Krieg konnte er sich nicht richtig vorstellen, irgendwie dunkel und mysteriös, formlos wie ein böser Geist, ein Ungeheuer. Doch ganz so schlecht konnte er nicht sein, schließlich hatte er es ihm zu verdanken, dass sie hier wohnten.

Aus seinem früheren Leben vermisste er wenig. Tante Rosi vielleicht. Sie war uralt und ihr Gesicht ganz knittrig. Manchmal hatte sie mit der Hand auf die Schürzentasche geklopft und dabei mit den Augen gezwinkert. Ihr geheimes Zeichen, dass er ihr folgen solle, denn in der geblümten Tasche hatte ein Bonbon auf ihn gewartet. Eingewickelt in glänzendes Papier, das er behutsam aufwickelte. Zuerst hatte er das Papier abgeleckt, ehe er sich das Bonbon genüsslich in den Mund schob. Diese Leckerei hatte es nicht umsonst gegeben. Meist hatte er ihr einen Korb Brennholz vom Keller in die Stube tragen müssen.

Auch seine Freunde, mit denen er sich auf der Straße getroffen hatte, fehlten ihm. Sie hatten oft Krieg gespielt, doch in ihrem Spiel war er aufregend und spannend gewesen, vor allem, wenn er in Rolands Gruppe eingeteilt worden war. In diesem Fall hatte er davon ausgehen können, dass sie den Krieg gewinnen würden. Roland war der Sohn des Metzgers, einen Kopf größer als alle anderen, mit rosigen Pausbacken und von kräftiger Statur. Nach dem Kriegsspiel hatte er großzügig Wurstscheiben an die Gewinnergruppe verteilt. Natürlich hatten alle in Rolands Gruppe sein wollen.

Ansonsten erinnerte er sich an seinen Onkel Rolf und Tante Gertrud. Sie führten einen Frisörsalon. Das war schrecklich. Immerzu hatte die Tante seine Ohren schrubben und ihm die Haare schneiden wollen. Um ihnen zu entkommen, hatte er sich meistens geduckt und versucht, unbemerkt an der großen Ladenscheibe vorbeizukommen. Das hatte nicht immer geklappt.

Da seine Eltern beide arbeiten mussten und weil er so anstrengend war – das hatte man ihm immer wieder gesagt –, war er vormittags in den Kindergarten gegangen. Schwester Anna war weich und warm gewesen, trotz ihres dunklen Habits und der strengen Haube. Am liebsten hatte sie Geschichten vom Jesuskind oder von unvorstellbaren Wundern erzählt, die in einem fernen, spannenden Land geschahen, in dem die Sonne immer schien. Dort teilte sich das Meer in zwei, damit man trockenen Fußes zum Ufer gelangen konnte, Raben brachten Brot und Fleisch vom Himmel und Wasser wurde zu Wein. Alle Kinder hatten sich darum gestritten, auf Annas Schoß zu sitzen. Die Welt war in Ordnung gewesen, wenn man den Kopf an ihre breite Brust legen durfte.

Eines Tages war Schwester Anna verschwunden, und ein Walross hatte den Raum ausgefüllt. Es hatte lange Zähne und einige schwarze Haare am Kinn gehabt. Als Erstes hatte das neue Fräulein das Bild vom Jesuskind, das an der Wand hing, gegen ein Porträt seines glühenden Verehrers ausgetauscht. Ein kleiner Mann mit einem kurzen rechteckigen Oberlippenbart und dunklen Augen. Er hatte wie eine Ratte ausgesehen, doch das hatte Emil besser für sich behalten. Fortan sollten sie ihn anhimmeln. Seitdem hatte Emil viele Bilder von diesem Hitler gesehen. Sie hingen überall, nur nicht zu Hause. Das Walross hatte ein strenges Regiment geführt. Morgens hatten sie eine lange Zweierreihe bilden und auf der Stelle marschieren müssen. Dabei hatten sie den rechten Arm gehoben. Am Anfang war das lustig gewesen, aber sobald ein kleineres Kind aus dem Takt gekommen war, begann die Turnübung aufs Neue. So wurde sie ins Unendliche verlängert, manchmal hatte sie den ganzen Vormittag gedauert. Wie viel schöner war es hier?

Bobbele hatte mittlerweile den letzten Honigrest gründlich von Emils Hand abgeschleckt. Nun konnte er seine Hände in das kalte Wasser eintauchen und mit der Wurzelbürste ordentlich schrubben, die am Speier an einer Schnur hing.

Auf dem Bauernhof musste er kräftig mithelfen, weil sein Vater blind war. Schuld daran war ein Krieg, der vor langer Zeit stattgefunden hatte, vor seiner Geburt. Der Vater hatte eine Schussverletzung erlitten und daraufhin das Augenlicht verloren.

Deshalb durfte zu Hause nichts liegen bleiben. Alles hatte seine feste Ordnung, damit der Vater nicht stolperte. Das hatte man ihm von klein auf beigebracht. Wehe, er räumte etwas nicht auf.

Da der Vater nicht sehen konnte, musste er diesmal nicht in den Krieg. Das hatte Emil gefreut, und zunächst hatte er angenommen, dass seine Eltern hier glücklich wären, mindestens so froh wie er. Doch der Vater saß meistens in der Küche auf der Eckbank und lauschte dem Radio. Stören durfte man ihn dabei nicht. Die Mutter hatte ihr Lachen in Heilbronn zurückgelassen. Seit ihrer Ankunft im Schwarzwald hing ein verkniffener Zug um ihren Mund. Sie wirkte oft bedrückt und war still geworden. Das fing schon morgens an. Ohne ein Wort zu sagen, schüttelte sie ihn an der Schulter, um ihn aufzuwecken. Kaum hatte er sich den letzten Schlaf aus den Augen gerieben, musste er in seine Lederhose schlüpfen und der Mutter im Stall helfen. Manchmal wäre er gerne im Bett geblieben, doch sie kannte kein Erbarmen.

Wenigstens roch es im Stall herrlich. Sie hatten eine Kuh, die den hübschen Namen Rosalia trug. Während die Mutter den dreibeinigen Schemel zwischen Rosalias Beinen platzierte und anfing zu melken, musste er den Mist aus allen Ecken kratzen, das Stroh zusammenfegen und eimerweise nach draußen tragen. Mit seinen sechs Jahren war er eigentlich viel zu klein für die lange Mistgabel, jedoch war er schnell und geschickt. Sie war seine Waffe gegen den Hahn. Meist thronte der gefiederte Tyrann auf dem Misthaufen und beäugte ihn kritisch. Nur die Mutter konnte sich ihm manchmal ohne Stock nähern. Sogar Bobbele fürchtete sich vor dem stolzen Vogel. War der Hahn in Sichtweite, legte der Hund die Ohren an und zog den kurzen Stummelschwanz ein.

Wenn die Arbeit erledigt war, brachte er mehrere Wassereimer vom Brunnentrog in den Stall. Es war erstaunlich, wie viel Rosalia soff. Wenn ihr Durst gestillt war, kam die schönste Aufgabe: Er kletterte die schmale Leiter zur Heubühne hoch, öffnete die Luke und warf Rosalias Tagesration nach unten. Das geschah in aller Stille, nur die Kuh schnaubte von Zeit zu Zeit.

Während sich der Milcheimer rhythmisch füllte, wuchsen seine Ungeduld und der Hunger. Er freute sich auf das Frühstück, seine liebste Mahlzeit am Tag. Aber erst nach einem prüfenden Blick der Mutter auf Emils Stallarbeit und einem kurzen Nicken konnten sie in die Küche gehen. Meist saß der Vater bereits auf der Eckbank. Sobald sie eintraten, drehte er den Kopf zu ihnen. Seine leeren Augen schauten sie an, als könne er sie sehen. Während die Mutter einen Topf mit frischer Milch füllte und ihn auf den

Holzherd stellte, legte Emil drei große Esslöffel auf den Küchentisch. Anschließend kletterte er auf die Eckbank und beobachtete seine Mutter. Sie nahm das harte Holzofenbrot aus der Schublade und schnitt eine dicke Scheibe ab, länger als sein Unterarm. Sie zerbröckelte das Brot in drei tiefe Teller und goss die inzwischen dampfende Milch auf das Brot. Zuerst reichte sie dem Vater einen Teller, dann Emil. Danach gesellte sie sich zu ihnen. Broteinbrockeln. Manchmal gab es einen Klecks Mus dazu, am Sonntag oder an besonderen Festtagen sogar einen Löffel Heidelbeermarmelade.

Wenn keine Besorgungen anstanden, die er ab und an erledigen musste, durfte er den Rest des Tages draußen spielen, mit Bobbele im Schlepptau. Er liebte diese Freiheit. Leider neigte sie sich ihrem Ende zu. Im September fing für ihn die Schule an. Hoffentlich erwartete ihn dort nicht ein Walross wie im Kindergarten.

Kapitel 5

Vannes, Bretagne

Helmut

Zu schrill, zu stickig, schlichtweg zu fröhlich. Die heitere Stimmung prallte an ihm ab, Helmut dachte nur an Flucht. Aus der Ecke der Bar, angelehnt an den Tresen, schaute er auf die erhitzten Gesichter, die er zwischen den Rauchschwaden ausmachen konnte. Simmler kam auf ihn zu und klopfte ihm kameradschaftlich auf die Schulter. Sie kannten sich aus ihrer Zeit im Reichsarbeitsdienst. Schon dort hatte Helmut ihn nicht leiden können. Er stammte aus einer angesehenen Offiziersfamilie und war eingebildet, hinterhältig und gefährlich.

»Immer so ernst, Wagner? Sie müssen lockerer werden. Lassen Sie uns was trinken.«

Bevor Helmut ablehnen konnte, hatte Simmler dem Wirt ein Zeichen gegeben. Der Mann stellte zwei Schnapsgläser auf den Tresen und füllte sie bis zum Rand.

»Auf unseren Führer. Und die hübschen Französinnen.« Ein schallendes Lachen drang aus Simmlers Kehle. Sein Adamsapfel hüpfte auf und ab. »Ich sage Ihnen: Wir sind im Gelobten Land! Köstliches Essen, guter Wein und leichte Weiber. Was wollen wir mehr?« Erneut lachte der Soldat.

Helmut fühlte Ekel in sich aufsteigen. Er blickte in das runde Gesicht seines Kameraden. Aalglatt. Sein Kinn war wenig ausgeprägt, ein Bartwuchs war nicht zu erkennen. Sein langes blondes Haupthaar hatte er mit Pomade nach hinten geschmiert.

Simmler hob sein Schnapsglas und leerte es in einem Zug. Dann richtete er seine wässrigen Augen auf Helmut. Helmut fühlte sich gezwungen, es ihm gleichzutun. Der Schnaps brannte in seiner Kehle.

»Vannes ist im Vergleich zu Paris natürlich ein Provinzkaff. Ich komme gerade von der Hauptstadt. Eine Woche war ich dort. Die Nachtclubs sind einfach unglaublich. Halb nackte Frauen, die einen Meter vor Ihnen tanzen und mit ihren nackten Brüsten wackeln. Champagner im Überfluss. Besser hätten sie die neuen Herren nicht empfangen können.« Simmler leckte sich mit der Zunge die feuchte Oberlippe, als würde er die Champagnerperlen noch spüren.

»Mir gefällt es hier in Vannes sehr gut.« Helmut hoffte, der Kerl würde bald verschwinden. Eine längere Konversation mit ihm war unerträglich.

»Das sagen Sie nur, weil Sie nicht in Paris waren. An einem Abend waren wir in einem Kabarett bei Montmartre, obwohl offiziell noch alles zu war. Auf den Straßen war kein Mensch. Da hatte ich gleich zwei kleine Schmusekätzchen auf meinem Schoß sitzen, so anhänglich.« Simmler wedelte mit Zeige- und Mittelfinger vor Helmuts Augen.

»Aus Ihren Prahlereien könnte man den Schluss ziehen, dass Französinnen generell käuflich seien. Wir wissen beide, dass das Unsinn ist.«

Simmler ließ nicht von ihm ab. »Paris ist die Stadt der Laster und des Verfalls, degeneriert bis in die Knochen.

Eine Dekadenz, der man selbstverständlich nur im Ausland frönen sollte. In Deutschland, dem Führer sei Dank, tolerieren wir solche Zustände nicht. Das deutsche Frauentum ist tugendhaft.« Kleine Spucktropfen hüpften aus seinem Mund.

Helmut verspürte den Drang, über den Tresen zu springen und zu entkommen. In diesem Moment schaute Simmler den Wirt an und tippte auf sein Schnapsglas. Rasch schüttelte Helmut seinen Kopf und bedeckte sein Glas mit der rechten Hand.

Der Wirt, der sich hinter seinem voluminösen Schnauzbart versteckte, hatte verstanden und nickte kurz.

»Nicht für mich. Ich muss noch mal ins Krankenhaus. Und Simmler, Sie sollten aufpassen, dass Sie sich keine Syphilis einfangen. Sie wären nicht der erste Soldat, der durch seine nächtlichen Eskapaden auf meiner Liege landet. Sie wissen ja, ich müsste die Krankheit melden.« Diese Bemerkung hatte er sich nicht verkneifen können.

»Wagner, Sie sind ein Spaßverderber. Ich suche mir lieber einen anderen Trinkpartner.« Der Soldat klopfte ihm noch einmal auf die Schulter und drehte sich um. In dem Saal war die Auswahl groß genug.

Bereits am späten Nachmittag war Helmut für seine Berichterstattung zum deutschen Militärlazarett gelaufen, das im französischen Krankenhaus eingerichtet worden war. Er war früh aufgebrochen, um sich auf seinem Weg Zeit für Erkundungen zu nehmen. Zunächst war er entlang der mittelalterlichen Festungsmauer gelaufen, an der sich Verteidigungstürme und herrschaftliche Häuser aus einer anderen Zeit reihten. Zu ihren Füßen lag ein lang gezogenes Waschhaus, das mit einem hübschen Schieferdach bedeckt war. Durch eine parkähnliche Anlage kam er in die nördliche Altstadt, verlief sich in den verwinkelten Gassen und kam schließlich gehetzt im Krankenhaus an. Seine Eile wäre nicht nötig gewesen. Er wartete ewig und vermutete bereits irgendwelche Notoperationen, als der Truppenarzt ihn schließlich hineinrief. Als er in das stickige Büro trat, musste er blinzeln, bis er hinter einer dicken Glocke aus Zigarettenqualm den weißen Kittel des Arztes erkannte. Gebeugt saß er über seinem Schreibtisch und verfasste ein Schreiben. Nach einiger Zeit legte er einen Finger auf den Mund, als wäre ihm ein geistreicher Einfall gekommen. Wieder senkte er seinen Blick auf das Papier, griff nach seinem Stift und faselte etwas von arischer Rasse und erbgesundem Nachwuchs. Helmut hörte das Kratzen des Stifts hinter dem Qualm. Nach einer weiteren kleinen Ewigkeit hob der Arzt das fahle Gesicht, hörte sich Helmuts Bericht an und nahm seine Listen in Empfang. Ein erlösender Wink, und Helmut hatte gehen können.

»Ach, junger Kollege. Ich werde Ihnen bald Verstärkung schicken!«, hatte der Arzt Helmut hinterhergerufen.

Helmut wollte keine Verstärkung, ihm gefiel die momentane Situation. Zeit zum Grübeln hatte er jedoch nicht gehabt, auf seinem Rückweg hatte er Kameraden getroffen, die ihn mitgeschleift hatten. Sie hätten einen heißen Tipp bekommen. Eine Bar am Hafen, die Alkohol ausschenken würde, trotz der Verbote.

Jetzt, nachdem er Simmler eine Abfuhr erteilt hatte, fragte sich Helmut, warum er mitgekommen war. In Freiburg, während seiner Studentenzeit, hatte er ausschweifende Geselligkeit nicht ausstehen können. Ausgelassenheit in der Mitte von Feierwütigen, das war nichts für ihn. Er fühlte sich am Rand besser aufgehoben, als stiller Beobachter. Am liebsten traf er sich mit Kollegen und genoss Gespräche über wissenschaftliche Themen oder politische Diskussionen, doch damit musste man heutzutage vorsichtig sein.

Er schaute ein letztes Mal auf die Feiernden und beschloss, dass ihm seine eigene Gesellschaft heute vollends genügen würde. Mit den Augen bahnte er sich einen Weg nach draußen, da sah er eine junge Frau, die sich durch die Menge drückte und ein erhöhtes Podest ansteuerte. Entlang der linken Wand war es aufgebaut.

Die Frau trug ein enges schwarzes Kleid, das trotz des gedämpften Lichts und des vielen Rauchs glitzerte. Schwarzes kurzes Haar, schwarze Federboa. Einzig ihr knallroter Lippenstift stach hervor. Anzügliche Bemerkungen und schrille Pfiffe begleiteten ihre Schritte. Als sie an ihrem Ziel angekommen war, stolperte sie an der Stufe zum Podest und fing sich in letzter Sekunde. Ein lautes Grölen ertönte aus der Menge. Verunsichert schaute sie auf die feiernde Horde herab. Dann schloss sie die Augen und fing an zu singen. Sie hatte eine rauchige, dunkle Stimme, traurig-schön. In der lauten Bar kam sie kaum zur Geltung.

Helmut entschied, das Spektakel nicht länger mit anzusehen. Er kämpfte sich durch die johlenden Leiber, drückte und schubste und freute sich, als er endlich die Treppen erreicht hatte und frische Luft in seine Lungen strömte.

Ein lauer Sommerabend empfing ihn. Genau das, was er brauchte. Die Sonne war untergegangen, die Erde war noch erfüllt von ihrer Wärme. Einen Augenblick lang orientierte er sich und bemerkte, dass er nicht weit von seiner Unterkunft entfernt war. Doch trotz seiner Müdigkeit schlug er den Weg zum Kloster ein.

In der Nacht zuvor hatte Helmut kaum geschlafen. Aus seinen weißen Bettlaken hatten sich die Geister der Dunkelheit erhoben und ihm die Ruhe geraubt. In den Farben des Krieges hatten sie ihn bis zum Morgengrauen gequält. Blutrot, angstschwarz oder schlammbraun. Seit Monaten fraßen sich die Albträume durch seine Nächte. Anstatt liegenzubleiben und auf den erlösenden Schlaf zu warten, hatte er es vorgezogen, den Bildern zu entfliehen.

Planlos irrte er im beginnenden Tag herum, ohne darauf zu achten, wohin seine Schritte ihn trugen. Als er vor dem Portal der gotischen Kathedrale Saint Pierre stand, trat er kurzerhand ein und setzte sich in die hinterste Reihe. Langsam hüllte eine friedliche Stimmung ihn ein. Er ließ seinen Blick über die bunten Glasfenster und Heiligenstatuen schweifen. Angesichts des Krieges hatten sich in ihm vor Monaten die ersten Zweifel geregt. Er wusste nicht mehr, ob es einen Gott gab, der Himmel und Erde erschaffen hatte und ein gütiges Auge auf die Menschheit warf. Er hoffte es, denn die Hölle hatte er gesehen. Er erhob sich und machte sich auf den Weg in die Klinikaußenstelle im Kloster. Ein deutscher Soldat, der sich in einem Fieberdelirium befand und isoliert untergebracht werden musste, war der jüngste Neuzugang.

Eine verzweifelte Mutter kam herein, sie hielt ihre Tochter in den Händen. Das junge Mädchen hatte sich mit kochendem Wasser den Bauch verbrüht. Schwester Bernadette und er hatten Hand in Hand miteinander gearbeitet. Sie war gut, das musste er ihr lassen, und Arbeit gab es genug.

Kurz bevor er am späten Nachmittag zum Militärkrankenhaus aufgebrochen war, hatte er mit der Nonne gesprochen und sie gebeten, die Frau, die vor Kurzem entbunden hatte, vorerst in dem Einzelzimmer zu belassen. Schwester Bernadettes schmale Lippen hatten sich zu einem dünnen Lächeln gestreckt, ehe sie sich wieder dem frisch Amputierten gewidmet hatte, dessen Verband sie wechselte.

Helmut liebte die Atmosphäre nachts im Krankenhaus. Eine Mischung aus andächtiger Stille und einsetzender Heilung strömte durch den langen Gang. Ein totaler Gegensatz zum stickigen Nachtclub aus dem er kam.

Im ersten Zimmer brannte noch Licht. Schwester Bernadette saß am Schreibtisch und führte Buch. Kurz schaute sie zu ihm hoch, ihr Stift verharrte in der Luft. Ihr Blick verriet, dass sie erstaunt war, ihn zu so später Stunde zu sehen.

Er hatte das Gefühl, sich rechtfertigen zu müssen. »Ich konnte nicht schlafen.« Er grinste verlegen und fügte rasch hinzu: »Ich gehe schnell durch die Zimmer.« Den Ausflug ins Nachtleben verschwieg er.

Sie nickte und schrieb weiter.

Im Gemeinschaftsaal war es erstaunlich ruhig. Das Mädchen mit den Verbrühungen war eingeschlafen. Auch in den anderen Krankenzimmern herrschte Ruhe. Das Zimmer des fiebernden Soldaten war eine Ausnahme. Nach wie vor war das Fieber hoch, trotz der kalten Kompressen, die auf seinem Kopf lagen und ständig ausgewechselt wurden. Schwester Alphonsine war bei ihm und kühlte den nächsten Wickel in einer Schüssel. Das Delirium ließ den Soldaten unverständliches Zeug murmeln. Ab und an warf er seinen Kopf hin und her. Helmut überprüfte den Puls des Kranken, ehe er in das letzte Zimmer trat.

Beide schienen zu schlafen. Die Frau in ihrem Bett, die Tochter in einem Beistellbettchen. Er wollte soeben die Tür zuziehen, als er ein Wispern hörte.

»Danke.«

Erstaunt blickte er die Wöchnerin an.

»Schwester Bernadette hat mir erzählt, dass ich das Zimmer Ihnen zu verdanken habe.« Ernst schauten ihre silbernen Augen durch die Nacht.

»Das ist nicht der Rede wert. Wie geht es Ihnen?« Er machte ein paar Schritte auf sie zu.

»Besser. Ich bin froh, dass die Geburt vorbei ist.«

Helmut beugte sich über das Bettchen. Mondlicht hatte sich auf das Gesicht des Mädchens gelegt. Die kleinen Lider zuckten im Schlaf und es machte leise Schmatzlaute. Es hatte kaum Haare, nur seitlich kringelten sich ein paar blonde Strähnen. Die Arme waren angewinkelt, und winzige Fäustchen rahmten die Pausbacken ein.

»Sie ist entzückend. Hat sie einen Namen?«

»Marie-France.« Die Mutter hatte ihr Kinn demonstrativ nach vorn geschoben und schaute ihn herausfordernd an.

Es dauerte einige Sekunden, bis sich die Bedeutung des Namens ihren Weg in sein Gehirn gebahnt hatte. Dann grinste er. »Das ist ein wunderbarer Name für eine junge Bretonin, die am Tag geboren wurde, an dem die Deutschen ihre Heimat besetzt haben. Er steht für die Freiheit Ihres Volkes und hat in Ihrer Tochter eine stolze Trägerin gefunden. Glückwunsch, *Mademoiselle*.«

Und da sah er sie zum ersten Mal: Grübchen, die auf ihren Wangen wie kleine Sterne leuchteten. Nicht nur die Tochter ist entzückend, schoss es ihm durch den Kopf.

»*Mademoiselle*, Sie können gerne im Krankenhaus bleiben, bis Sie und Marie-France sich vollständig erholt haben.« Ein verwirrtes Lächeln flog über seine Lippen, das schnell verschwand.

Innerhalb von Sekunden zog ein Gewitter durch die Augen der Mutter. Verwundert nahm er die Wandlung wahr. »Ich möchte Marie-France auf keinen Fall verlieren. Ich will für sie sorgen und ihr eine gute Mutter sein. Bitte helfen Sie mir.« Ihre Stimme hatte einen panischen Unterton. Die silbergrauen Perlen wurden feucht. Eine Träne rann an ihrer Wange herab und verfing sich in ihrem Mundwinkel.

»Natürlich können Sie Ihre Tochter behalten.« Mit solchen Versprechungen musste er vorsichtig sein. Die nackten Emotionen der Bretonin entwaffneten ihn. Er musste Abstand gewinnen. »Ruhen Sie sich erst einmal aus. Ich komme morgen wieder vorbei.« Er drehte sich um und verließ fluchtartig den Raum und das Klostergebäude.

Draußen auf den einsamen Straßen zwang er sich, an Erfreuliches zu denken. Ihm fiel auf, wie hungrig er war, und er rätselte, was der Küchendrache wohl vorbereitet hatte. Gestern Abend hatte ihn Brotsuppe erwartet, die ganz anders gewesen war als die Eingebrannte, die er aus seiner Heimat kannte. Cremiger, würziger. Anstatt eines Kanten Brots hatte es dazu einen flachen dunklen Pfannkuchen gegeben, der, so glaubte Helmut, in Butter getränkt worden war. Der Drache war eine wunderbare Köchin. Dass die Frau ihm gegenüber feindlich eingestellt war und nach wie vor ihr Feuer spuckte, änderte daran nichts. Er freute sich auf die Reste des Abendessens und beschleunigte seine Schritte.

Das Haus lag im Dunkeln, die großen schwarzen Fenster schauten auf ihn herab. Leise öffnete er die Eingangstür.

Die Porzellanwelten schliefen, doch am Ende des vollge-
stellten Gangs sah er Licht flackern. Der Tisch war eingedeckt, auf dem Herd standen die Reste eines Bohnen-
eintopfs. Er bediente sich großzügig, setzte sich und aß
langsam, bis sein Hunger sich gelegt hatte. Er hatte auf das
Gefühl der Müdigkeit gehofft, das sich nach dem Essen oft
einstellte, doch er war hellwach. Er beschloss, das Wohnzimmer zu erkunden, das sich im vorderen Teil des Erd-
geschosses befand. Vielleicht ließ sich eine gute Lektüre
auftreiben.

Der Raum war ebenso randvoll mit Möbeln, Porzellanfiguren und schweren Skulpturen. Zu üppig für seinen
Geschmack, dennoch strahlte das Wohnzimmer eine eigen-
tümliche Gemütlichkeit aus. Mehrere Sessel aus unterschiedlichen Epochen standen verstreut im Zimmer, auf
der einen Seite war ein mannshoher Kamin, ein Bücherregal füllte die gesamte rechte Wand aus. Bis unter die
Decke war es bestückt.

Langsam schritt er die Wand ab und strich mit dem
Zeigefinger über die roten, grünen, blauen und schwarzen Buchrücken. Botanische Abhandlungen, Enzyklo-
pädien, vor allem die medizinischen Bücher fielen ihm
ins Auge. Mehrere handelten vom Leben und Wirken des
berühmten Louis Pasteur. Eins von Émile Roux, einem
Schüler Pasteurs, der durch seine Arbeiten auf dem Gebiet
der Mikrobiologie und Immunologie berühmt geworden
war. Helmut griff nach dem Band und blätterte ihn kurz
durch. Roux war an der Entwicklung des ersten Tollwut-
Impfstoffs beteiligt gewesen und hatte später seine For-
schungen auf die Diphtherie ausgerichtet. Helmut stellte
das Buch zurück an seinen Platz. Er würde seine Hauswirtin fragen, ob er es lesen dürfe. Am Ende des Regals

angelangt, sah er eine Vielzahl von Gedichtbänden und war begeistert. Victor Hugo, Arthur Rimbaud und Guillaume Apollinaire. Er zog eins von Paul Éluard heraus und sah, dass es ein dünnes Büchlein verdeckte. Roter Einband mit einem verschnörkelten goldenen Schriftzug. »Goethes Liebesgedichte«, auf Deutsch. Verwundert zog er es heraus und klappte es auf. In einer geschwungenen Schrift stand auf der ersten Seite: »Für meine liebste A., Dein ewiglich C., 1871.«

Erstarrt schaute er auf die Zeilen – ein Geheimnis, das durch den Raum schwebte und sich in den staubigen Ecken festgesetzt hatte. Wie kam seine Hausherrin an ein deutsches Buch mit Liebesgedichten? Konnte er sie fragen? Vorsichtig stellte er das Buch an seine Position und Éluards Gedichte davor. Es war Zeit, ins Bett zu gehen, obwohl sich die Müdigkeit immer noch nicht meldete. Im Gegenteil, eine innere Unruhe wühlte in seiner Brust, und er ahnte, dass sich die Geister der Nacht wieder aus den Laken erheben würden. Dabei sehnte er sich sehnlichst danach, tief zu schlafen. Mindestens, bis der Krieg vorüber war.

Kapitel 6

Zwischen Baden-Baden und Gernsbach

Emil

Sorgfältig schnitt Emil das Zeitungsblatt in zwei Stücke und teilte es erneut, bis er vier Rechtecke hatte. Er legte sie auf einen wachsenden Stapel auf dem Küchentisch. Nach dem Frühstück hatte ihm die Mutter mehrere Zeitungen vor die Nase gelegt mit den Worten: »Emil, wir brauchen Klopapier.«

Mit einer Nadel würde die Mutter eine Schnur durch den Stapel ziehen und das Päckchen draußen im Klohäuschen an den Nagel hängen. Das Plumpsklo stand neben dem Misthaufen, und die Mutter beklagte, dass es zum Himmel stank. Einzig in der Küche hatten sie einen Wasserhahn, ein Badezimmer gab es nicht. Das war Emil recht, in Heilbronn hatte er sich immerzu waschen müssen. Die Mutter war sehr stolz auf ihr modernes Badezimmer gewesen, das sie allen Gästen vorgeführt hatte. Die große gusseiserne Badewanne hatte auf vier hübschen Füßen gestanden, die wie die Pfoten eines Löwen aussahen. Das fand Emil schön, ansonsten hatte er versucht, einen großen Bogen um den Nassraum zu machen.

Er war fast fertig mit seiner Aufgabe und freute sich, dass er anschließend den Vater in die Stadt begleiten durfte.

Es gab niemanden auf der ganzen Welt, der so viel wusste wie sein Vater. Nicht einmal der Lehrer würde ihm so viel erzählen können, wenn er im September mit der Schule anfing. Unmöglich, da war Emil sicher. Wegen des Radios hatte der Vater immer weniger Zeit für ihn, daher freute er sich auf den gemeinsamen Ausflug.

Die Mutter kam aus der Speisekammer und begutachtete seine Arbeit. Dann spuckte sie in ihre Hände, glättete ihm das Haar und wischte ihm anschließend mit ihrer Schürze den Schmutz von der Wange. »Der Vater wartet schon auf dich. Er sitzt auf der Bank vor dem Haus. Und, Emil, sei höflich zu den Herren!«

Er stand auf und schoss durch die Küche nach draußen wie ein Pfeil. »Vater, wir können gehen!«

»Büble, immer mit der Ruhe.« Der Vater streckte sein Gesicht der Sonne entgegen. In seinem grauen Bart glitzerte das Morgenlicht silbrig. Seine Haare hatte er ordentlich nach hinten gekämmt. Er trug seinen dunklen dreiteiligen Anzug, den guten. »Lass uns gehen.« Er griff nach der Schulter seines Sohnes und ließ sich führen. Seinen weißen Blindenstock hatte er unter den Arm geklemmt.

»Büble, beschreib mir den Himmel.«

Aus Erfahrung wusste Emil, dass der Vater sich nicht mit einem simplen »Himmelblau« als Antwort zufriedengeben würde. Früh hatte der Junge gelernt, die Farben der Welt zu beschreiben. Grün war wie die dunklen Nadeln der Weißtannen. Heller waren die Fichtentriebe im Mai. Grau war wie harter Granit oder die Rinde der jungen Buche. Gelb war kräftig wie die Blüte des Löwenzahns im April oder verwaschen wie der Sahnerand auf der frisch gemolkenen Milch.

»Ein bisschen lila wie die Blüte des Ehrenpreises.« Angestrengt schaute Emil in den Himmel, ohne den Waldboden aus den Augen zu lassen. Mit seinen sechs Jahren war er sich seiner Verantwortung bewusst, den Vater sicher zu führen.

»Das ist gut. Aber du hast die Wolken vergessen. Wie soll ich mir den Himmel vorstellen, wenn du sie nicht beschreibst!«

Kurz hielt Emil an und lenkte seinen Blick in den Ehrenpreis-Himmel. »Ich sehe wollige Schafe, die rennen.« Obwohl sein Vater nicht sehen konnte, grinste Emil ihn zufrieden an und lief wieder los. Die Beschreibung war ihm gelungen, fand er.

»Das wusste ich bereits. Du hast es bestätigt.«

Abrupt blieb der Junge stehen. »Woher weißt du das?«, wollte er neugierig wissen.

»Das habe ich am Wind auf meiner Haut gespürt.« Der Vater grinste zurück.

Wollte er ihn auf den Arm nehmen? Gerade wollte Emil nachfragen, als der Vater ihn zum Weiterlaufen aufforderte. Eine Zeit lang liefen sie schweigend durch den Wald und lauschten den Vögeln. Regelmäßig schrie ein Eichelhäher, der die Vogelwelt vor den Eindringlingen warnte. In der Ferne hämmerte ein Buntspecht.

»Büble, was siehst du jetzt?« Sie waren eine weite Strecke gelaufen. Bald würden sie die ersten Häuser erreichen.

»Den Wald, Vater.« Manchmal nervte Emil die Fragerei. Der Vater schien das mit seinem feinen Gespür zu bemerken. Denn jedes Mal, wenn Emil keine Lust auf detaillierte Beschreibungen hatte, bohrte er weiter.

»Büble, streng dich an! Der Herrgott hat dir Augen geschenkt, nutze sie.«

»Auf beiden Seiten des Weges stehen Fichten und einige Buchen. Der Waldboden ist mit Moos bedeckt. Und auf der rechten Seite sehe ich einen riesigen Ameisenhaufen, höher, als ich es bin, Vater.«

»Lass sie uns kurz beobachten. Ich erzähle dir von ihrem Leben. Wir kommen sonst viel zu früh in Baden-Baden an.«

Emil bückte sich und beobachtete das wuselige Volk. Manche schleppten kleine Holzstücke, während andere an Tannennadeln zogen. Obwohl sie durcheinander krabbelten, schienen sie alle ihre Aufgaben zu kennen. Kurz erzählte Emil, was ihm aufgefallen war. Dann richtete er sich auf.

»Emil, der Hügel, den du siehst, ist nur ein kleiner Teil ihrer Behausung. Meist haben sie einen ebenso großen Keller unter dem Waldboden mit unzähligen Gängen und Kammern. Ihre Anführerin ist die Königin, sie regiert die vielen Arbeiterinnen. Sie ist es, die die vielen Eier legt und für Nachkommen sorgt, während sich ihr Volk um den Nachwuchs kümmert, den Bau putzt, Essen besorgt oder den Haufen gegen Feinde verteidigt.«

»Wie sollen sich so kleine Tiere verteidigen können?« Mit großen Augen blickte Emil seinen Vater an. Es musste das Radio sein, das ihm die vielen spannenden Geschichten erzählte.

»Sie haben eine giftige Säure, die sie zur Abwehr spritzen, zum Beispiel gegen die Käfer. Vögel nutzen diese Säure und baden in einem Ameisennest. So werden sie die Milben los, die sie plagen. Büble, wenn du die Natur genau anschaust, siehst du, dass alles zusammenhängt. Ein riesiger Kreislauf. Oft nimmt man sich nicht die Zeit, die Welt um sich herum zu beobachten. Weißt du, was die

Ameisen fressen? Hast du etwas sehen können?« Gespannt wartete der Vater auf die Antwort.

»Nein. Ich habe nur gesehen, wie sie kleine Hölzer und Tannennadeln geschleppt haben. Aber die werden sie wohl nicht essen.«

»Richtig. Also musst du genauer hinschauen. Deine Aufgabe für heute Nachmittag ist es, dir im Wald einen Ameisenhaufen zu suchen und zu beobachten, bis du meine Frage beantworten kannst. Lass uns jetzt weitergehen, es wird Zeit.«

Die Mutter hatte ihm genaue Anweisungen gegeben. Er musste den Vater zur Militärbehörde führen. Ihm wurde ein bisschen mulmig im Bauch.

Nachdem sie in Baden-Baden im Gebäude der Behörde angekommen waren, saßen sie auf einer Bank in der Eingangshalle und warteten. Zunächst fand Emil das Gewusel aufregend. Es erinnerte ihn an den Ameisenhaufen, den er im Wald beobachtet hatte.

Immer wieder traten Soldaten aus den vielen Zimmern und kamen auf den Flur. Männer wurden hereingerufen, verschwanden hinter den Türen, um kurze Zeit später wieder zu erscheinen. Waren so die Gänge und Kammern im Ameisenhaufen? Ihre Königin war dieser Mann mit dem rechteckigen Oberlippenbart, den das Kindergarten-Walross angehimmelt hatte. Er hing überdimensional an der Wand und schaute mit einem stechenden Blick auf Emil herab.

Nach einiger Zeit fand Emil die Warterei langweilig. Am liebsten hätte er den Vater gebeten, ihm eine Geschichte zu erzählen, doch er traute sich nicht, denn er sah, dass sein Vater ernst dreinschaute. Er war angespannt, so nervös, wie er immer im Radio die Nachrichten hörte. In dem Moment wurde eine der vielen Türen aufgerissen und ein Uniformierter gab Emil ein Zeichen näherzutreten.

»Vater, steh auf. Wir sind an der Reihe.«

»Soso, der Sohnemann ist auch da.«

Emil versteckte sich hinter dem Rücken seines Vaters, der dem Uniformierten gegenübersaß. Beim Eintreten hatte er artig gegrüßt, wie die Mutter es ihm aufgetragen hatte, und seinen Vater zum Stuhl geführt. Er schaute sich verstohlen in dem Raum um. Alles darin wirkte angsteinflößend. Die dunklen Schränke, in denen schwarze Aktenmappen aneinandergereiht waren, die braune Vertäfelung, die die graue Wandfarbe bis auf Schulterhöhe verdeckte, und die schweren Gardinen, die den Blick nach draußen verwehrten. Vor allem aber ängstigte ihn der Soldat.

Beim Eintreten hatte Emil sofort an einen Eber gedacht, den man in eine Uniform gequetscht hatte, rund, haarig und mit durchdringendem Blick. Einen echten Keiler hatte er schon einmal von Weitem im Wald gesehen. Er war damals fürchterlich erschrocken.

Der Eber, der nun vor ihm saß, kniff die Augen zusammen, wenn er sprach. Man sah nur kleine Schlitze, die von buschigen Brauen verdeckt wurden. Sie erinnerten Emil an Raupen. Seine Gesichtsfarbe wirkte ungesund. Sie ähnelte dem Sauerteig, den die Mutter jede Woche fütterte. Fleckig, grau und vertrocknet. Was ihn jedoch am meisten beeindruckte, waren die dicken Finger, die Papier und Stift hielten und aussahen wie kleine Bratwürste. Emil war froh, dass sein Vater einen breiten Rücken hatte. Er versuchte, ganz hineinzuschlüpfen.

»Emil, hast du gehört, was Herr Geisinger dich gefragt

hat?« Der Vater hatte sich umgedreht und blickte Emil streng an. Auch tote Augen konnten böse schauen.

»Ich habe es nicht verstanden, Vater.« Entschuldigend sah der Junge seinen Vater an und bemühte sich, die buschigen Raupen des Herrn Geisinger zu ignorieren, die sich im Hintergrund bewegten.

»Er fragt, ob du alleine durch den Wald nach Baden-Baden laufen kannst.«

»Natürlich kann ich das. Das habe ich schon oft gemacht.« Emil reckte sich, um ein wenig größer zu wirken. Sollte der Eber ruhig sehen, dass auf ihn Verlass war.

»Und kannst du ein paar Männer den gleichen Weg wieder nach Hause führen?«

»Ja, das kann ich. Der Weg ändert sich ja nicht.«

Der Vater nickte Emil kaum merklich zu und drehte sich zu dem Uniformierten um. Emil schwor sich, diesmal genau aufzupassen, was die Männer sagten.

»Das erste Mal soll Ihre Frau den Jungen begleiten, dann machen wir einen Versuch.« Fünf behaarte Würste griffen nach mehreren Formularen, die restlichen fünf hielten weiter den Stift.

Nachdem der Vater unterschrieben hatte, hielten zwei Würste einen Stempel und ließen ihn auf die Papiere knallen. Emil war fasziniert.

»Damit haben wir die Formalitäten erledigt. Und, Herr Wagner, es ist strengstens untersagt, mit ihnen zu sympathisieren oder ihnen Lebensmittel zu geben. Bei Zuwiderhandlung ist mit einer empfindlichen Strafe zu rechnen. Vergessen Sie das nicht. Heil Hitler!«

Die schwarzen scharfen Augen glänzten unter den braunen Raupen. Emil wurde heiß.

Draußen klärte ihn der Vater auf.

»Büble, wir können den Hof alleine nicht bewirtschaften. Ich bin der Mutter keine Hilfe. Deshalb haben wir polnische Gefangene beantragt, die bei uns arbeiten werden. Morgens wirst du sie abholen und abends zurück nach Baden-Baden bringen müssen.«

»Gefangene? Sind die nicht gefährlich? Ich kann die nicht alleine abholen und durch den Wald führen.« Eine Furcht kroch in Emil hoch, bis sie in seiner Kehle hängenblieb. Er stellte sich Riesen vor, die er aus düsteren Märchen kannte, mit finster dreinblickenden Gesichtern und Säbeln am Gürtel. Sie würden ihn im Wald anbinden. Vielleicht noch Schlimmeres.

»Ich denke nicht, dass sie gefährlich sind. Sonst hätte der Herr auf der Behörde unseren Antrag nicht genehmigt. Diese armen Teufel leben weit von ihrer Heimat, sind in einen Krieg geraten, den sie höchstwahrscheinlich nicht wollten, nun befinden sie sich in Gefangenschaft. Ich vermute, dass sie froh sind, bei uns auf dem Hof zu arbeiten. Das erste Mal wird die Mutter dich begleiten.«

Der Vater wollte losmarschieren, doch Emil hakte nach. »Wie soll ich sie im Wald überwachen? Was ist, wenn sie abhauen?«

»Es wird nichts passieren. Ihnen droht die Todesstrafe, wenn sie versuchen zu fliehen. Lass uns loslaufen, Büble.« Der Vater griff fester nach Emils Schulter, ein Zeichen, dass er keine Widerrede dulden würde.

Die Worte hatten Emils Angst weiter angefacht. Teufel, Säbel und Todesstrafe wirbelten in seinem Hirn. Seine beschauliche Welt geriet ins Wanken. Die Waldgeister und Hexenmeister, die er kannte, lebten nur in seinem Kopf, und die besiegte er jedes Mal heldenhaft. Er bemühte sich, die bedrückenden Gedanken zu verdrängen, bevor sie wilde Luftrollen in seinem Hirn schlagen konnten.

Kapitel 7

Vannes, Bretagne

Helmut

Vannes lebte nun nach deutscher Zeit. Die Uhren waren um eine Stunde vorgestellt worden und das ganze Leben wurde Schritt für Schritt eingedeutscht. An den Wänden der beschlagnahmten Häuser und den Litfaßsäulen hingen die Bekanntmachungen der Besatzungsmacht. Die zweisprachigen Verbote und Einschränkungen waren zahlreich.

Kurz blieb Helmut an einer Säule stehen und überflog die neusten Anweisungen. »*Avis à la Population*« prangte in großen Lettern auf dem Plakat, »Bekanntmachung an die Bevölkerung«. Die Ausgangssperre war auf zweiundzwanzig Uhr festgelegt worden, um diese Zeit mussten Cafés und Restaurants schließen. Der Ausschank von Alkohol blieb verboten, mit Ausnahme von Cidre und Bier. Deutsche Truppen würden gemeinsam mit französischen Gendarmen über die Einhaltung wachen und patrouillieren. Weiter wurde die Bevölkerung ermahnt, sich ruhig und würdig zu verhalten. Daneben hing eine weitere Bekanntmachung, die sämtlichen Verkehr für zivile Zwecke verbot. Einzig offizielle Automobile, Versorgungs- oder Rettungsfahrzeuge waren erlaubt. Zudem waren alle Einwohner aufgerufen worden, die Schusswaffen in ihrem

Besitz, einschließlich der Jagdgewehre, bei den Polizeistationen oder dem Rathaus abzugeben. Auf Diebstahl und Plünderung stand die Todesstrafe. Das Schreiben endete mit dem Hinweis, dass jeder Verstoß gegen die Anordnungen bestraft und jeder Angriff auf einen deutschen Soldaten streng geahndet werden würde.

Während Helmut seinen Weg zum Krankenhaus fortführte, dachte er darüber nach, was er soeben gelesen hatte. Manche Einschränkungen mochten hart klingen, doch er verstand, dass eine zivile Ordnung aufrechterhalten werden musste. Bevor man ihn mit anderen Soldaten nach Frankreich geschickt hatte, hatte man sie davor gewarnt, dass viele Flüchtlinge auf ihrer Flucht schamlos in die verschlossenen Häuser ihrer Landsleute einbrechen und sie beklauen würden. Die Plünderer gingen davon aus, dass man den deutschen Besatzern den Diebstahl in die Schuhe schieben würde. Die Soldaten waren ebenso eindringlich vor Kommunisten gewarnt worden. Frankreich sei ein Land, in dem viele von ihnen im Untergrund lebten und nur darauf warteten, Rache an den Deutschen zu nehmen. Manche Warnungen waren ihm übertrieben vorgekommen, doch seine Zweifel behielt er für sich. Geradezu lächerlich hatte er die klischeehafte Beschreibung der Franzosen gefunden. Sie seien alle klein und dick, trügen Baskenmützen, rauchten pausenlos *Gauloises* und verrichteten ihre Notdurft in der Hocke, während sie auf ein Loch im Boden zielten. Stundenlang säßen sie am Tisch und palaverten, anstatt zu arbeiten. Jenseits der vierzig würden sie sowieso überhaupt nicht arbeiten. Sogar der gutgläubigste Soldat musste bei seiner Ankunft in Frankreich feststellen, dass die Klischees völlig überzogen waren. Die Franzosen waren hart arbeitende Menschen, die mit Würde im Blick die neue Situation ertrugen, ohne dabei ihren Mut und ihre Lebensfreude zu verlieren. Wäre die Situation umgekehrt, da war Helmut sich sicher, hätten viele Deutsche ihren Frohsinn eingebüßt. Bei einigen Kameraden hatte er eine Wandlung erlebt. Manch einer, der von der Überlegenheit der deutschen Rasse überzeugt gewesen war, zeigte sich heute begeistert von der kulturellen Raffinesse der Besetzten.

Helmuts Gedankten wanderten zur Bibliothek seiner Hauswirtin. Das Rätsel um die deutschen Liebesgedichte und die Widmung blieb ungelöst und flüsterte jedes Mal vom Bücherregal, wenn Helmut daran vorbeiging. Nur das Geheimnis um die dunklen Fladen hatte er mittlerweile lüften können.

Gestern war er spät aufgewacht und hatte dem Küchendrachen nicht aus dem Weg gehen können. Die Köchin war bereits am Werkeln gewesen, als er die Küche betreten hatte und sie beobachtete. Mit einer gigantischen Kelle hatte sie einen dunklen Teig in eine überdimensionale Pfanne geschöpft und sie laut zischend auf den Herd gestellt. Mit einem Holzschieber strich sie den Teig flink bis zu den flachen Rändern der Pfanne. Das Ganze ging ihr schnell von der Hand. Kaum hatte sie einen Pfannkuchen gebacken, umgedreht und auf einem Teller platziert, fauchte der nächste Fladen in der Pfanne. Ab und an griff sie nach einer Schweineschwarte und rieb die Pfanne frisch mit Fett ein. Ein würziger Geruch hatte sich in der Küche verlockend ausgedehnt, und Helmuts Magen meldete sich augenblicklich. Auf seine Frage, warum der Teig so dunkel war, hatte der Drache eine einsilbige Antwort gespuckt. Der Fladen bestehe aus Buchweizen. Weitere Worte hatte er aus ihrem feurigen Mund nicht erwarten können, egal wie freundlich er sprach. Aus jeder Pore war ihre Ablehnung geströmt und hatte den köstlichen Duft der Fladen übertüncht.

Er dachte erneut an die vielen Verbote. Sie würden die Feindseligkeit der Bevölkerung anfachen. Es war Sommer und die Lebenslust war nicht zu bremsen. Unter den Deutschen gab es zudem schwarze Schafe, die sich jenseits der Grenze bewegten. Helmut und den anderen war eingetrichtert worden, den Besetzten mit Freundlichkeit und Höflichkeit zu begegnen, um die deutsche Tugend zu propagieren. Doch Gerüchte über Ausschweifungen und Verfehlungen von Wehrmachtssoldaten verstummten nicht. Einige Landser hätten sich unrechtmäßig einquartiert, sämtliche Schränke und Schubladen durchwühlt und Speisekammern leergeräumt. Eine Rinderherde sei in einen Gemüsegarten geführt worden und habe die Ernte in wenigen Sekunden zertrampelt.

Helmut war so tief in Gedanken gewesen, dass er in die falsche Richtung gelaufen war. Er drehte um. In den letzten Tagen wären ständig neue Patienten eingeliefert worden, Soldaten wie Zivilisten. Nie im Leben hätte er geahnt, dass seine Arbeit so abwechslungsreich und anspruchsvoll sein würde. Blinddarmentzündungen, Knochenbrüche, Schusswunden, ständig lernte er neue Krankheitsbilder kennen. Er war voller Staunen über den menschlichen Körper, der ein großes Kuriosum blieb und bei dem sich doch alles so perfekt ineinanderfügte. Am Abend wusste er manchmal nicht, wo ihm der Kopf stand, vor lauter Arbeit, vor lauter Eindrücken und Begeisterung. Inmitten der Wirren und der wechselvollen Schicksale, die der Krieg mit sich brachte, war es ihm wichtig, dass das Krankenhaus ein Ort der Rechtmäßigkeit blieb – unabhängig von der Nationalität. Gleichzeitig war er kein Träumer, der sich vor der Realität verschloss. Bisher hatte man ihn nach Belieben schalten und walten lassen, das konnte sich jederzeit ändern. Er musste vorsichtig sein, seine Macht war begrenzt. Deshalb feierte er kleine Akte der Menschlichkeit als große Siege, die ihm zeigten, dass es noch Gerechtigkeit gab. Gestern hatte er die Essensrationen der deutschen Patienten, die nichts zu sich nehmen konnten, an die französischen Frauen und Kinder verteilen lassen.

Die junge Mutter huschte in seine Gedanken. Jeden Tag hatte er sie besucht und sie hatten einige Worte gewechselt. Ihm war aufgefallen, dass sie in der Zeit, in der sie im Krankenhaus lag, keinen Besuch erhalten hatte. Nicht einmal ein Päckchen war für sie abgegeben worden. War sie ganz allein auf dieser Welt? Gab es niemanden, der sich um sie sorgte? Diesen Gedanken fand er schrecklich.

Abrupt blieb er stehen und schaute in die Auslagen eines Haushaltswarengeschäfts. Zwischen Bürsten, Wandfarben und Schuhcreme waren einige Leibchen und Kindersocken ausgestellt. Ohne zu überlegen, trat er in die kleine *Quincaillerie* ein und wurde vom Angebot erschlagen. Hinter dem Ladentisch stand eine Frau ohne Alter in einem unförmigen geblümten Kleid, eine Schürze schnürte ihren üppigen Körper ein. Hinter ihr türmten sich gewaltige Schachtelberge. Seitlich füllte ein Regal die gesamte Wand aus. Es war mit allerlei Tand vollgestellt. Auf den ersten Blick entdeckte Helmut Kuchenformen, Marmeladengläser und Rührschüsseln, die sich gefährlich aufeinanderstapelten. Kurz blickte er hinter sich und sah eine große Kommode mit einer Vielzahl an rechteckigen Holzschüben, wie sie in Apotheken stand. An die Vorderseite jeder Schublade war ein Exemplar des Inhalts genagelt, mal waren es Schlüssel, mal Gummidichtungen. Auf der Kommode standen Putzeimer in sämtlichen Größen. Er traute kaum, sich zu bewegen, aus Angst, von einer Rührschüssel oder einem Eimer erschlagen zu werden.

»*Monsieur*, was darf es sein?« Mit ihren kräftigen Oberarmen stützte die Verkäuferin sich auf den Tresen.

Augenblicklich verspürte Helmut den Drang, ihr den Arm zur Stütze zu reichen, damit der Tisch nicht zusammenbrach. »In der Auslage habe ich Säuglingskleidung gesehen. Ich hätte gerne ein Leibchen und ein paar Socken.«

»Für welches Alter denn?« Sie hatte nicht unfreundlich geklungen, ihre Frage verunsicherte Helmut dennoch. Er war völlig unvorbereitet.

»Für ein Neugeborenes bitte.«

»Bis das Päckchen bei Ihnen zu Hause ankommt, ist Ihr Kindchen sicherlich schon gewachsen. Möchten Sie die Kleidungsstücke nicht eine Nummer größer wählen?« Die Verkäuferin beugte sich nach vorn. Die Oberarme drückten den Ladentisch noch fester in den Boden.

Helmut spürte, wie ihm die Röte ins Gesicht schoss, und er blickte zur Schachtelwand. Instinktiv machte er einen Schritt zurück, in der Hoffnung, die Putzeimer nicht zum Schwanken zu bringen. »Es ist nicht für mich. Ich möchte es heute noch verschenken.«

Die Verkäuferin richtete sich auf, drehte sich um und griff zielsicher in den Kartonturm, der hinter ihr aufragte. Sie zog zwei Schachteln heraus, entnahm das Gewünschte und schlug das Leibchen und die Socken in Papier ein. Als sie fertig war, umwickelte sie das Päckchen mit einer Schnur.

Nachdem Helmut gezahlt hatte, trat er mit seinem Päckchen unter dem Arm nach draußen, wo der Morgen auf einmal süß und verlockend schmeckte. Die Vorfreude des Verschenkens erfüllte ihn. Er malte sich aus, wie die junge Mutter die Schnur lösen und entzückt blicken würde. Die silbernen Perlen würden leuchten und die Grübchen tanzen.

Wenn er in sich hineinhörte, musste er sich eingestehen, dass er sich zu ihr hingezogen fühlte. Zuerst hatte er es mit dem brüderlichen Gefühl der Zuneigung und ihrer Verletzlichkeit zu erklären versucht, doch das war nicht ehrlich. Gleichzeitig war ihm bewusst, dass es in seiner Position als Arzt unprofessionell war, eine persönliche Verbindung zu einer Patientin zu unterhalten. Gegen diesen Einwand fand er hundert Argumente.

Er nahm das Päckchen in beide Hände, beschleunigte seine Schritte und sprang die Stufen zum Krankenhaus hoch.

Bevor er seine morgendliche Visite begann, würde er zu ihr gehen. Kurz klopfte er an, öffnete die Tür und blieb auf der Schwelle stehen. Sie stand fertig angezogen mitten im Zimmer, ihre Tochter hielt sie auf dem Arm.

»*Mademoiselle* Anne-Marie, verlassen Sie heute das Krankenhaus?«

»Es wird Zeit, *Monsieur*. Ich habe länger als notwendig Ihre Pflege in Anspruch genommen. Andere Patienten brauchen das Zimmer dringender als ich.« Schüchtern lächelte sie ihn an.

»Wo werden Sie hingehen?« Er trat in das Zimmer und verschloss die Tür hinter sich.

»Zu meinen Eltern. Es bleibt mir nichts anderes übrig. Meine Träume sind fortgeflogen.« Ihre Augen wurden zu Granit, hart und kalt.

»Darf ich fragen, wo Ihre Eltern wohnen?« Ein kleiner Klumpen hatte sich in Helmuts Hals gebildet. Er musste ihn wegschlucken.

»Südlich von Lorient.« Ein Flüstern, mehr nicht, das ein Ende über einen Anfang hauchte.

»Oh, das ist ja über eine Stunde Fahrt von hier. Wie kommen Sie dorthin? Die Züge fahren nicht und der zivile Personenverkehr ist verboten.«

»Ich werde eine Möglichkeit finden!« Sie schob das Kinn wieder vor und die Granitaugen funkelten. Hinter ihrer Zerbrechlichkeit verbarg sich eine ungeheure Kraft, stellte Helmut beeindruckt fest.

»*Adieu, Monsieur*. Ich wünsche Ihnen alles Gute.«

Kurz bevor sie in den Flur verschwand, fiel ihm auf, dass er das Päckchen noch in den Händen hielt.

»*Mademoiselle* Anne-Marie, warten Sie. Darf ich Ihnen ein kleines Geschenk überreichen?«

»Das kann ich nicht annehmen.« Ungläubig schaute sie ihn an.

»Es ist nicht für Sie, sondern für Marie-France.« Er reichte ihr das verschnürte Päckchen. Der Klumpen war zurück in seine Kehle gerutscht, diesmal groß und klebrig.

»Ich danke Ihnen für Ihre Freundlichkeit. Das ist in meiner Situation keine Selbstverständlichkeit.« Ein letztes Mal trafen sich ihre Blicke, dann drehte sie sich um und ging.

Der Rest des Vormittags verlief schleppend. Immer wieder ertappte Helmut sich dabei, wie er an Anne-Marie dachte. Er war unaufmerksam, übel gelaunt und das Schlimmste war, dass seine Stimmung Schwester Bernadette nicht verborgen blieb. Die glasigen Glubschaugen blieben mehrmals an ihm heften. Am späten Nachmittag sprach sie ihn schließlich an:

»*Monsieur*, der Bischof von Vannes hat seine lieben Diözesanen dazu aufgefordert, im Unglück des Vaterlandes ruhig und würdig zu bleiben. Er erbittet, dass wir beten, nochmals beten und immerfort beten. Das könnte auch Ihnen guttun, *Monsieur*.« Sie entschwand mit ihren Andeutungen in einem Krankenzimmer, die Schlüssel klirrten. Helmut spürte einen ungesunden Ärger in sich aufsteigen. Ärger über sich selbst und Ärger über den Krieg, der nicht nur die Menschen entzweite, sondern ihre hässlichsten Seiten zum Vorschein brachte. Er beschloss, über den Mittag zum Binnenmeer zu laufen, die weichen Wellen würden ihn beruhigen.

Es herrschte Niedrigwasser und das Meer hatte sich hinter dem Horizont verkrochen. Eine moosgrüne sandige Welt blieb zurück, auf der sich bunte Muscheln und Meeresschnecken zwischen Pfützen ausgebreitet hatten. Langgliedrige Meeresvögel standen auf einem Bein und putzten ihr Gefieder. Die kleinen Fischerboote hielten einen späten Mittagsschlaf. Mit der einsetzenden Flut würden sie wieder zum Leben erwachen und im Gleichtakt mit den Wellen schwingen. Alles lag friedlich, geradezu unwirklich vor ihm. Die Szenerie passte nicht zu seiner schlechten Laune. Er wurde fast ärgerlich. Hatte das Meer nicht verstanden, dass in Europa Krieg wütete? Oder war das Wasser deswegen geflohen? Es hätte ihn nicht gewundert. Er nahm einen schweren Stein vom Boden und warf ihn mit voller Wucht in die sandige Pfütze. Es schmatzte. In diesem Moment verspürte er schmerzhaftes Heimweh.

Kapitel 8

Zwischen Vannes und Lorient, Bretagne

Anne-Marie

Das Sonnenlicht tupfte rapsgelbe Tropfen auf die Felder. Die Gräser standen hoch und grün. Sie wiegten ihre Köpfe im Wind, der vom Atlantik beständig herüberwehte. Anne-Marie saß auf einer Wiese und schaute auf das endlose Blau, das sich vor ihr ausstreckte. Angesichts dieser grenzenlosen Weite fühlte sie sich verloren. Ihr Leben war von einer hohen Klippe in die Bodenlosigkeit des Meeres gestürzt. Was war aus ihren Träumen geworden? Das, was davon übrig war, schmeckte salzig auf ihren Lippen.

Zornig wischte sie die Tränen von ihren Wangen. Marie-France lag neben ihr, gehüllt in ein leichtes Tuch. Anne-Marie nahm ihre Tochter vorsichtig auf den Arm und stand auf. Der Gang zu ihren Eltern war so entsetzlich schwer. Mit jedem bleiernen Schritt trug sie ihre Wünsche und Hoffnungen ihrem Grab entgegen. Sie hatte keine andere Möglichkeit. Eine ledige Mutter. Sie war gebrandmarkt und musste froh sein, wenn ihre Eltern sie überhaupt wieder aufnehmen würden. Neben der tiefen Scham, die sie empfand, fühlte sie eine lodernde Wut in sich, am meisten über sich selbst.

Gegen den Willen ihrer Familie hatte sie vor einem Jahr der beengten Ortschaft den Rücken gekehrt und war voller Lebenshunger aufgebrochen, den Kopf gefüllt mit Träumereien von einer selbstbestimmten Zukunft. Sie hatte sich in Vannes niedergelassen und eine Abendschule besucht, hatte unbedingt Lehrerin werden wollen. Nicht allein Wissensdurst und Eifer hatten sie angetrieben, sondern auch der trotzige Wille, es der ganzen Welt zu beweisen. Vor allem ihrer Mutter. Sie wollte nicht enden wie sie, die von der Bevormundung der Kindheit in die Zwänge der Ehe gerutscht war. An dem Tag, an dem sie den Bund fürs Leben geschlossen hatte, hatte sie alles aufgegeben und erstickt, was sie selbst von diesem Leben erwartet hatte. Sie verbrachte ihre Zeit im Wohnzimmer und schaute den Zeigern der großen Standuhr dabei zu, wie sie unaufhaltsam vorrückten. Sobald der Vater nach Hause kam, sprang sie auf und ließ ihren Stickrahmen fallen. Ihr ganzes Leben war nach ihm ausgerichtet. Die zaghaften Schritte, die sie tat, ging sie nur in seinen Fußspuren, sie atmete nur die Luft, die er für sie übrig ließ.

Wie gerne hätte sie jetzt die Sicherheit der Mutter gegen ihre ungewisse Zukunft eingetauscht? Die Gedanken in Anne-Maries Kopf verklebten sich zu einer gallertartigen Masse. Wie hatte sie bloß auf diesen Mann hereinfallen können, der ihr gleichzeitig die leuchtende Sonne und den geheimnisvollen Mond versprochen hatte?

Zur Scham und der Wut gesellte sich eine neue Empfindung, die sie bisher nicht gekannt hatte. Das schlechte Gewissen ihrer Tochter gegenüber. Ein Blick auf Marie-Frances vertrauensvolle Augen und ihren herzförmigen Mund reichte aus, um es anzufachen. Schließlich konnte ihre Tochter nichts für Anne-Maries Versagen.

Unschuldig hatte sie die Welt erblickt und würde doch am schwersten an ihrem Schicksal tragen. Noch so jung, war ihr Lebensrucksack bereits prall gefüllt. Dabei war Marie-France so brav, als spürte sie instinktiv, dass ihre Mutter genügend Sorgen hatte. Die Nonnen hatten ihr zu verstehen gegeben, dass das Mädchen erstaunlich friedlich sei für die Situation, in die es hineingeboren worden war. Ob sie den Krieg oder ihren Fehltritt gemeint hatten, darüber hatten sie geschwiegen.

Das Mündchen öffnete sich, suchte nach Nahrung und ließ einen ersten zaghaften Laut entweichen, der sich in einen herzerweichenden Schrei verwandelte. Anne-Marie musste eine Rast einlegen und sich einen Platz zum Stillen suchen. Ihr Leben hatte sich verändert, sie trug Verantwortung für einen anderen Menschen. Bis in alle Ewigkeit.

Während sie ihre Tochter stillte, dachte sie an den gestrigen Tag. Stundenlang war sie unter der gleißenden Sonne marschiert und hatte auf ein Fuhrwerk gehofft. In Auray hatte endlich ein Bauer angehalten und sie bis Étel mitgenommen. Ab da hatte sie wieder laufen müssen. Zu diesem Zeitpunkt war die Sonne nicht mehr so beißend, doch Anne-Marie hatte Durst, der sich mit jedem Schritt verschlimmerte. Mit trockener Kehle und völlig erschöpft kam sie an einem Bauernhof an und trank ausgiebig am Brunnentrog, ehe sie an der Tür klopfte.

Misstrauisch beäugte die Bauersfrau sie. Auf Anne-Maries Bitte, ob sie für eine Nacht in der Scheune schlafen dürfe, schaute die Frau erstaunt auf Marie-France. »Wo gehen Sie denn mit Ihrem Neugeborenen hin?«

»Ich besuche meine Eltern, die südlich von Lorient leben.« Schnell fügte sie hinzu: »Der Vater ist krank. Meine

Eltern können nicht verreisen und würden ihre Enkelin ansonsten nicht sehen.«

»Wo ist Ihr Mann?« Das spitze Gesicht einer Maus. Argwohn.

»Mein Mann ist untergetaucht«, hauchte sie. Das war das Erste, was ihr einfiel. Eine Lüge, aber nicht vollkommen falsch. Was hätte sie sonst vorbringen sollen? Die Bauersfrau würde ihr keinen Unterschlupf gewähren, wenn sie um ihre Schande wüsste.

Schließlich hatte sie in der Scheune übernachten dürfen. Von ihrem Ersparten hatte sie einen überteuerten Kanten Brot und ein Stück Käse erstanden. Das Essen hatte nicht ausgereicht, um den Hunger die ganze Nacht fernzuhalten. Heute Morgen war sie früh aufgestanden und sofort losmarschiert.

Es war nicht mehr weit bis zum Haus ihrer Eltern. Als Marie-France sich satt getrunken hatte, stand Anne-Marie auf, klopfte das Gras aus ihrem Rock und sog die frische Luft ein. Sie hoffte, dass der Atem des Ozeans ihr Kraft gab für die Prüfung, die vor ihr lag.

»Was machst du hier?«, zischte die Mutter und zog Anne-Marie in den kühlen Hausflur. Bevor sie die Tür hinter sich verschloss, inspizierte sie kurz die Straße.

»Ich habe eine Tochter bekommen. Sie heißt Marie-France.«

»Wie kannst du es wagen hierherzukommen? Was, wenn dich jemand sieht?«, erbost funkelte die Mutter sie an.

»Mutter, ich weiß nicht, wo ich hingehen soll.« Anne-Marie suchte verzweifelt nach etwas Weichem in den Zügen ihrer Mutter. Doch sie fand nur Härte. Ein Gesicht, nach hinten gezogen von einem strengen Knoten der Haare. Die

Haut glatt gespannt bis auf zwei tiefe Falten, die sich von den Mundwinkeln bis fast zum Kinn zogen.

»Das hättest du dir vorher überlegen sollen! Wir wollen mit deiner Sache nichts zu tun haben. Das haben wir dir in aller Deutlichkeit gesagt, als du uns von deiner Schande erzählt hast. Dein Vater kann in seiner Position keinen Bastard im Haus brauchen.«

»Mutter, glaub mir, es tut mir leid. Ich wünschte, es wäre anders, aber Marie-France ist nun einmal hier. Ich kann nicht mit ihr auf der Straße leben.« Hilflosigkeit und Wut mischten sich brennend in ihren Augen und trieben erneut Tränen auf ihre Wangen.

Einige Atemzüge lang war es ruhig zwischen den Frauen, einzig die Standuhr unterbrach das Schweigen und warf aus dem Wohnzimmer ihren schweren Schlag herüber. Anne-Maries Zeit lief ab.

»Hier kannst du auf jeden Fall nicht leben. Wo denkst du hin? Dein Vater darf dich auf keinen Fall sehen. Ich erwarte die Frauen der Kirchengemeinde. Sie werden jeden Augenblick kommen. Du musst sofort gehen.« Kurz blickte sie auf den Säugling, der schlafend in den Armen ihrer Tochter lag.

Anne-Marie bemerkte ein Zucken auf der Wange ihrer Mutter und hoffte.

Das Lächeln blieb aus.

»Warte.« Die Mutter griff nach ihrem Portemonnaie, das auf der Kommode hinter ihr lag. Sie zog ein paar Scheine heraus und reichte sie ihrer Tochter.

»Danke.« Anne-Marie nahm das Geld. Ihren Stolz, für den sie von ihren Eltern oft gerügt worden war, hatte sie längst verloren.

»Dem Vater sage ich nicht, dass du hier warst. Das würde ihn nur unnötig aufregen. Du musst jetzt fort.«

Sie öffnete die Tür und vergewisserte sich, dass die Straße menschenleer war. Dann drückte sie Anne-Marie nach draußen. Bevor sie die Haustür ins Schloss warf, fegte sie mit der rechten Hand in der Luft, gleichsam als würde sie Staub aus dem Haus fächern. »Beeil dich. Ich möchte nicht, dass dich jemand bei uns sieht.«

Anne-Marie machte sich wieder auf den Weg. Kurz schloss sie die Augen, um der Trostlosigkeit der Situation zu entfliehen. Hätte sich in dem Moment ein Loch vor ihr aufgetan, sie hätte sich hineingestürzt. Gewaltsam öffnete sie ihre Augen und zwang sich, die nächste Aufgabe in Angriff zu nehmen, um sich von dem Abgrund in ihrem Inneren zu entfernen. Ich muss eine Lösung finden, für Marie-France, mehrmals wiederholte sie den Satz in Gedanken.

Der zähe Schlamm in ihrem Kopf lähmte sie. Was tun? Sie beschloss, zurück nach Vannes zu fahren. Vielleicht würde ein Fuhrwerk sie ein Stück mitnehmen. Danach würde ihr nichts anderes übrig bleiben, als einen weiteren schweren Schritt zu unternehmen. Dieser wäre wahrscheinlich noch furchtbarer als der erste.

Kapitel 9

Zwischen Baden-Baden und Gernsbach

Laura

Laura legte ihre Stirn an das Fenster der Stube und schaute Emil beim Spielen zu. Er hielt einen Stock in der Hand und jagte im Hof Feinde, die nur er sehen konnte. Bobbele saß abseits in sicherer Entfernung. Mit schrägem Kopf beobachtete er das wilde Gefuchtel.

Laura seufzte. Wenn der Junge ihr doch nur helfen könnte! Arbeiten gab es auf dem Hof zur Genüge, vor allem jetzt, da im Gemüsegarten alles gleichzeitig erntereif zu werden schien. Heute Nachmittag wollte sie den Mangold, die Möhren, den Blumenkohl sowie die ersten Erbsen und Bohnen ernten. Das war nicht alles, auch die Johannis- und Stachelbeeren mussten gepflückt und verarbeitet werden, bevor die Vögel darüber herfielen.

Emil war ein Raubauz. Sie konnte ihn weder im Gemüsegarten noch in der Küche gebrauchen. Einzig beim Ausmisten und Wasserholen konnte er sie unterstützen. Wie sie es vermisste, einen Wasserhahn aufzudrehen ... Oder das komfortable Klosett im Haus. Sehnsüchtig dachte sie an das hübsche Badezimmer in Heilbronn.

Erneut stieß sie einen langen Seufzer aus. Die Lichtblicke wurden seltener, seit sie hier im Schwarzwald lebten.

Wenigstens hatte Helmut aus Frankreich geschrieben. Sie legte ihre Hand auf die Schürzentasche und ertastete den Rand des Briefs. Seinen Inhalt kannte sie bereits auswendig.

Liebe Mutter,

(Brief Nummer 7)

ein ganzes Volk befindet sich vor uns auf der Flucht. Auf den Straßen marschiert das Elend. Wir haben so viele hungernde Menschen gesehen, dass es mich zutiefst erschüttert hat. Ab und an, wenn ich einer Frau mit vielen Kindern begegnet bin, habe ich ihr meine Essensration gegeben.
Meistens bringen uns die Menschen Freundlichkeit entgegen. Sie tragen ihr Schicksal mit Würde, ohne zu jammern und zu klagen, und sie sind erleichtert, dass der Krieg vorüber ist. Sie hoffen, ihr Leben zumindest teilweise fortführen zu können, bei unserer Ankunft nur ein kurzes Innehalten. Manchmal spürt man jedoch unter einem gleichgültigen Blick ihren Hass, den sie aus Angst vor Repressionen still in sich tragen. Er pulsiert unter ihrer Haut. Kann man es ihnen verdenken? Frankreich leert seine Speicher, weil es die Besatzungstruppen ernähren muss.

Ihr armer Junge. Sie hob ihren Blick und schaute aus dem Fenster. Emil war über seinen eigenen Stock gestolpert und in den Dreck gefallen. Wäsche waschen konnte sie also auch noch.

Wie unterschiedlich ihre beiden Söhne waren! Gott hatte ihnen mit Helmut einen wahren Königssohn in die

Wiege gelegt. Er war Lauras ganzer Stolz. Von Anfang an hatte sie gespürt, dass er besonders war. Bereits vor seiner Schulzeit hatte sie gar nicht gewusst, wohin mit all seinen Fragen. Was ist weiter entfernt, die Sonne, der Mond oder die Sterne? Warum verlieren Lärchen ihre Nadeln im Winter, Fichten und Tannen jedoch nicht? Wie funktioniert der Motor eines Automobils? Was, warum, wie … Sie war froh gewesen, als er dem Lehrer seine Fragen hatte stellen können. Das Lesen lernte er in Windeseile. Ab da steckte seine Nase ständig in irgendeinem Buch. In der Schule glänzte er und übersprang sogar eine Stufe. Er war wissbegierig, strebsam, besonnen. Woher er diese Affinität zum Lernen hatte, wusste sie nicht. Sie nahm sie voller Ehrfurcht an wie ein kostbares, zerbrechliches Geschenk, das man vorsichtig in zwei Händen hielt. Helmut fiel aus der Reihe, stammte er doch aus einer Bürstenbinderfamilie.

Ihre Ehe war keine Liebesheirat gewesen. Lauras Mann war ein entfernter Cousin, und von Anfang an war klar gewesen, dass sie füreinander bestimmt waren. Gefragt hatte man sie nicht, die Verbindung war längst beschlossene Sache gewesen. Und so waren sie in eine Ehe hineingestolpert wie man durch wässrigen Schnee stapft: ohne große Lust, doch vorsichtig und beständig.

Das Schicksal meinte es gut mit ihnen, obwohl ihr Mann wegen einer Schussverletzung erblindet war, die er sich in Verdun zugezogen hatte. Markus war gradlinig, ehrgeizig und ein versierter Kaufmann. Mit dem Spürsinn eines Blinden baute er ein florierendes Unternehmen auf, mit dem sie es innerhalb von zwei Jahrzehnten zu erheblichem Wohlstand in Heilbronn brachten. Angefangen hatte alles mit einem kleinen Bürstenbetrieb in der Werkstatt, die die ganze untere Etage des Wohnhauses einnahm. Zu der Zeit herrschte große Arbeitslosigkeit, daher war es eine Leichtigkeit, gewillte Arbeitskräfte zu finden. Bezahlt wurden die Arbeiter nach der Anzahl der Borstenlöcher, die sie täglich produzierten, abzüglich Kost und Logis, denn sie lebten im hinteren Bereich der Werkstatt, wo sie einen notdürftigen Wohnraum eingerichtet hatten.

Markus' Kunden waren nicht nur in Heilbronn. Von Anfang an hatte er größere Unternehmen in den Regionen rund um Stuttgart und Pforzheim aufgesucht und Spezialanfertigungen angeboten. Nach wenigen Jahren war die Anzahl seiner Kunden gewachsen und die Werkstatt für seine Betriebsamkeit zu klein geworden. Daraufhin kaufte Markus eine Werkshalle und fing an, im großen Stil zu produzieren.

Die frei gewordene Werkstatt in ihrem Wohnhaus wandelten sie in ein Lebensmittelgeschäft um, das Laura führen durfte. Schnell wurde der Laden zu ihrem Lebensinhalt. Die Gespräche mit den Kundinnen, der Tratsch der Straße, der in das Geschäft hineinschwappte, die Verantwortung ... Sie liebte ihre Arbeit.

Ende der Zwanzigerjahre kaufte Markus ein Automobil, eine NSU-Limousine mit acht Zylindern und vierzig PS. Das erste Automobil seiner Art, das in Heilbronn zugelassen wurde. Da Markus aufgrund seiner Erblindung nicht fahren konnte, hatte er einen Chauffeur engagiert. So hatte er seine Großkunden bereist und in der weiten Umgebung neue Absatzmärkte erschlossen. Sie waren ganz oben angekommen in der Heilbronner Gesellschaft.

Ein Schatten huschte durch Lauras Gedanken. Jahrelang waren sie und ihr Mann eine Gemeinschaft gewesen, die auf Vertrauen und Zuneigung basierte. Dann hatte ihre Ehe die erste Delle bekommen. Helmut war zu dem Zeitpunkt bereits in die Volksschule gegangen, als sie erneut schwanger wurde. Die Totgeburt ihrer ersten Tochter war für sie ein schwerer Schlag. Die nächste Tragödie folgte kurz danach. Ihr zweites Mädchen lebte nur ein Jahr. Therese, ein kleiner Sonnenschein, der wacklig auf zwei Beinen stand und immerzu lachte. Das war eine harte Zeit, doch das Leben war nun einmal so. Viele Kinder überlebten die ersten Jahre nicht. Gott schenkte und Gott nahm, er allein bestimmte den Zeitpunkt. Sie stürzte sich in ihre Arbeit, hielt sich von Markus körperlich fern und konzentrierte sich voll auf Helmut. Es waren Jahre der Zufriedenheit. Als die Zeiten sich verfinsterten und die Nationalsozialisten an die Macht kamen, wurde sie erneut schwanger. Ein Unfall und eine Schande! Sie war vierzig Jahre alt, eine alte Frau, die keine Nähe mehr zu einem Mann haben sollte. Eine Peinlichkeit. Viele ihrer Bekannten waren in dem Alter bereits Großmütter. So gut es ging, hatte sie die Schwangerschaft versteckt. Nur ihr Mann wusste davon. Sie ging davon aus, dass sie das Kind sowieso verlieren würde. Zu ihrem Erstaunen krallte sich das neue Leben in ihr fest und ihr Bauch wurde allmählich runder. Irgendwann reichten die weiten Röcke und Schürzen nicht mehr aus, um ihren Zustand zu verbergen. Markus beschloss daraufhin, dass sie den Rest der Schwangerschaft in einer Spezialklinik verbringen sollte. Dort befand sie sich inmitten von Frauen, die ein ähnliches Schicksal zu erdulden hatten. Das war ihr recht, denn ihre angesehene Stellung und ihren Wohlstand neideten viele und den üblen Tratsch hätte sie nicht ertragen können. Sie würden den Lästereien erhobenen Hauptes entgegentreten, falls die Geburt gut verlaufen würde, so hatten sie es damals vereinbart. Während ihrer Abwesenheit übernahm eine Angestellte provisorisch die Theke des Lebensmittelgeschäfts. Es war kein Tag vergangen, an dem sie ihren Laden nicht vermisst hatte. Helmut war zu der Zeit auf einem Internat gewesen, wo er sich auf sein Abitur vorbereitet hatte. Nach Emils Geburt hatten sie ihn vor vollendete Tatsachen gestellt.

Emil war von Anfang an anstrengend gewesen. Wenn sie an das erste Jahr zurückdachte, hörte sie noch das Brüllen in den Ohren. Lauthals hatte er um Aufmerksamkeit geschrien. Vielleicht war sie einfach zu alt gewesen und hatte keine Kraft mehr gehabt für das Energiebündel. Sobald er laufen gelernt hatte, musste er ständig überwacht werden. Nichts hatte seinen Tatendrang bremsen können. Seitdem war sie schlicht erschöpft gewesen und dieses Gefühl der Müdigkeit hatte sie bis heute nicht losgelassen. Wenn sie ehrlich zu sich selbst war, musste sie sich eingestehen, dass sie nie die gleichen Gefühle für Emil entwickelt hatte wie für Helmut. Vielleicht lag es daran, dass sie die Schwangerschaft nie gewollt hatte und in ihrem Hinterkopf das empfundene Schamgefühl haftete, das damit verbunden gewesen war. Für sie war er ein Kind, das nicht hätte sein sollen. Ein anstrengendes Anhängsel.

Nach der Geburt des Jüngsten hatte sich kurz die Sonnenseite des Lebens gezeigt, und die Lästermäuler waren verstummt. Helmut hatte als Jahrgangsbester sein Abitur bestanden und an der Universität Freiburg begonnen, Medizin zu studieren. Sein Traum und ihre Lebenserfüllung. Er war der erste Akademiker der Familie und ihre Belohnung für Jahre harter Arbeit und des Verzichts. Auch an der Hochschule hatte er brilliert und ihr Stolz war ins Unermessliche gewachsen. Am Tresen musste sie sich bremsen, nicht jeder Kundin von Helmuts Erfolg zu erzählen.

Ganz anders lief es für Emil. Bereits im Kindergarten bekamen sie zu hören, wie störend er sei. Ein Wildfang. Für die Nachmittage engagierten sie eine Kinderfrau, doch die war nach wenigen Tagen überfordert. Immer wieder entwischte er ihr, und sie fanden ihn auf der Straße, zwischen zwei Pferdegespannen, unter einer Markttheke oder versunken im Fußballspiel mit größeren Kindern.

Dann roch es plötzlich nach Krieg, und Markus verkündete nach schweigsamen Tagen, dass sie in Heilbronn die Zelte abbrechen und alles verkaufen würden. Das stattliche Wohnhaus mit ihrem Lebensmittelgeschäft, die Fabrik, das Automobil. Von dem Erlös würden sie einen abgelegenen Hof im Schwarzwald kaufen, auf dem sie die Kriegsjahre verbringen sollten. Hunger würden sie nicht leiden. Die Entscheidung fiel gegen Lauras Willen. Markus stammte aus dem Nordschwarzwald und mit seinen Kontakten in der Geschäftswelt wurde er schnell fündig. Ein abgeschiedener kleiner Bauernhof zwischen Baden-Baden und Gernsbach mit einer großen Streuobstwiese mitten auf einer Lichtung im Wald. Bis alles Finanzielle abgewickelt war, hatte der Krieg bereits seinen Lauf genommen. Unaufhaltsam hatte er erst Polen überrollt, ehe seine Flammen Frankreich erfasst hatten. Markus hatte mit seinem feinen Gespür und seiner Weitsicht recht behalten.

Dem harten Leben einer Bäuerin war sie vor knapp dreißig Jahren mit der Hochzeit entflohen. Nun hatte das Schicksal sie eingeholt. Sie war nicht schnell genug gerannt.

Da Markus aufgrund seiner Erblindung nicht mit anpacken konnte, blieb die meiste Arbeit an ihr hängen. Die

Stallarbeit, das Melken, der Gemüsegarten, Kochen, Vorräte anlegen, Wäsche waschen. Der Tag hatte zu wenige Stunden. Sie stammte zwar aus einer Bauernfamilie und hatte die Handgriffe schnell wiedergefunden, doch vermisste sie das Stadtleben und seine Bequemlichkeiten. Es gab kein Badezimmer. Fließend Wasser gab es nur in der Küche und das Klohäuschen stand neben dem Hühnerstall.

Sie wollte nicht undankbar sein, schließlich hatten andere Frauen gefallene Ehemänner, Väter und Söhne zu beklagen. Aber den gesellschaftlichen Sturz fühlte sie nicht nur körperlich. In ihr loderte eine kleine Flamme des Neids auf das Leben ihrer Freundinnen, die in Heilbronn geblieben waren. Gedankenverloren rieb sie sich den schmerzenden Rücken.

Ein lautes Schreien holte sie in die Wirklichkeit zurück. Emil klatschte mit beiden Händen in einer Pfütze und johlte, umso höher die Schlammspritzer flogen.

»Bist du von Sinnen?« Sie hatte das Fenster aufgerissen und sein Geschrei übertönt.

Sofort hörte Emil auf und schaute schuldbewusst zu ihr herüber.

»Komm sofort herein! Dafür gibt's was!« Laut knallte sie das Fenster zu. Ihren Ärger konnte sie nicht im Zaum halten. Der Bub war zügellos und benötigte eine harte Hand. Auf Markus konnte sie sich nicht verlassen, er ließ ihm zu viel durchgehen. Es wurde Zeit, dass Helmut zurückkehrte. Er wäre mit seiner besonnenen und kultivierten Art ein gutes Vorbild für den Tunichtgut. Sie würde nach einer passenden Braut für ihren Älteren Ausschau halten, der Krieg konnte ja nicht ewig dauern. Am besten eine Bauerstochter von einem wohlhabenden Hof aus der Gegend, keine Städterin, die waren das harte Arbeiten nicht gewohnt. Ein Mädchen vom Land würde sich über den sozialen Aufstieg dankbar zeigen und wäre gefügiger. Helmut könnte sich in ihrer Nähe niederlassen und Laura hätte ihn bei sich. Auf einmal schien ihr die Zukunft rosiger.

Kapitel 10

Vannes, Bretagne

Anne-Marie

Anne-Marie näherte sich Vannes. Bereits von Weitem fiel ihr Blick auf die zahlreichen roten Hakenkreuz-Flaggen, die die Besatzer auf den offiziellen Gebäuden ausgerollt hatten. Sie wirkten wie Fremdkörper auf den geschichtsträchtigen Häusern der Bretagne. Aggressiv, arrogant, blutgetränkt. Schon die Trikolore der Franzosen war eine nicht gern gesehene Farbkombination in einer stolzen Region, die seit jeher nach Unabhängigkeit strebte. Die Menschen hier trugen Schwarz und Weiß im Herzen, die Farben der Bretagne. Sie fühlten sich zuallererst als Bretonen und danach – vielleicht – als Franzosen. In ihren Adern floss schwarzes Blut, egal welche fremde Macht sich die Herrschaft über sie anmaßte. Seit Jahrhunderten waren die Bretonen Besatzer gewohnt, und sie nahmen die neue Situation zunächst gelassen hin. Immerhin verhielten sich die Deutschen bisher korrekt, so hörte man es zumindest auf den Gassen der Altstadt. Wie sich die Situation entwickeln würde, wusste niemand.

Anne-Marie blieb kurz an einer Bekanntmachung stehen, die an einer Hauswand befestigt war, und las die wenigen Zeilen:

Für jeden ermordeten deutschen Soldaten werden
10 Geiseln erschossen.

Die Zeiten würden sich auf jeden Fall verdüstern. Doch was morgen sein würde, schien ihr im Vergleich zu ihren Problemen von heute weit entfernt.

Die Rückreise war beschwerlich gewesen. Den Großteil des Weges hatte sie zu Fuß gehen müssen. Zwei anstrengende Tage war sie unterwegs gewesen. Das einzig Gute daran war die Zeit gewesen, die ihr zum Nachdenken geblieben war. Immer schon, wenn ihr Leben aus dem Ruder geraten war, hatte sie sich auf ihr Innerstes besonnen, Lösungen gesucht und Pläne geschmiedet. Das hatte ihr meistens geholfen, die aufkeimende Panik zu unterdrücken und den Strick zu ergreifen, an dem sie aus dem Abgrund klettern konnte. Dieses Mal jedoch war das Seil hauchdünn und drohte zu reißen.

Auf dem Weg war ihr Isabelle eingefallen. Eine junge Frau, die sie in der Abendschule kennengelernt hatte. Isabelle fiel auf. Sie war lebenshungrig, lustig, laut und vor allem unkonventionell. Anne-Marie würde sie fragen, ob sie einige Tage bei ihr wohnen konnte, bis sie eine dauerhafte Lösung gefunden hatte. Als sie den Gedanken zu Ende gesponnen hatte, bemerkte sie, wie töricht er war. Dauerhaft. Was sollte in Zeiten wie diesen von Dauer sein?

Die Abendsonne goss ein warmes Licht auf die Fachwerkstadt, als Anne-Marie vor Isabelles Wohnung im Stadtteil Saint Patern ankam. Sie klopfte an die Tür und eine junge Frau öffnete, als hätte sie jemanden erwartet. Isabelle hielt ein Champagnerglas in der Hand und kicherte. Ihre knallroten Lippen formten zunächst ein »Oh«, ehe sie Anne-Marie erkannte.

»Wir kennen uns aus der Abendschule, nicht wahr?«
Neugierig schaute Isabelle auf das kleine Bündel, das
Anne-Marie auf dem Arm hielt. »Oh, ist sie niedlich.
Sie muss ein Mädchen sein, so süß, wie sie aussieht. Ich
wusste gar nicht, dass du schwanger warst. Ist es über-
haupt deins?« Verzückt beugte sich Isabelle vor und strich
Marie-France über die Wange. Dabei stieß sie vernarrte
Mimimi-Laute aus.

»Guten Abend, Isabelle. Ja, Marie-France ist meine
Tochter. Entschuldige bitte, wenn ich mit der Tür ins Haus
falle. Meine Eltern haben mich verstoßen. Ich weiß nicht,
wo ich hingehen soll. Könnte ich ein paar Tage bei dir
bleiben?« In ihrer Frage lag Anne-Maries ganze Verzweiflung. Obwohl sie um Fassung kämpfte, quollen unvermit-
telt Tränen aus ihren Augen und benetzten ihre Wangen.

»Natürlich. Komm erst mal herein. Ich werde jeden
Augenblick abgeholt, aber vorher zeige ich dir meine kleine
Wohnung. Fühl dich wie zu Hause.«

So viel Freundlichkeit hatte Anne-Marie nicht erwartet. Die Tränen rannen ihr bis zum Kinn. »Bitte entschuldige, ich bin so erschöpft.«

»Du musst dich nicht entschuldigen. Morgen habe ich
Zeit, dann schüttest du mir dein Herz aus.«

Die Wohnung bestand aus einer großen Wohnküche
und einem kleinen Schlafzimmer. An der einen Küchen-
wand stand eine Couch auf geschwungenen Füßen. Der
Bezug war aus verblasstem rosa Stoff, an den Armlehnen
war er aufgerissen. Isabelle bot sofort an, dass Anne-Marie
das Schlafzimmer haben könne, während sie es sich auf
der Couch gemütlich machen würde.

»Tagsüber arbeite ich und abends bin ich meistens unterwegs. Falls ich überhaupt hier schlafe.« Sie zwinkerte.

Entschieden lehnte Anne-Marie ab. Sie war dankbar für den Schlafplatz in der Küche.

»Ich lasse euch zwei *Chéries* allein und warte draußen auf meinen Bekannten. Es wird spät – oder auch früh, wie man es nimmt.« Ein kehliges Lachen, ein Luftkuss von den knallroten Lippen und Isabelle war davongerauscht.

Die Morgensonne stahl sich durch die Schlitze der Fensterläden und malte ein Mosaik auf den gefliesten Küchenboden. In das blau-weiße Blumenmuster mischte sich ein zartes Gelb. Sobald Marie-France die ersten Laute von sich gab, drückte Anne-Marie sie an ihre Brust.

Isabelle war erst vor einigen Stunden nach Hause gekommen – trotz der Ausgangssperre – und würde sicherlich noch schlafen wollen. Sie hatte halb gekichert, halb gesungen und war in die Küche hineingestolpert. Wahrscheinlich hatte sie vergessen, dass sie Gäste hatte. Mit einem lauten »*Pardon*« war sie in ihr Schlafzimmer geschlittert. Anne-Marie hatte es einige Male laut poltern gehört, bis es ruhig wurde.

Eine Biene hatte ihren Weg durch die Schlitze gefunden und summte laut in der Küche. Eine Weile beobachtete Anne-Marie das Insekt, bis sie sicher war, dass Marie-France eingeschlafen war. Sie würde sich für den nächsten schweren Gang zurechtmachen. Sie legte ihr Kind auf dem Sofa ab, goss kaltes Wasser in eine Emailschüssel und nahm ein frisches Kleid aus ihrer Tasche.

Sie musste den richtigen Zeitpunkt abpassen. Er hatte ihr verboten, sich ihm zu nähern. Von der anderen Straßenseite hatte sie das bürgerliche Haus fest im Blick. Die geschlossenen Fensterläden wirkten wie schlafende Augen. Nichts regte sich.

Da wurde die Haustür geöffnet und zwei Jungen sprangen heraus. Obwohl sie einige Jahre trennten, trugen beide identische Kleidung: ein dunkles Béret auf dem Kopf, einen hellen Pullunder, dunkle kurze Hosen und weiße Kniestrümpfe, die adrett nach oben gezogen waren. Sie drehten sich um und winkten der Frau zu, die im Morgenmantel an der Türschwelle stand. Sobald die Tür zufiel, stießen sie sich gegenseitig in die Seiten, kicherten und rannten fort. Anne-Marie spürte tief in ihrem Bauch ein Brennen, das langsam in ihre Kehle kletterte. Sie schluckte. Das Gefühl schmeckte bitter nach Enttäuschung und Neid.

Sie hatte keine fünf Minuten gewartet, als die Haustür erneut aufgerissen wurde. Da sah sie ihn. Sein Hut saß schräg und bedeckte sein Gesicht. In der einen Hand hielt er eine lederne Tasche, in der anderen seine Pfeife, die er in den Mund schob. Kurz schaute er auf die Straße, bevor er sie überquerte, und kam in ihre Richtung. Sie drehte sich um und versuchte, mit der Hauswand zu verschmelzen. Sie spürte den Luftzug, als er an ihr vorbeilief. Sobald er um die Ecke gebogen war, rannte sie ihm nach.

»Maurice, warte!«

Er drehte sich um und blieb erstaunt stehen. Rasch hatte er sich gefasst und zischte: »Bist du verrückt? Was machst du hier? Wir hatten vereinbart, dass wir uns nicht mehr sehen.« Er drehte sich um und schaute nach allen Seiten.

»Du bist Vater geworden.« Sie nickte zu ihrer schlafenden Tochter auf ihrem Arm.

Er setzte einen gereizten Gesichtsausdruck auf. »Das kann ich jetzt gerade nicht gebrauchen«, stöhnte er. »Wie du weißt, habe ich bereits Frau und Kinder. Außerdem haben sich die Zeiten geändert. Ich bin in der Stadtverwaltung aufgestiegen. Mein Chef, ein Jude, ist untergetaucht und ich habe seinen Posten erhalten. Also, Anne-Marie, tu mir einen Gefallen und belästige mich nicht weiter.« Er war im Begriff, sich umzudrehen, doch so einfach wollte Anne-Marie es ihm nicht machen. Heiße Wut packte sie.

»Maurice, deine Position ist mir egal. Marie-France ist dein Kind. Ich kann nicht arbeiten und brauche Geld.«

»Ach, so ist das. Ich soll für deinen Bastard sorgen? Wer sagt denn, dass er von mir ist? Du hast dich doch auch mit anderen Männern vergnügt, so hübsch wie du bist. Hast uns allen den Kopf verdreht. Jetzt möchtest du mir das Kind unterschieben?«

Er spuckte seine Anschuldigungen regelrecht in ihr Gesicht. Nachdem er die letzten Worte ausgesprochen hatte, kam er nah an sie heran. »Vergiss nicht, wer ich bin!«

Wollte er ihr drohen? Sollte sie Angst verspüren? Das Gefühl des Ekels war stärker.

»Vielleicht freut sich deine Frau zu erfahren, dass eure Söhne eine Halbschwester haben? Was meinst du, Maurice?« Giftig funkelte sie ihn an und erschrak vor sich selbst. So viel Gehässigkeit kannte sie von sich nicht.

Er stieß laut hörbar Luft aus. »Also gut, wie viel möchtest du?«

»Genug, um bis zum Winter über die Runden zu kommen.«

Er griff nach seinem Portemonnaie in der Brusttasche seines Anzugs und zog ein Bündel Scheine heraus. »Mehr habe ich nicht. Und damit das klar ist, du und dein Bastard verschwindet für immer aus meinem Blickfeld. Und haltet euch von meiner Familie fern, sonst ...« Das Ende ließ er offen.

Eine bissige Antwort verkniff sie sich. Sie nahm die Scheine, drehte sich um und rannte los.

Wie lange sie ziellos durch die Straßen geirrt war, wusste sie nicht. Es musste um die Mittagszeit sein. Hatte sie vorhin nicht das Glockengeläut von Saint Pierre gehört? Sie befand sich unweit vom Hafen und beschloss, sich dort eine Galette zu gönnen. Während sie Marie-France in ihrer Armbeuge hielt, setzte sie sich mit dem in Papier eingeschlagenen Fladen auf eine Bank und schaute auf die Fischerboote, die sacht auf dem Wasser schwankten.

Wie tief war sie gesunken, um Maurice zu erpressen? Sie hatte sich geschworen, ihn nie wieder zu sehen. Er war Abschaum.

Sie leckte sich die Reste der salzigen Butter von den Lippen und schloss die Augen. Mit Unbehagen dachte sie an das letzte Aufeinandertreffen vor einem halben Jahr zurück. Die hässlichen Bilder drängten sich in ihren Kopf und blähten sich auf.

Er hatte zunächst seine Arme ausgebreitet, war davon ausgegangen, dass die große Sehnsucht sie in seine Arme zurückgetrieben hätte. Der charmante Bourgeois, der gönnerhaft ein Mädchen vom Land beglückte.

Sie hatte sich vor ihm aufgebaut und ihm verkündet, dass sie sich in anderen Umständen befand.

»Damit möchte ich nichts zu tun haben.« Innerhalb eines Wimpernschlags hatte sich sein verführerisches Lächeln in eine ausgefranste Grimasse verwandelt. Sie hatte tiefe Abscheu empfunden. Wie hatte sie so töricht sein können?

Sie hatten sich kaum gekannt. Nach wenigen Wochen hatte er versprochen, ihr die Sterne vom Nachthimmel zu pflücken und sie ihr vor die Füße zu werfen, nachdem er seine Frau verlassen hätte. Sie solle ihm nur ein bisschen Zeit lassen, um alles zu regeln. Sie hatten sich zu einem Picknick auf dem Land verabredet. Sie wusste nicht mehr, warum – war es Blauäugigkeit gewesen, Naivität oder nur die Lust auf das Leben und die Liebe? –, doch schließlich hatte Anne-Marie seinem Drängen nachgegeben und im selben Augenblick gewusst, dass sie einen großen Fehler gemacht hatte. Unter dem goldgelb leuchtenden Farbenmeer des Herbsthimmels hatte sie ihr Leben weggeworfen. Sie hatten sich bis zu dem unglückseligen Tag vor einem halben Jahr nicht mehr getroffen, da war es bereits zu spät gewesen.

Ein Schatten legte sich auf ihre geschlossenen Lider und sie riss die Augen auf. Vor ihr stand der deutsche Arzt, die Sonne im Rücken.

»*Mademoiselle* Anne-Marie? Was machen Sie denn hier? Ich dachte, Sie wären längst in Lorient.«

In der Stille konnte sie ihre Emotionen nicht vor ihm verbergen. Sie blieb stumm sitzen und er wartete geduldig. Es vergingen einige Atemzüge, ehe das Gewitter in ihrem Inneren weitergezogen war.

»Mein Leben liegt in Scherben.«

»Darf ich mich zu Ihnen setzen?« Er zögerte, bis sie nickte. »Konnten Sie nicht bei Ihren Eltern bleiben?«

Erneut bot sie ihm nur Schweigen als Antwort.

Sie blickten beide auf die schwankenden Boote. Auf einem Mast hockte eine Möwe, die sie kritisch von oben beäugte.

Anne-Marie stieß ein lautes Seufzen aus.

»Bitte verstehen Sie meine Frage nicht falsch. Es ist sicherlich keine Neugierde meinerseits.« In seiner Stimme

klang ehrliche Sorge. »Sie müssen mir nicht antworten.«
Er drehte seinen Kopf zu Anne-Marie und grinste schief.
»Wie geht es Marie-France? Sie hat sich verändert und ist
doch unverändert hübsch.«

»Sie ist ein Engel.« Ein Atemzug, dann sprudelten die
Worte aus ihr heraus. »Obwohl wir in der letzten Woche
nicht zur Ruhe gekommen sind, weint sie kaum, höchstens,
wenn sie sehr hungrig ist. Dann brüllt sie so laut wie ein
kleiner Löwe. Doch sie beruhigt sich schnell. Sie schläft
viel, zwischendurch beobachtet sie die Welt aus neugie-
rigen Augen, als müsste sie entscheiden, ob sie gut ist.«

Die Möwe mischte sich in die Konversation ein. Nachdem sie ihre erhabene Position verlassen hatte, kreiste sie
einmal über ihre Köpfe und stieß eine Lachsalve aus, bevor
sie in die Weite flog.

»Im Dorf meiner Eltern kennt jeder jeden. Eine *fille-
mère* ist eine Schande. Meine Eltern haben mich verstoßen.
Ich bin nach Vannes zurückgekehrt und habe vorläufig bei
einer Bekannten Unterschlupf gefunden. Isabelle wohnt in
Patern, nur einen Steinwurf von der Präfektur entfernt.«

Nun sagte *er* kein Wort und schaute in die Ferne. Ver-
urteilte er sie ebenso? Der hässliche Gedanke schlängelte
sich in ihren Kopf.

»*Mademoiselle* Anne-Marie, würden Sie mich ein Stück
begleiten? Ich wollte in meiner Mittagspause bis zum
Ende des Hafens laufen.« Er hatte sich noch einmal zu
ihr gedreht. Ein Lächeln flog über sein Gesicht, das vorsichtig in seine Augen kletterte. Ein dunkles Braun, das
hinter einer runden Hornbrille versteckt war.

Sie durfte ihn auf keinen Fall begleiten. Mindestens
tausend Gründe sprachen dagegen. Er gehörte zur Besatzungsmacht, ihr Ruf war bereits zerstört und auf Mitleid

konnte sie verzichten. »Das geht leider nicht, *Monsieur*.« Sie warf ihm die Worte vor die Füße. Zum Abschied nickte sie ihm zu, stand auf und ging Richtung Innenstadt.

Isabelle war inzwischen sicherlich wach und wartete auf sie.

Kapitel 11

Vannes, Bretagne

Helmut

Helmut freute sich auf den freien Tag, wie er sich lange nicht auf einen gefreut hatte. Gestern Abend hatte er versucht, einen Brief zu verfassen. Zwei Entwürfe lagen zerknüllt auf dem Tisch. Es war ihm nicht gelungen, die richtigen Worte zu finden. Sollte er schreiben, was sie hören wollte oder doch lieber, wie er seine Situation in Wirklichkeit empfand? Er würde sie damit vor den Kopf stoßen. Gedichte lagen ihm so viel mehr. In ihrer Schlichtheit malten sie in wenigen Worten tiefste Emotionen auf eine Seite. Vielleicht würde es ihm am Strand besser gelingen, die richtigen Formulierungen zu finden. Er würde zur Küste laufen und einen dritten Schreibanlauf nehmen. Der Brief war längst überfällig.

Er griff nach seinem Notizbuch und trat in den Flur. Die bunten Jagdgesellschaften an den Wänden nickten ihm grüßend zu, doch er versuchte, sie keines Blickes zu würdigen. Sie waren ihm heute zu grell und aufdringlich. Es war früh am Morgen, der Küchendrache war noch nicht erschienen. Kein zischendes Feuer am Herd, keine Flammen aus seinem Mund.

Vor der Haustür erwartete ihn frischer Wind, der ihm

angenehm um die Ohren wirbelte und den letzten Schlaf aus seinen Augen trieb. Schwere Granitwolken rannten am Himmel und kündigten Regen an. Das war ihm gleich, seinen Ausflug würde er trotzdem unternehmen.

Gestern war ein Assistenzarzt aus dem Militärlazarett erschienen und hatte einige Fragen zu den Abläufen gestellt. Er hatte Helmut eine Weile begleitet, ihm auf die Finger geschaut und eifrig Notizen gemacht. Nach einigen Floskeln hatte er die Krankenstation verlassen, ohne ihm den Grund für seinen Besuch zu verraten. Helmut war bewusst, dass er in einer privilegierten Situation lebte. Wie anders würden seine Tage in Deutschland oder sonst wo verlaufen? Er konnte sich glücklich schätzen, im Westen Frankreichs stationiert zu sein. Hier, am Ende der Welt, fühlte es sich nicht mehr wie Krieg an. Ein Blick auf seine Kameraden genügte, um zu sehen, dass sie das bretonische Landleben genossen, fernab jeglicher Kontrollen. Während andernorts die Soldaten der Wehrmacht in Schlammlöchern hockten und auf Befehle warteten, verfügten sie hier in der Bretagne über viel Freizeit. Nach Dienstschluss verbrachten sie ihre Abende mit Ausflügen, Feiern oder Glücksspielen. Die Soldaten der höheren Dienstgrade gingen als gutes Beispiel voran. Sie lebten in herrschaftlichen Häusern und stolzierten von einem gesellschaftlichen Anlass zum nächsten.

Die Ungerechtigkeiten im Krieg waren in sich ungleich verteilt. Das spiegelte sich genauso in seiner Arbeit wider. Am Anfang war er mit unendlich vielen Kriegsverletzungen konfrontiert gewesen, während er sich inzwischen meist um die Nachsorge der Soldaten kümmerte, die sich auf ihren motorisierten Ausflügen Knochenbrüche zugezogen hatten. Bisher hatte es seitens der Bevölkerung, abgesehen von wenigen Ausnahmen, keinen Widerstand gegeben. Kampfhandlungen, die zu Verletzungen oder gar zum Tod führten, waren vollkommen ausgeblieben.

Die einzige Bitterkeit war Helmuts angespanntes Verhältnis zum Truppenarzt. Er war voller Vorurteile und ein glühender Verehrer Hitlers. Bei seinem letzten Treffen hatte er ihm aufgetragen, keine Juden, Afrikaner und Kommunisten in der Klinik zu tolerieren. In Frankreich würde es davon nur so wimmeln. In seinen Augen seien sie alle Untermenschen. Überhaupt fand er wenige freundliche Worte über das Besatzungsland. Primitiv, dreckig, und die Frauen seien zu grell geschminkt. Es werde Zeit, dass sie deutsche Verhältnisse einführten.

Helmut war erleichtert, dass er in der Krankenstation der Nonnen arbeitete, wo der Truppenarzt und seine Kollegen ihn unbehelligt ließen. Hoffentlich würde diese Situation noch lange anhalten.

Mittlerweile war er am Strand angekommen. Ein aschfahles Licht presste sich leidlich durch die Wolken. Sie hatten sich inzwischen verbündet und zu einer bedrohlichen Front zusammengeschlossen. Tief und schwer hingen sie über dem Binnenmeer und vertrieben die letzte Helligkeit des Tages. Endlich öffnete der Himmel seine Schleusen und dicke Tropfen des Sommerregens hüpften auf der Wasseroberfläche. Eine Sekunde überlegte Helmut, ob er sich unterstellen sollte. Er beschloss weiterzulaufen. Der Regen war nicht kalt, sondern erfrischend, reinigend. Am liebsten hätte er angefangen, lauthals zu lachen und zu tanzen. Das ging natürlich nicht. Man hätte ihn für verrückt erklärt, falls ihn jemand gesehen hätte. Er begann zu traben, immer weiter entlang der Küste. Er wollte bis in alle

Ewigkeit rennen, begleitet von dem rhythmischen Klopfen des Regens auf dem Meer.

Allmählich beruhigte sich das Unwetter, und Helmut verlangsamte seine Schritte. Das war eins der vielen Dinge, die er an der Bretagne liebte: das unbeständige Wetter. Das Temperament des bretonischen Himmels wandelte sich mit einer überraschenden Geschwindigkeit. In dem einen Augenblick zeigte er sich fröhlich und unbeschwert, wenig später gebärdete er sich aufbrausend.

Der Regen hatte aufgehört, und die ersten Sonnenstrahlen versuchten, die tief hängenden Wolken zu durchbrechen. Er blieb kurz stehen und beobachtete den ungleichen Kampf. Von dort, wo er stand, hatte er einen herrlichen Blick auf das Binnenmeer, aus dem die Inseln ihre Köpfe reckten. Dahinter erstreckte sich der offene Ozean. Austerngrau. Eine bewegte Ruhe, als hätte man mit einem Buttermesser das Wasser glatt gestrichen, obwohl unter der Oberfläche das Meer brodelte. Das Schauspiel erschien ihm in diesem Moment wie ein Spiegel seiner eigenen Gefühlswelt.

Die Ebbe hatte einen kleinen flachen Felsen freigelegt, der aus einem struppigen Algennest herausschaute. Spontan entschied Helmut sich, auf den Stein zu klettern und mit Blick auf das Meer seinen Brief zu verfassen. Er öffnete sein Notizbuch, in das er einen Briefbogen gelegt hatte, und griff nach seinem Stift.

Liebe Mutter,

(Brief Nummer 8)

endlich habe ich das Meer gesehen. Bis tief in das Landesinnere wagt es sich vor, umrundet die vielen

Inseln und bringt die Helligkeit der Sonne mit sich.
Der grenzenlose Himmel und die Unendlichkeit
des Atlantiks vereinen sich hier in der Bretagne und
spielen miteinander. In einem Moment fegt ein sal-
ziger Wind und dunkelgraue Wolken stürzen sich
in das Wasser, dann – keine fünf Minuten später –
leuchtet alles in einem sanften Gelb. Fischerboote
schaukeln vor sich hin, während Möwen durch die
Lüfte patrouillieren. Das Naturschauspiel ist gran-
dios, und ich wünschte, Vater und Du könntet diese
liebliche Gegend sehen. Ich habe die Bretagne in
mein Herz geschlossen.

Vielleicht erstaunt es Dich zu lesen, dass ich mich
hier wohlfühle. Die Menschen sind freundlich und
meine Arbeit gefällt mir. Momentan arbeite ich in
der Krankenstation eines Klosters. Die verantwort-
liche Nonne, Schwester Bernadette, beäugt mich
manchmal kritisch, doch sie ist sehr fähig.

Sein Stift blieb hängen. Es würde seiner Mutter nicht gefallen, dass er sich fern der Heimat wohlfühlte. Am liebsten hatte sie ihn in unmittelbarer Nähe. Bereits als er im
Internat und später in Freiburg gewesen war, hatte sie oft
gejammert. Er hatte versucht, seine Eltern, so oft es ging,
zu besuchen. Sicherlich, er hatte es genossen, seine Füße
unter den gedeckten Tisch zu stellen und ihren Stolz zu
spüren. Gleichzeitig empfand er die übertriebene Fürsorge seiner Mutter manchmal als erdrückend. Aus der
Ferne betrachtet bemerkte er, dass er viele Entscheidun-
gen in seinem bisherigen Leben getroffen hatte, um ihr
einen Gefallen zu tun. Ich bin ungerecht, drängte es sich

in seinen Kopf, und er bekam ein schlechtes Gewissen. Im Rest des Briefes würde er lieber Fragen stellen, das war unverfänglicher.

Wie geht es Euch im Schwarzwald? Habt Ihr Euch auf dem Hof gut eingelebt? Ich hoffe, dass Emil Dich unterstützt bei der vielen Arbeit, die anfällt. Bitte sag ihm, dass sein großer Bruder stolz auf ihn sein möchte. Und wie geht es dem Vater?

Unzufrieden mit seinen Worten steckte er den begonnenen Brief zurück in sein Notizbuch. Es war früh am Nachmittag. Er wollte nicht über den Küstenweg zurück zum Hafen laufen, sondern einen Weg im Landesinneren finden. Sein guter Orientierungssinn würde ihm dabei helfen. Er war neugierig auf die ländliche Architektur. Ihm war aufgefallen, dass die Häuser mit Schieferschindeln bedeckt waren. Wie schwarze Hüte saßen sie auf den Granitsteinen und verliehen den Gebäuden etwas Strenges und Gedrungenes. Die bretonischen Bauernhöfe sahen anders aus als die Eindachhöfe im Schwarzwald.

Heute Abend würde er zu seiner Hauswirtin gehen und sie fragen, ob er sich ein Buch ausleihen könne. Vielleicht ergab sich ein Gespräch und er würde sie nach dem deutschen Gedichtband fragen. Die letzten Tage war sie entweder nicht zu Hause gewesen oder hatte Besuch empfangen. Regelmäßig kamen abends einige Damen und sie spielten Karten. Ihr Kichern drang manchmal bis zu ihm ins Zimmer hinauf.

Er war so versunken in seinen Gedanken gewesen, dass er den Gegenstand gesehen hatte, ohne ihn wirklich wahrzunehmen. Hatte er geträumt? Er drehte sich um und lief einige Schritte zurück. Er hatte sich nicht getäuscht. Am Feldrand lag er, achtlos in einer Senke. Ein ramponierter Kinderwagen. Wie viele andere unbrauchbare Gegenstände war er wahrscheinlich von fliehenden Menschen zurückgelassen worden. Er zog ihn aus seinem Loch und stellte fest, dass die vordere Achse verbogen war. Die Metallscheibe und der harte Gummireifen waren intakt. Die Abdeckung war defekt und ließ sich nicht mehr öffnen. Der tiefe Korb war verdreckt und die Matratze fehlte.

Würde er es fertigbringen, die Achse auf der Stelle notdürftig zu reparieren, damit er das Gefährt nach Vannes zurückschieben konnte? Und würde er ihr Haus finden? Eine innere Stimme rügte ihn. Es war nur eine Ausrede, um sie wiederzutreffen. Außerdem würde sie von ihm nichts annehmen.

Wütend schob er den Wagen zurück die Böschung hinab. Mit einem Rumpeln landete er im hohen Gras auf der Seite. Helmut schaute auf das Rad, das in der Luft eierte. Was soll das?, schalt er sich. Einen Versuch war es doch wert.

Er kletterte die Böschung hinunter, zog den Kinderwagen erneut auf den Feldweg und drehte ihn auf die Seite. Mit einem Ruck löste er die Sicherung und zog das Rad von der Achse. Vorsichtig versuchte er, sie zu biegen. Das war schwerer als gedacht. Er brauchte einen Stein, mit ihm konnte er das verbogene Teil gerade klopfen. Es dauerte letztlich fast eine halbe Stunde, bis er eine einigermaßen geradlinige Achse hatte und die Metallscheibe wieder montieren konnte. Der Wagen eierte leicht, aber Marie-France würde es nicht stören. Zufrieden betrachtete er sein Werk.

Jetzt blieb ihm nur noch, mit dem wackelnden Wagen bis nach Vannes zu laufen und ihr Haus zu finden. Vorfreude erfüllte ihn.

100 Gramm Reis entsprechen 346 kcal –
ich bin nahrhaft wie ein Kotelett.

Über das Werbeplakat konnte Helmut nur den Kopf schütteln. Bald würde es sicherlich auch keinen Reis mehr zu kaufen geben. In der ländlichen Bretagne würde der Hunger später ankommen als im Rest Frankreichs, aber er würde kommen, wenn es so weiterging.

Helmut war am Hafen angelangt. Er bog mit seinem wackligen Gespann in eine Straße ein und wäre fast in eine Gruppe Soldaten hineingefahren.

Ausgerechnet Simmler, schlimmer hätte es nicht kommen können! Die wässrigen Augen seines Kameraden stachen aus den weichen Zügen hervor, musterten erst Helmut, dann den Kinderwagen. Die Gruppe war stehen geblieben.

Simmler klopfte Helmut auf die Schulter. »Schau mal einer an, der Kollege Wagner ist jetzt Kinderfrau.« Er ließ ein kehliges Lachen erklingen und schaute Beifall heischend in die Runde. Alle Köpfe drehten sich nach unten und suchten ein Kind in dem Gefährt.

»Der Wagen ist für das Krankenhaus bestimmt.« Die Peinlichkeit trieb Helmut die Hitze ins Gesicht.

»Und ich dachte schon, Sie sind Vater geworden.« Erneut ein rohes Lachen. Kleine Spuckfetzen sprangen aus Simmlers Kehle.

Helmut wollte das Weite suchen oder in den Boden versinken. »Ich wünsche Ihnen einen schönen Abend.«

Ruckartig rollte er den Wagen an der Gruppe vorbei und beschleunigte seine Schritte. Das Eiern wurde stärker. Er schaute nicht zurück und hastete um die nächste Ecke. Dort verlangsamte er sein Tempo und atmete laut aus. Er war schon so weit gekommen und wollte jetzt nicht aufgeben. Nun galt es, das richtige Haus zu finden. Er versuchte, sich die letzte Konversation mit Anne-Marie ins Gedächtnis zu rufen. Sie lebte bei einer Isabelle im Stadtteil Saint Patern, *nur einen Steinwurf von der Präfektur entfernt*. Er hoffte, dass sie nicht so weit warf.

Eine gefühlte Ewigkeit irrte er mit dem Wagen vom Hafen in Richtung des Stadtteils. Kleine Häuser reihten sich aneinander, auf den schmalen Gassen, die sie bildeten, spielten Kinder. Die Häuser waren nicht so prächtig und bunt wie in der Innenstadt oder der Gegend, in der er wohnte. Unschlüssig schob er den Wagen in die *Rue du Four* und nahm sich vor, die nächste Person zu fragen, auf die er traf. Am Ende der Straße schob er den Kinderwagen nach rechts in einen engen Durchlass. Drei Jungen spielten mit Murmeln im Dreck, dahinter saß eine alte Frau auf einer Bank. Angelehnt an eine Hauswand stocherte sie mit ihren Nadeln mühsam in ihrem Strickzeug.

Alle Selbstsicherheit hatte Helmut verlassen. Schüchtern fragte er: »*Madame*, ich suche eine Frau namens Isabelle, die im Stadtteil Patern wohnt.«

»Isabelle?« Die Hände hörten auf zu stricken.

»Leider habe ich ihre genaue Adresse nicht. Bei ihr wohnt eine Bekannte, die ein neugeborenes Mädchen hat.« Um sich zu rechtfertigen, fügte er hinzu: »Ich möchte ihr den Kinderwagen bringen.«

Die ältere Dame hob den krummen rechten Zeigefinger und deute auf eine grüne Tür am Ende der Gasse. So einfach war es? Helmut konnte sein Glück kaum fassen. Er schaute fasziniert auf die knotigen rötlichen Finger der Frau. Gicht, diagnostizierte er automatisch.

»Danke, *Madame*, vielen Dank.«

Die erregte Vorfreude kehrte zurück.

»*Monsieur*?« Auf sein Klopfen hatte ihm eine Frau mit einer beeindruckenden Haartolle geöffnet. Sie hatte die rotesten Lippen, die Helmut je gesehen hatte. Amüsiert musterte sie den Wagen und zog ihre schmalen Augenbrauen hoch. Das musste Isabelle sein.

»Guten Tag, *Madame*, bitte entschuldigen Sie die Störung. Ich suche *Mademoiselle* Anne-Marie. Wohnt sie bei Ihnen?«

Isabelle drehte sich um. Die aufgetürmten Haare schwankten gefährlich. »Anne-Marie, Besuch für dich!«

Isabelle trat in den Flur, sobald Anne-Marie erschienen war. Sie trug ein geblümtes Sommerkleid und hatte ihre Haare hochgesteckt. Einige Strähnen hatten sich aus ihrer Frisur gelöst und kräuselten sich seitlich bis zu ihren Schultern. Sie war offensichtlich erstaunt, ihn zu sehen. »*Monsieur*, was machen Sie denn hier?«

»Der ist für Sie.« Mit einer Handbewegung deutete Helmut stolz auf seinen Fund.

Ungläubig betrachtete sie zuerst den Kinderwagen, dann lenkte sie ihren Blick auf Helmut. »Das kann ich unmöglich annehmen.«

»Ich habe ihn an einem Feldrand gefunden, verlassen. Die Abdeckung ist gebrochen, der Korb hat schon bessere Tage gesehen und die Matratze fehlt. Aber wenn Sie ihn reinigen und ein Kissen reinlegen, ist er fast wie neu.« Ein Lächeln huschte über seine Lippen. Er war zufrieden mit seinem Geschenk.

Neugierig trat sie auf die Gasse und kniete sich vor dem Wagen auf das Kopfsteinpflaster.

»Ach, und er eiert. Sie müssen ihn also langsam schieben.«

Ein helles Lachen. Sie stand auf und sah ihn an. Auf ihrem Gesicht glitzerte Freude. »Vielen Dank, *Monsieur*. Marie-France wird sich freuen.«

Gemeinsam trugen sie den Wagen die Stufe zum Hausflur hoch.

»Vielleicht darf ich Sie zu Ihrem nächsten Spaziergang begleiten?«

Anne-Marie schmunzelte, die Grübchen mogelten sich in ihre Wangen.

»Darf ich das als Zustimmung werten? In drei Tagen könnte ich mir freinehmen. Schwester Bernadette wäre sicherlich froh, das Regiment allein zu führen.« Er zwinkerte ihr zu.

»Ich weiß nicht so recht.« Ihre Miene wurde ernst.

»*Mademoiselle*, vielleicht können wir uns am anderen Ende des Hafens treffen und von dort gemeinsam nach Conleau oder Séné laufen. Ich würde so gerne mehr über Ihr Land erfahren.« Er las die Unentschlossenheit in ihrer Mimik. »Bitte. Wäre zehn Uhr für Sie passend?« Seine Worte waberten dahin und drohten, sich in der schmalen Gasse aufzulösen.

»Natürlich ist zehn Uhr passend! Das wird dir guttun, Anne-Marie!« Isabelle war aus dem Dunkel des Hausflurs getreten. An der Türschwelle stand sie im Licht. Sie klatschte in die Hände.

»Abgemacht. Ich freue mich, *Mademoiselle*.« Bevor Anne-Marie Einspruch erheben konnte, wandte er sich um. Seine Beine trugen ihn ganz leicht vor Glück.

Als er die Haustür öffnete, vernahm er, dass *Madame* Besuch hatte. Er wollte bereits den langen Flur bis zur Treppe schreiten, als sie ihn kichernd zu sich ins Wohnzimmer rief.

»*Monsieur*, *Madame* Morvan möchte Sie kennenlernen.«

Auf dem Kanapee der *Madame* saß eine üppige Frau in einem aufgeplusterten farbenfrohen Kleid. Sie war sehr klein, ihre Füße baumelten in der Luft. Blaue und grüne Federn ergänzten ihre Farbpracht, bunte Perlen hingen an ihrem Hals. Es fehlen nur die Küken, dann wäre die Glucke perfekt, lächelte Helmut in sich hinein. Neugierig musterte die Frau ihn über den Rand des Champagnerglases, das sie in der Hand hielt. Er war fasziniert. Deutsche Frauen würden in ihrem Alter keine derartig ausgefallenen und bunten Kleider tragen.

»Guten Abend, *Mesdames*.«

»Das ist er also«, gluckste *Madame* Morvan. Die Damen schienen angeheitert.

Helmut fand die Begutachtung amüsant und musste sich zusammenreißen, damit er nicht anfing zu lachen. In die heitere Stimmung hinein sah er zu seiner Hauswirtin, die ihre üblichen schwarzen Gewänder trug. »*Madame*, Sie haben eine beeindruckende Bibliothek. Dürfte ich mir in Zukunft das eine oder andere Buch ausleihen? Die Abende sind lang und Ihre Literatur ausgezeichnet.«

»Natürlich, *Monsieur*. Bedienen Sie sich, wann immer Sie wünschen.« Beide Damen schauten ihn an und kicherten.

Er hatte die Begutachtung überstanden. Nach einem kurzen Nicken flüchtete er auf sein Zimmer.

Kapitel 12

Zwischen Baden-Baden und Gernsbach

Emil

Bobbele roch unbeschreiblich gut. Eine Mischung aus Stall, Teppich und dem Knochen, den er gestern aus einem Versteck ausgebuddelt hatte. Überallhin hatte er die braungraue Trophäe mitgeschleppt und stundenlang daran gebissen. Emil steckte seine Nase in das struppige Fell und nahm einen tiefen Atemzug. Der Geruch beruhigte ihn. Noch einmal einatmen, bis in den Bauch hinein, ganz tief. Das half, die Angst zu vertreiben. Heute musste er allein nach Baden-Baden gehen, die Gefangenen abholen und sie zurück auf den Hof führen. Die Hexe war in Mutters Rücken gekrochen und hatte sich in ihrem Kreuz eingenistet. Wie das gehen sollte, konnte er sich nicht vorstellen, und er fragte sich, wie man sie wieder aus dem Rücken verscheuchen könnte. Würde sie von allein auf ihrem Besen davonfliegen?

Die Mutter hatte einen ziehenden Schmerz und lief seit gestern gebeugt wie eine alte Frau, die ihr Leben lang auf einem Kartoffelacker gearbeitet hatte. Das hatte sie zumindest gejammert und hinzugefügt: »Wer soll die viele Arbeit machen, wenn nicht ich?«

Heute Morgen hatte sie beim Melken geweint. Dicke, leise Tränen waren von ihren Wangen getropft. Emil hatte sich hilflos gefühlt. Danach quälte sie sich in die Kammer und legte sich am helllichten Tag ins Bett. Das hatte es noch nie gegeben.

Kurze Zeit später rief sie Emil zu sich. »Emil, du musst die Gefangenen in Baden-Baden allein abholen.« Ihr Gesicht war schmerzverzerrt. Ihre ansonsten stets ordentlich nach hinten gesteckten Haare hatten sich aus der Frisur gelöst, lange Strähnen hingen ihr in der Stirn. Das war sonderbar, Emil kannte seine Mutter nicht mit offenen Haaren.

»Aber, Mutter, du hast gesagt, dass wir das erste Mal zusammen hingehen.«

»Schau mich an, ich kann nicht laufen. Wie soll ich so bis nach Baden-Baden kommen? Und der Vater muss bei mir bleiben.«

Widerrede war zwecklos, das hatte Emil gewusst. Trotzdem hatte er einen erneuten Anlauf gewagt. »Wir könnten warten, bis die Hexe aus deinem Rücken gekrochen ist.«

»Nein. Heute ist der vereinbarte Termin und wir brauchen die Hilfe auf dem Hof.« Sie hatte barsch gesprochen.

»Ich habe Angst. Die sind doch gefährlich und viel größer als ich.«

»Du darfst Bobbele mitnehmen, aber er muss am Waldrand warten. In die Stadt darf er nicht mit, das verbiete ich. Ich habe einen Brief für Herrn Geisinger geschrieben. Du gehst zur Behörde und gibst ihn ab, dann wartest du. Ich bin sicher, sie werden dir die Gefangenen mitgeben.«

Er drehte sich ein letztes Mal zu Bobbele um, der am Waldrand Platz gemacht hatte. Stolz mischte sich in Emils Beklemmung. Emil hatte ihm beigebracht zu warten.

Manchmal verharrte sein Hund stundenlang, den Weg fest im Blick, bis Emil wiederkam. Auf Bobbele war Verlass.

Als er in der Behörde angekommen war, gab er am Schalter den Brief ab und sagte dem Pförtner, die Mutter habe ihm aufgetragen zu warten. Er setzte sich auf eine Bank in der Eingangshalle. Der Mann mit dem rechteckigen Oberlippenbart schaute mit seinem Rattenblick auf ihn herab. Er fand ihn diesmal furchteinflößender als beim letzten Mal, vermutlich, weil er heute ohne seinen Vater hier war. Womöglich auch, weil das Gebäude wie ausgestorben wirkte und kein geschäftiges Gewusel auf den Gängen ihn ablenkte. Die Behörde schien tief zu schlafen. Vielleicht war der Eber heute nicht da und er konnte allein nach Hause marschieren, ohne die Gefangenen.

Gerade als Emil anfing zu hoffen, trat Herr Geisinger in Begleitung eines anderen Soldaten aus einem Zimmer. Sie kamen auf ihn zu, die Angst schlich Emil den Rücken hoch. Kalter Nacken, schwitzige Hände. Schnell wischte er seine Finger an der Lederhose ab.

»Du bist doch der Bub mit dem blinden Vater?« Ohne eine Antwort abzuwarten, brüllte Herr Geisinger dem Soldaten seine Anweisungen zu. Dann drehte er sich um und verschwand in einem Büro.

»Komm mit.« Der Soldat sah aus, als hätte er vor ein paar Tagen die Volksschule absolviert. Sein viel zu dünner Jungenkörper steckte in einer viel zu großen Uniform, seine Storchenbeine gingen unter in der viel zu weiten Hose.

Gemeinsam traten sie ins Freie.

»Warte hier.«

Emil stand Ewigkeiten in der Sonne. Er war zunehmend durstig und hatte das Gefühl, dass sich seine Beine langsam in den Bauch schoben. Endlich sah er den jungen Soldaten wiederkommen, gefolgt von drei Männern. Das mussten die Gefangenen sein. Emils Kehle wurde noch trockener.

»Heute Abend um acht Uhr musst du sie zurückbringen. Los, ihr Pack, folgt dem Jungen.« Der junge Soldat gab dem Mann, der am nächsten bei ihm stand, einen Schubs.

Das fand Emil nicht richtig. Der Mann hätte der Vater des Jungen sein können.

Sofort setzte er sich in Bewegung und verfiel in einen leichten Trab. Er brauchte seinen Hund, sofort, schoss es ihm durch den Kopf. Die Männer folgten ihm, das hörte er an ihren Schritten. Bloß nicht umdrehen, weiterlaufen, befahl er sich.

Schon von Weitem konnte er seinen struppigen Gefährten sehen. Bobbele richtete sich auf, sobald er Emil erblickt hatte. Sein kleiner Stummelschwanz wedelte aufgeregt.

»Bobbele, komm!«

Der Hund schoss los und kam auf ihn zu gerannt.

Emil verlangsamte seine Schritte. Er hatte sich bisher kein einziges Mal umgedreht, das hatte er sich nicht getraut. Er kniete sich vor seinen Hund, der ihm sofort das Gesicht ableckte, und steckte seine Nase in das raue Fell. Ein tiefer Atemzug wie am Morgen. Dann ging Bobbele zu den Männern und fing an, sie zu beschnuppern. Emil hob vorsichtig den Kopf. Ein Schauder lief ihm das Rückgrat hinab.

Drei Geister schauten durch ihn hindurch. Sie waren nicht blind, doch ihre Blicke waren erloschen wie der vom Vater. Ihre Köpfe waren kahl rasiert, die Wangen hohl. Ihre Kleidung schlotterte an den knochigen Körpern. Sie sahen schlimmer aus als die Gespenster in seinen Albträumen.

Irgendwie taten sie Emil leid. Das lag an ihren todtraurigen Gesichtern und an dem Hunger, der an ihnen nagte. Sie müssen mehr essen, dachte er.

Die ganze Strecke liefen sie hinter Emil her und sprachen kein Wort, weder zu ihm noch untereinander. Endlich konnte er den Hof sehen. Er lag auf der Lichtung im schönsten Mittagslicht. Der Vater saß auf der Bank an der Hauswand, der Holunderbaum zu seiner Rechten. Die ersten Beeren färbten sich dunkelrot. Mit seinem feinen Gespür konnte der Vater die Ankommenden hören und stand auf. Seinen Blindenstock hielt er in der Hand.

»Guten Tag. Kann einer von euch Deutsch? Wie viele seid ihr?« Die leeren Augen des Vaters blieben an den Gefangenen hängen.

»Ja, ich. Wir sind drei.« Der Mann war größer als die anderen. Wahrscheinlich wird er den Kopf in der Stube einziehen müssen, schätzte Emil.

»Wie heißt du?«

»Wiktor.« Der Mann hatte eine leise Stimme, die nicht zu seinem großen Körper passte.

»Büble, hol deine Mutter.«

Flink rannte Emil durch das Haus in die Kammer der Eltern. »Mutter, sie sind da! Der Vater sagt, du sollst kommen.«

Sie lag auf der Seite und versuchte, sich aufzurichten. Ein lautes Stöhnen drang aus ihrer Kehle. »Hilf mir, Emil.«

Emil zog sie an beiden Armen hoch, bis sie sich auf die Bettkante gesetzt hatte. Dort verharrte sie einen Augenblick und nahm mehrere Anläufe, bis sie schließlich auf den Beinen stand. Gemeinsam gingen Mutter und Sohn im Schneckentempo den langen Flur entlang und traten nach draußen.

»Wiktor, das ist meine Frau Laura. Sie ist krank und kann heute nicht arbeiten. Sie wird euch kurz erklären, was zu tun ist.«

»Die Matte muss gemäht werden. Das Gras steht sehr hoch. Leider ist es schon trocken.« Laura zeigte auf die Wiese, auf der einige Obstbäume standen.

Die Matte wies eine ordentliche Schräglage auf. Sie war so steil, dass man aufpassen musste, nicht nach vorn zu kippen. Wenn das Gras frisch abgemäht war, fand Emil es lustig, sich von ganz oben nach unten kullern zu lassen. Die drei Polen schauten auf die Wiese. In ihren Mienen konnte man ablesen, dass Knochenarbeit auf sie wartete.

»Wo sind die Sensen und Heugabeln?« Der Riese wandte sich an Laura.

»In der Scheune neben dem Stall.« Laura deutete mit dem Zeigefinger hinter das Wohnhaus. »Dort hängt auch der Wetzstein.«

»Jaroslaw und ich haben in Polen eine Landwirtschaft. Wir schwingen die Sense nicht das erste Mal.« Wiktor nickte einem der kleineren Gespenster zu.

»Gut. Ihr nehmt den Jungen mit. Er wird euch Stall und Scheune zeigen. Falls ihr etwas braucht, sagt es ihm. Er richtet es uns aus.«

Das ging Emil gegen den Strich. »Aber, Mutter, ich wollte doch …«

Weiter kam er nicht. »Du kannst gerne zwei Milchkannen nehmen und Heidelbeeren sammeln.«

Am liebsten hätte Emil mit dem Fuß auf den Boden gestampft. Doch das traute er sich nicht. Die Mutter wusste, dass er diese Aufgabe hasste. Mädchenarbeit, fand er. Er liebte den Geschmack der süßen Früchte, vor allem, wenn die Mutter Pfannkuchen backte und ein Glas Heidelbeermarmelade öffnete. Das war ein Festessen. Das Sammeln fand er jedoch furchtbar langweilig. Letztes Jahr hatte er zur Strafe eine Milchkanne voll sammeln müssen, die große, nicht die kleine, und am Ende hatte er den Behälter verschüttet und die Beeren mühsam vom Waldboden auflesen müssen. Das war eine *Futzelearbeit* gewesen. »Ich gehe ja schon«, gab er sich geschlagen.

Mittlerweile hatten die Gefangenen in Emils Augen ein wenig von ihrem Schrecken verloren. Er zeigte ihnen zuerst Scheune und Hof, ehe sie zur Wiese gingen. Die Sensen wurden gewetzt, und die Gefangenen begannen ihr Werk. In leicht gebückter Haltung schwangen sie ihre Werkzeuge, als würden sie zum Rhythmus ihres Körpers tanzen. Bevor das Gras sich senkte, zischte es mit einem lauten »Rasch, rasch, rasch«. Während zwei der Männer mit den Sensen hantierten, stand der dritte hinter ihnen und zog das Gras mit einer Heugabel auseinander. Emil war fasziniert, wie schnell sich die Sensen durch das Gras fraßen. Die Matte war schon zur Hälfte abgemäht, als die Mutter ihn zu sich rief.

»Emil, hör gut zu: Die Brotrinde legst du vor den Hühnerstall. Du wirfst das Brot nicht über den Zaun.«

Kurz überlegte der Junge. Das war völlig unlogisch. »Mutter, wie sollen die Hühner fressen, wenn ich das Brot nicht in den Hühnerstall schmeiße?«

»Frag nicht, und tu, was ich dir sage. Anschließend nimmst du die drei Eier und legst sie um den Kirschbaum.«

Emil verstand. Das Essen war für die Gefangenen. »Wir dürfen ihnen doch nichts geben, sonst werden wir bestraft«, flüsterte er und schaute seine Mutter ernst an.

»Mach es einfach, Junge. Wenn du fertig bist, kommst du zum Vesper. Der Vater sitzt in der Stube und wartet auf dich.« Sie drückte ihm den Korb in die Hände.

Emil war nicht blöd. Er wusste, dass sie etwas Verbotenes taten. Das fand er aufregend. Dass der Hunger die Gefangenen quälte, hatte er am Morgen schon festgestellt. Als er das Essen verteilte, drehten sich die alten Köpfe der Polen, die mit krummem Rücken auf der Matte saßen, nach dem Jungen um. In den erloschenen Blicken blitzte es.

Kapitel 13

Vannes, Bretagne

Helmut

Das Meer war in den Himmel geströmt, als hätte es mit ihm die Plätze getauscht. Wellige Wolkenlinien mit regelmäßigen Schaumkronen warfen ein fröhliches Muster auf das endlose Blau des Sommerhimmels. Für ihren Ausflug hätte Helmut sich kein schöneres Wetter wünschen können. Er war viel zu früh zu ihrem Treffpunkt gekommen und hatte sich auf einen Hafenpoller gesetzt. Er genoss es, dem schläfrigen Treiben zuzuschauen, dachte an nichts, sah einfach zu, wie das Leben gemütlich verfloss. Er beobachtete einen alten Mann, der sein blaues Fischerboot sorgsam mit einer Bürste schrubbte. Das Béret bedeckte sein faltiges Gesicht zur Hälfte, einzig die knollige Nase und sein Mund schauten hervor. Eine erloschene Pfeife hing in seinem Mundwinkel. Ab und an zog er daran, aus jahrzehntelanger Gewohnheit. Nichts schien den Fischer aus der Ruhe zu bringen. Langsam, aber stetig bürstete er. Diese beharrliche Konzentration auf den *Moment* schien sich auf Helmut zu übertragen. Er war vollkommen im Augenblick, losgelöst vom Takt der Zeit.

Von irgendwoher hörte er die Schläge einer Kirchenglocke zu ihm herüberwehen. Zehn Uhr. Sie würde jede

Sekunde kommen. Er stand auf und suchte den lang gezogenen Hafen mit den Augen ab.

Fünf nach zehn.

Die Boote schaukelten verlassen am Steg. Erst zur Mittagszeit würden die Menschen zum Hafen strömen, um die Bistros und Cafés mit Leben zu füllen.

Zehn nach zehn.

Die Ruhe, die er soeben noch empfunden hatte, wurde von einer wachsenden Ungeduld verscheucht. Innerhalb von wenigen Minuten malte er sich alle möglichen Szenarien aus. Ihre Eltern waren nach Vannes gekommen und hatten sie trotz ihrer anfänglichen Bedenken zurück nach Lorient geholt. Marie-France war krank. Es war Anne-Marie unangenehm, sich mit ihm sehen zu lassen.

Viertel nach zehn.

Oder sie wollte ihn schlichtweg nicht sehen. Er hatte sie zu sehr bedrängt, zu fest auf das Treffen beharrt. Das wäre das Szenario, das ihn am meisten enttäuschen würde. Wie lange sollte er noch warten? Was war angemessen? Pünktlichkeit war ihm wichtig. So war er erzogen worden. Er kam stets vor der vereinbarten Zeit zu einem Treffpunkt. War das in Frankreich anders? Er hatte keine Ahnung.

Zwanzig nach zehn.

Die Ungewissheit war eine Tortur. Er musste der Tatsache ins Auge blicken, dass sie nicht kommen würde. Aus irgendeinem Grund. Sollte er zu ihr gehen? Wäre das nicht zu aufdringlich? Sollte er allein am Meer spazieren und in ein paar Tagen bei ihr vorbeischauen?

Zehn Uhr sechsundzwanzig.

Ein letztes Mal drehte er sich um und suchte den Hafen ab, da sah er sie. Ohne Eile schob sie den eiernden Kinderwagen in seine Richtung. Endlich. Seine nervösen Gedankenspiele lösten sich in weniger als einem Wimpernschlag in der frischen Brise auf. Er griff nach seiner Tasche, die er am Poller abgestellt hatte, und lief ihr entgegen.

Sie waren bereits eine Weile unterwegs. Marie-France schlief auf einem neuen Kissen, ihre kleinen Hände seitlich zu Fäusten geballt. Ab und an gab sie zaghafte Seufzer von sich, während ihre Augenlider zuckten. Ihr Haar war in den wenigen Wochen heller geworden und kringelte sich an den Seiten. Ein kleiner Engel.

Bis auf einige höfliche Bemerkungen liefen sie schweigend nebeneinander, jeder für sich in seinen Gedanken. Und doch waren sie sich des anderen bewusst, die Luft fühlte sich aufgeladen an, elektrisierend.

Sie kamen am Steg an, der zur Halbinsel Conleau führte. Vor ihnen breitete sich das Binnenmeer aus, schläfrig flüsterten die Wogen im sanften Wind. Wie jedes Mal fühlte sich Helmut von dem Naturschauspiel berührt, das sich vor ihm ausrollte. An der Spitze der Halbinsel blieben sie stehen.

»*Mademoiselle* Anne-Marie, ich muss Ihnen verraten, dass ich, bevor ich in die Bretagne gekommen bin, in meinem Leben noch nie das Meer gesehen hatte.«

Die Brise spielte mit ihren Locken, hob sie an und blies ihren frischen Atem in ihren Nacken. Er sah die feinen Härchen am Haaransatz.

»Das kann ich mir nicht vorstellen, *Monsieur*. Ich habe mein ganzes Leben am Meer verbracht. Wie sieht es bei Ihnen in Deutschland aus?«

»Es gibt vielfältige Landschaften. Im Norden haben wir die Nord- und die Ostsee, da war ich noch nie. Ich bin aus dem Süden, dem Schwarzwald. Dort stehen die

Bäume dunkel und gedrängt. Viele Berge versperren die Sicht. Hier spielt der Himmel mit dem Wasser. Das Licht verändert sich ständig. Ich kann mir unmöglich vorstellen, dass es irgendwo auf dieser Welt lieblicher ist.« Mit dem Arm zeigte er auf die Sonne, die die wolkigen Schaumkronen durchbrach und sich auf das Wasser warf. Die Insel vor ihren Augen glühte im goldenen Licht.

»Eine bretonische Sage erzählt, dass es im Golf von Morbihan so viele Inseln gibt wie Tage im Jahr. Das kann nicht stimmen!« Ein kristallines Lachen ertönte und die Grübchen sprangen in ihr Gesicht.

»Haben Sie sie gezählt?« Er zwinkerte ihr zu.

»Natürlich nicht. Wir Bretonen haben unglaublich viele Legenden und Sagen. Ich werde sie später alle Marie-France erzählen.« Die Perlen leuchteten. Er fand sie bezaubernd. Schnell fügte sie hinzu: »Morbihan heißt auf Bretonisch kleines Meer. Vor uns sehen Sie Séné, dahinter liegt die Insel Arz. Ihre ausgefranste Küstenlinie versteckt viele kleine Buchten, in denen man herrlich baden kann. Rechts davon ist die größere Île-aux-Moines, auf der sich zahlreiche Dolmen und Menhire befinden. Manchmal stelle ich mir vor, wie das Leben hier vor vielen Tausenden von Jahren war, als die Menschen die Mühe auf sich nahmen, solche Bauwerke zu schaffen.« Zufrieden mit ihren Erklärungen schaute sie ihn an.

»Würden Sie mich als meine persönliche Fremdenführerin dorthin begleiten? Oder zum offenen Meer? Ich würde gerne alles erkunden.« Hoffnungsvoll blickte er sie an.

»Dann müssen wir warten, bis sich die Lage normalisiert hat.«

Er bemerkte, dass sich ein Schatten über ihr Gesicht legte. Um sie abzulenken, hielt er seine Tasche in die Höhe.

»Ich habe Ihnen etwas mitgebracht. Könnten Sie einen kurzen Moment die Augen schließen?«

»Was ist da drin?« Neugierig schaute sie ihn an.

»Wenn ich es verrate, ist es keine Überraschung mehr. Wenn es Ihnen lieber ist, können Sie sich einfach umdrehen.« Mit einem Zwinkern fügte er hinzu: »Marie-France darf natürlich zuschauen.«

Ihr Lachen überzeugte ihn, dass der Schatten verflogen war. Sie schloss beide Augen, die Grübchen strahlten ihn an.

Schnell ging er ein paar Schritte zu einer Holzbank, vor der sich das Binnenmeer wie in einem Gemälde präsentierte. Während er sie mehrmals ermahnte, nicht zu schummeln, holte er vorsichtig den Inhalt seiner Tasche hervor. Er freute sich auf ihre Reaktion und rief ihr zu: »Sie dürfen Ihre Augen öffnen!«

Ungläubig schauten die silbernen Perlen auf ein großes Stück Käse, einen halben Ring luftgetrockneter Wurst und ein Baguette. Er hatte alles auf einem weißen Handtuch ausgebreitet. In ihrem Blick las er die Freude und spürte, wie sie zu seiner wurde. Vorsichtig schob sie die schlafende Marie-France zur Holzbank. »Das sind Delikatessen, die schwer zu finden sind und teuer, seit die Reichsmark eingeführt worden ist.« Bisher hatten sie es vermieden, über die Folgen der Besatzung zu sprechen, doch nun holten sie sie ein. Eine Bitterkeit schwang in ihren Worten. Sie setzte sich auf die Bank und begutachtete die Lebensmittel.

»Bitte, lassen Sie uns heute nicht über den Krieg und die Besatzung sprechen. Wie viele andere bin ich gegen meinen Willen hineingerutscht und nicht aus Überzeugung bei der Wehrmacht.« Er zog einen Mundwinkel nach oben.

»Außerdem bin ich ein schlechter Soldat, dafür kann ich umso besser Lebensmittel organisieren.«

Anne-Marie lachte aus voller Kehle, die Grübchen tanzten. »Ich habe einen Bärenhunger.«

Helmut griff in die Hosentasche, holte ein Taschenmesser hervor und klappte es aus.

Er schnitt das Brot, den Käse und die Wurst in mundgerechte Stücke.

Erneut ertönte ihr helles Lachen. »Normalerweise schneiden wir die getrocknete Wurst in hauchdünne Scheiben, so schmeckt sie am besten.«

Wollte sie ihn aufziehen? Auch er konnte necken. »Ich dachte, Sie haben einen Bärenhunger. Also habe ich große Bärenstücke geschnitten. Greifen Sie zu!«

Das ließ sie sich nicht zweimal sagen.

Innerhalb weniger Minuten hatten sie das halbe Brot gegessen. Ein Krümel hing an ihrer Unterlippe, und er ertappte sich bei der Vorstellung, ihn mit dem Finger wegzustreichen.

»Stammen Sie aus einer Arztfamilie?« Der Krümel hatte sich von ihrer Lippe gelöst. Helmut hätte sich ohnehin nicht getraut.

»Nein. Überhaupt nicht. Im Gegenteil, ich stamme aus einer Bürstenbinderfamilie. Meine Vorfahren waren Handwerker. Geht man lang genug zurück, dann waren sie sogar Wanderarbeiter, die mit ihrer Ware von Hof zu Hof gezogen sind. Bettelarm. Nach einer Verletzung im Krieg erblindete mein Vater. Anstatt in Trübsinn zu verfallen, hat er seine Ärmel hochgekrempelt und sich überlegt, was er machen sollte. Er hat einen ausgesprochen guten Geschäftssinn. Seine Unternehmungen florierten und er konnte mir mein Studium ermöglichen.

Seit ich denken kann, wollte ich Arzt werden. Als Kind verbrachte ich stundenlang damit, meinen Teddybären zu verbinden. Ich habe ihm sogar die Ohren abgeschnitten, um sie zu vernähen. Das war keine Glanztat. Meine Eltern waren wütend.«

Ihre Augen blitzten verschmitzt.

Nach einem Atemzug redete er weiter: »Das Studium war nicht einfach. Ich musste die Zähne zusammenbeißen und mich durchkämpfen. Die meisten Studierenden kamen aus wohlhabenden und einflussreichen Familien. Nicht nur einmal habe ich ihre Arroganz und ihre Gehässigkeiten gespürt. Doch es half, dass ich mein Ziel fest vor Augen hatte. Ich wollte unbedingt Arzt werden, weil ich an das Gute im Menschen glaube, weil ich heilen und retten möchte. Aber nicht so, wie es die letzten Monate bei der Invasion war! Europäische Freunde begegnen sich auf Schlachtfeldern und bringen sich gegenseitig um. Wie kann das sein?« Seine Stimme verlor an Festigkeit und wurde weich. Er stand auf, trat vor sie und hob beide Arme in die Höhe: »Gibt es einen Unterschied zwischen einem deutschen oder einem französischen Himmel? Nein, wir leben alle unter demselben Himmel. Wir sehen das gleiche Licht und atmen dieselbe Luft. Wie können wir uns nur derart hassen?« Er ließ die Arme sinken und zuckte mit den Schultern, setzte sich wieder hin und suchte ihren Blick. »Warum sind Sie nach Vannes gekommen? Ihre Familie stammt aus Lorient.« Ihm war bewusst, dass er auf Eierschalen trippelte.

»Nach der katholischen Mädchenschule wollten meine Eltern, dass ich eine gute Partie mache, und haben Ausschau nach dem Passenden gehalten. Ich habe mich wie ein Rindvieh auf dem Bauernmarkt gefühlt und hatte natürlich ganz andere Pläne. Ich wollte unbedingt Lehrerin werden, Literatur und Geschichte. Wie gerne hätte ich Kinder unterrichtet. Der Rest ist schnell erzählt. Gegen den Willen meiner Eltern bin ich nach Vannes gegangen und habe eine Abendschule besucht. Wenige Wochen nach meiner Ankunft habe ich einen Riesenfehler gemacht.« Sie schloss die Augen und nahm einen tiefen Atemzug. Dann schaute sie auf das schläfrige Meer. Die Eierschalen waren nicht zerbrochen.

»Die Geschichte ist so banal. Er hat mich auf der Straße angesprochen, ein Charmeur, der mir die grenzenlose Weite des Meers versprochen hat. Ich habe ihm geglaubt. Die Sache hatte nur den einen Haken, dass er bereits verheiratet war und einen hohen Posten in der Stadtverwaltung innehat. Mehr gibt es nicht zu sagen.« Ein feuchter Schleier bedeckte ihre Augen. Bitter sprach sie weiter: »Meine Träume sind fortgeflogen. Schauen Sie mich doch an oder was von mir übrig geblieben ist!«

Er schaute. Was er sah, waren zwei silberglänzende Perlen und goldbraun gelocktes Haar. Eine Strähne hatte sich aus ihrer Hochsteckfrisur gelöst und fiel ihr in die Stirn. Sie schob sie hinters Ohr. Widerspenstig kräuselte sie sich wieder, diesmal an der Schläfe. Er musste sich konzentrieren, um den Faden der Konversation nicht zu verlieren. »Anne-Marie, Sie sind eine mutige Frau. Ihre Träume dürfen Sie nicht aufgeben. Niemals. Auch wenn der Tunnel lang und dunkel ist, am Ende ist immer Licht.« Als er bemerkte, dass er zum ersten Mal auf das förmliche *Mademoiselle* verzichtet hatte, melde sich Marie-France lauthals zu Wort. Das zaghafte Wimmern steigerte sich innerhalb von Sekunden zu einem herzerweichenden Crescendo.

»Marie-France ist hungrig. Ich muss sie stillen.«

Helmut stand auf. »Ich lasse die beiden Damen allein und gehe eine kurze Runde.«

Als sie später am Tag nach Vannes zurückgingen, sprachen sie pausenlos über die Bücher, die sie in den letzten Jahren gelesen hatten, bevor sie sich im Anschluss über die französischen Dichter austauschten. Helmut war begeistert, als sie ihm mehrere Gedichte von Paul Éluard und Théophile Gautier rezitierte.

»Ihr Blick betörend und charmant,
ein Schimmern des Monds auf tiefem See,
im Auge ein feuchtes Glitzern,
verkündet heimlich ihre Sehnsucht.«

Helmut musste schlucken. In diesem Moment fühlte er sich sehr verbunden mit Théophile Gautier.

Leider waren sie viel zu schnell am südlichen Ausläufer des Hafens angekommen, der aus seiner morgendlichen Ruhe erwacht war. Geschäftiges Treiben hatte sich entfaltet. Als sie eine Gruppe Männer passierten, spuckte einer von ihnen Helmut vor die Füße und zischte eine unverständliche Bemerkung zwischen seinen Zähnen hervor.

Helmut blieb sofort stehen und schaute den Mann fragend an. Feindselige Blicke begegneten ihm. Anne-Marie lief rasch weiter. Aus dem Augenwinkel sah Helmut, wie sie in der nächsten Seitengasse verschwand. Jäh überkam ihn die Angst, sie zu verlieren. Er ließ den Mann stehen und holte sie eilig ein.

»Anne-Marie, warten Sie. Was hat der Mann gesagt?«

Sie war stehengeblieben. »Ach, nichts. Von hier aus laufe ich allein zurück. Es ist besser so.«

»Natürlich. Können wir uns wiedersehen?« Er hätte ihr gern gesagt, wie wunderschön ihr Ausflug für ihn gewesen war. Sie schien jedoch gehetzt.

»Vielleicht können wir uns nach dem 14. Juli sehen.« Ein trauriges Lächeln, dann war sie fort.

Kapitel 14

Zwischen Baden-Baden und Gernsbach

Laura

Endlich ein Brief! Über Wochen hatte die Angestellte im Postbüro nur mitleidig den Kopf geschüttelt, wenn Laura sie erwartungsfroh angesehen hatte. Heute hatte sie genickt. Die Zeit des zermürbenden Wartens war vorüber. Die Frau am Schalter griff zielstrebig in die Postfächer hinter sich und zog das Kuvert heraus, ehe sie für einige Minuten in einem hinteren Raum verschwand.

Laura konnte ihre Ungeduld kaum zügeln. Als die Frau endlich wiederkam, durchrauschte warme Seligkeit ihre Brust. Helmut hatte nicht nur Neuigkeiten geschickt, sondern ein Päckchen, das sich schwer genug anfühlte, um einige Überraschungen zu enthalten. Am liebsten hätte sie auf der Stelle den Brief aufgerissen und das kleine Paket geöffnet. Die Besorgungen, die sie in Baden-Baden hatte erledigen wollen, würde sie auf das Nötigste beschränken und schnurstracks nach Hause laufen, sobald alles erledigt war. Mit ein bisschen Glück würde Markus seinen üblichen Mittagsschlaf halten, Emil würde draußen spielen. Sie könnte die Postsendung ganz für sich genießen, bevor sie die Neuigkeiten teilen würde.

Der beschwerliche Weg zum Hof erschien ihr kürzer

als sonst. Zu Hause vergewisserte sie sich, dass sie allein in der Küche war. Dieser Moment gehörte ganz ihr. Obwohl ihre Neugier sie drängte, beschloss sie, die Vorfreude auszudehnen und sich einen Kaffee zu kochen. Einen echten, aus Bohnen. Einen kleinen Vorrat hatte sie für ganz besondere Anlässe wie diesen gespart. Ein Freudentag. Sie goss den heißen Kaffee in die geblümte Tasse und fügte reichlich Milch hinzu. Dann nahm sie den Brief und das Paket in die Hand und setzte sich an den Tisch, das dampfende Getränk vor ihr. Genüsslich nahm sie ein paar Schlucke, während sie überlegte, was sie als Erstes öffnen sollte. Sie entschied sich für das Päckchen. Sorgfältig durchschnitt sie die Schnur am Knoten und wickelte sie auf. Behutsam faltete sie das Packpapier auseinander.

Eine Seife, ein halbes Pfund Bohnenkaffee, eine Tafel Schokolade und feine Strümpfe. Kleine Funken glühten in ihrer Brust, und sie spürte die Freude bis in den Nacken. Sie roch an der Seife. Maiglöckchen, wie ein Laubwald im Frühling. Ihr Helmut war so aufmerksam. Und sie hatte sich unnötig den Kopf darüber zerbrochen, warum er nicht schrieb. Der Junge war einfach zu beschäftigt gewesen, schließlich war er kein gewöhnlicher Soldat. Mutterstolz mischte sich mit den Freudenfunken. Vorsichtig öffnete sie den Brief, er war an sie adressiert.

Liebe Mutter,

(Brief Nummer 8)

endlich habe ich das Meer gesehen. Bis tief in das Landesinnere wagt es sich vor, umrundet die vielen Inseln und bringt die Helligkeit der Sonne mit

sich. Der grenzenlose Himmel und die Unendlich-
keit des Atlantiks vereinen sich hier in der Breta-
gne und spielen miteinander.

Schnell überflog sie die Zeilen, dann las sie den Brief ein
zweites Mal, diesmal langsamer. Nach jedem Satz machte
sie eine kleine Pause und ließ die Worte auf sich wirken.
Eigentlich war alles gut. *Eigentlich.* Helmut war gesund. Er
verstand, wie schwer die Situation für sie war, und er vermisste sie, das hatte er ganz am Ende geschrieben. Gedrängt
stand es über seinem Namen, als hätte er es nachträglich
hinzugefügt. Das kleine Wort »eigentlich« schlängelte sich
zurück in ihre Gedanken. Wenn sie ehrlich zu sich selbst
war, spürte sie neben der Erleichterung noch ein anderes
Gefühl. Eifersucht nagte an ihrem Herzen und sickerte
von dort tröpfchenweise in ihre Adern. Eifersucht auf ein
Land, das sie nicht kannte, auf das Meer, das sie noch nie
gesehen hatte, und auf freundliche Menschen, mit denen
Helmut in Kontakt war, die sie nie kennenlernen würde.

Nirgends sollte es schöner sein als in der Heimat, davon
war Laura überzeugt. Immer wieder hörte man Berichte
von Soldaten, die von Frankreich schwärmten. Die Tanz-
dielen, die Bars, die Kabaretts. Paris sollte gar die Hauptstadt der zügellosen Liebe und der Bordelle sein. Da war
es doch besser, dass sich ihr Helmut in der französischen
Provinz am Meer befand. Nicht dass er sich von solchen
widerlichen Verlockungen leiten lassen würde, aber sicher
war sicher. Sie seufzte in ihre Kaffeetasse und trank den
letzten Tropfen.

Es wurde Zeit, dass der Junge nach Hause kam. Sie hatte
bereits mit einigen Bäuerinnen aus der Umgebung gesprochen und sie gebeten, nach einer geeigneten Braut Aus-

schau zu halten. Ihre zukünftige Schwiegertochter würde sie wie ihr eigenes Kind im Schoß der Familie aufnehmen. Natürlich müsste die Frau mit anpacken und hart arbeiten, aber sie könnte sich auf ihre Schwiegermutter verlassen, vor allem, wenn die Enkel kommen würden. Um die würde sie sich kümmern.

Ein Rumpeln riss sie aus ihren Gedankenspielen. Ihr Moment war zu Ende. Markus war aufgestanden. Er musste den Instinkt eines Wolfs haben, normalerweise schlief er viel länger. Sobald er in die Küche trat, rief sie ihm zu: »Helmut hat geschrieben und ein Päckchen geschickt!«

Leben kam in die toten Augen. »Lies zuerst den Brief vor. Wie geht es dem Jungen?«

Kaum hatte sie den Inhalt vorgelesen und von den Gaben berichtet, stürmte Emil in die Küche. »Mutter, da ist wieder eine hungrige Frau, die nach Essen fragt.«

Laura setzte einen gereizten Gesichtsausdruck auf. Sie wäre gerne eine Weile sitzen geblieben. »Es werden immer mehr!«, stöhnte sie und erhob sich.

Die Frau stand mitten auf dem Hof. Ein langes Skelett in schwebenden Röcken. Ihre Augen lagen dunkel und versunken in den Höhlen, der blasse Mund war ein Strich.

Als Laura näher kam, sah sie zwei kleine Kinder aus den Falten des schwarzen Rocks hervorschauen. Ihre Blicke waren starr nach vorn gerichtet. Laura empfand Mitleid. Wie gut es ihr doch ging, angesichts des Leids, das man in den Zügen der Frau lesen konnte. In ihre junge Haut hatten sich Sorgenfalten gegraben.

»Bitte, wir suchen etwas zu essen.« Die Frau schaute sie flehend an. Dann öffnete sie die Hand und zeigte einen silbernen Ring. Sie wusste, dass er nicht wertvoll war.

»Viel haben wir nicht. Es kommen immer mehr Menschen und fragen nach Essenspaketen.« Laura seufzte. Damit ihre Familie über den Winter kam, musste sie sorgsam planen und konnte sich nicht von jedem dahergelaufenen Bettler erweichen lassen, diesmal fiel es ihr jedoch besonders schwer.

»Kommt mit.«

Im Gewölbekeller neben dem Stall stand die Milch vom Morgen in der Kanne. Mit der Kelle durchbrach sie die Sahnehaut und schöpfte die Milch in einen Krug. Sie reichte ihn der Frau, die sie ihren Kindern an die Lippen hielt. Nachdem sie ausgetrunken hatten, füllte Laura den Rucksack der Frau mit Bibbeleskäs, einigen Kartoffeln und Rüben. Das musste reichen.

Als die Frau ihr den Ring reichen wollte, schüttelte Laura den Kopf. »Beten Sie stattdessen für meinen Sohn.«

Den Rest des Nachmittags verbrachte sie im Gemüsegarten. Ernten, säen, ausgeizen, Unkraut zupfen, es gab immer etwas zu tun. Wenn sie ihre Harke durch die Beete zog und den Boden durchfurchte, kam es ihr vor, als würde sie ihre Sorgen ein Stück weit eingraben. Der Gemüsegarten erdete sie, tief in ihrem Inneren.

Im Vergleich zu den Städtern kannten sie auf dem Hof keinen Hunger. Jedoch musste sie gewissenhaft wirtschaften und genügend Vorräte für den Winter anlegen. Dazu hatte sie die Kriegsgefangenen, die auf dem Hof arbeiteten. Für sie hinterließ sie Brotrinden, Frischkäse und Gemüseabfälle, wie zufällig, als wären sie für die Hühner gedacht. Ab und an verstreute sie auf dem Hof zusätzlich Eier, die die Gefangenen köpften und roh verschlangen. Man würde ihr nichts nachweisen können, denn natürlich war es strengstens untersagt, die Gefangenen zu verpflegen. Doch in jedem von ihnen sah Laura ihren Helmut. Falls die Engländer nach Frankreich kämen und ihren Sohn gefangen nähmen, hoffte sie, dass Gott ihre guten Taten vergalt. Es war ihr persönlicher Handel mit ihm. Brotrinden, Frischkäse, Gemüseabfälle und Eier gegen das Leben ihres Sohns.

Die Gefangenen kamen gerne zu ihnen und arbeiteten hart. Nach ihrem ersten Einsatz hatte sie Emil einen Brief mitgegeben und darum gebeten, man möge ihr immer diese drei Männer senden, denn sie verstünden etwas von der Landwirtschaft. In seltenen Ausnahmen hatte man andere Arbeiter geschickt, sonst war man ihrer Bitte nachgekommen.

Ein kehliges Knurren von Bobbele ließ sie aus ihren Gedanken hochschrecken. Er war kein Hund, der bellte. Fremden begegnete er meist mit freudigem Schwanzwedeln. Die Funktion des Wachhunds auf dem Hof übernahm der Hahn. Sogar Bobbele hatte großen Respekt vor dem Vogel, der mit schrägem Kopf und misstrauischem Blick Mensch und Tier beäugte, bevor er seine Flügel ausbreitete und losstürmte, den spitzen Schnabel weit nach vorn gestreckt. Einzig Laura konnte in seine Nähe kommen, aber meistens auch nur bewaffnet mit einem Stock.

Sie schaute in die Richtung, in die Bobbele kontinuierlich knurrte. Da sah sie die Ankömmlinge aus dem Wald treten. Ein Paar. Der Mann hatte einen schwerfälligen Gang. Bei jedem Schritt wippte er mit der Hüfte und zog sein Bein nach, als wäre es zu lang für seinen Körper. Wie er es bis zum Hof geschafft hatte, war Laura ein Rätsel.

»Bobbele, komm.« Sie richtete sich auf und stützte sich auf ihre Harke ab.

Widerwillig verließ der Hund seinen Posten und trottete zu ihr, immer noch laut murrend.

»Guten Tag. Einen schönen Gemüsegarten haben Sie da.« Das Paar war vor dem Gartenzaun stehen geblieben und suchte mit den Augen die Gemüsereihen ab. »Wir würden gerne etwas tauschen.« Dem Mann stand die Gier ins Gesicht geschrieben.

»Ich habe nicht viel und muss meinen blinden Mann und mein Kind verpflegen. Außerdem sind Sie heute nicht die Ersten, die nach etwas zu essen fragen.« Ein ungutes Gefühl beschlich Laura. Sie musste vorsichtig sein.

Die Augen des Mannes verengten sich. Mit seiner spitzen, marderartigen Visage späte er um sich und musterte sein Umfeld, als wolle er auskundschaften, welche Schätze sich auf dem Hof verbargen. Sein Blick blieb an den Gefangenen hängen, die am Holzlager Scheite spalteten.

»Sind das Polacken?«

»Ja, das sind Kriegsgefangene, die mir zugeteilt worden sind.«

»Wer bewacht die denn? Doch nicht der Junge, der bei ihnen steht!« Er richtete seine Marderfratze auf Laura.

In Lauras Ohren schrillte es. Ihr Instinkt hatte sie nicht getrogen. Mit dem Paar stimmte etwas nicht. Sie beschloss, seine Frage zu ignorieren. Misstrauisch starrten sie einander an. Das Schweigen, das zwischen ihnen saß, dauerte nur Sekunden, es erschien Laura jedoch viel länger.

Der Mann schaute sich erneut um und richtete anschließend seine stechenden Augen wieder auf Laura.

»Die Polacken essen ja nichts. Für einen Mann und ein Kind haben Sie auf dem Hof mehr als genug.«

Seine Bemerkung war unverschämt. Aber Laura wollte, dass er verschwand, so schnell wie möglich. »Kartoffeln und Bibbeleskäs könnte ich Ihnen mitgeben. Mehr nicht. Was bieten Sie zum Tausch?«

Sie wurden sich schnell einig. Laura nahm den silbernen Kerzenleuchter, den sie nicht benötigte, und stopfte eilig die ausgehandelten Lebensmittel in den Stoffbeutel, den die Frau ihr reichte. Ein letzter verschlagener Blick, dann drehten sich die beiden Fremden um und verließen den Hof. Laura schaute dem schaukelnden Gang des Mannes lange hinterher, bis sie sicher war, dass der Wald ihn verschluckt hatte. Sie räumte ihre Werkzeuge auf und trat ins Haus. Es war Zeit, das Abendbrot zu richten.

Als Emil an diesem Abend im Bett war und sich Stille über die Lichtung gelegt hatte, drehte Markus am Knopf des Volksempfängers. Lediglich Rauschen war zu vernehmen. Mehrmals bewegte er den Knopf um wenige Millimeter in die eine, dann in die andere Richtung. Das Rauschen verstärkte sich. Enttäuscht drehte er den Knopf in die Ausgangsposition zurück. Er hatte auf englische Stimmen gehofft, die die Nachrichten ungeschönt aussprachen.

»Vielleicht ist es zu früh. Ich versuche es in einer Stunde noch mal.«

»Es ist viel zu gefährlich, Feindsender zu hören. Das weißt du genau. Es kommen immer mehr Fremde zu uns auf den Hof. Was, wenn einer etwas mitbekommt und uns verrät?« Der Tag, der so vielversprechend begonnen hatte, war trüb geworden. Laura fühlte sich gereizt. In solchen Momenten tendierte sie zu Gehässigkeiten. »Du denkst nur an dich und deine Ablenkungen, während ich schufte wie ein Ochs'. Jetzt bringst du uns auch noch unnötig in Gefahr.«

»Zeter nicht wie ein altes Weib. Du findest es doch genauso wichtig, von der BBC zu erfahren, wie es wirklich aussieht. Wir können die Lage viel besser einschätzen und verstehen, was die Engländer vorhaben.« Markus hatte betont langsam und geduldig gesprochen, als redete er mit einem verwöhnten Kind.

»Es reicht doch, wenn wir das deutsche Programm hören. Die von der Regierung werden uns schon berichten, wie sich alles entwickelt. Auf das Hören von Feindsendern steht Zuchthaus.« Verärgert schmiss Laura ihr Strickzeug auf den Tisch und stand auf. »In Zukunft möchte ich mit deinen verbotenen Machenschaften nichts zu tun haben. Wenn du unbedingt deinen Engländern zuhören musst, dann wartest du gefälligst, bis ich mich schlafen gelegt habe.«

Kapitel 15

Vannes, Bretagne

Anne-Marie

»Wie findest du ihn?« Isabelle streckte ihre Lippen zu einem erdbeerroten Lächeln. In ihren Augen blitzte es erwartungsfroh.

»Nett.« Unschuldig schaute Anne-Marie ihre Freundin an. Sie wusste, Isabelle würde sich mit ihrer Antwort nicht zufriedengeben.

Kaum hatte sie ausgesprochen, schoss es bereits aus dem roten Mund: »Nett? Komm schon, du musst dir etwas mehr einfallen lassen. Wie wäre es mit unglaublich attraktiv und charmant? Ich gebe dir noch eine Chance!« Gespielt entrüstet lehnte Isabelle sich auf dem Küchenstuhl zurück und verschränkte die Arme. Ein Schmollen in Scharlach.

»Also gut, unglaublich attraktiv und charmant … und lustig. Ihr passt gut zusammen. Bist du jetzt zufrieden?« Anne-Marie lachte laut und drehte sich um. Sie vergewisserte sich, dass Marie-France von ihrem albernen Gelächter nicht aufgewacht war. Der Säugling lag in seinem Körbchen auf der Couch.

Gestern Abend hatte sich Isabelle unsterblich verliebt. Wieder einmal. Ihre neuste Flamme, Vincent, hatten die beiden Frauen in der Altstadt kennengelernt. Er war vom Himmel gefallen und hatte den trüben Tag gerettet.

Der Morgen hatte vielversprechend begonnen. Eine verschwörerische Freude hatte sich in der ganzen Stadt ausgebreitet, doch mit jeder Stunde hatte sich die Stimmung eingetrübt. Sogar Isabelles ansteckend gute Laune hatte sich verfinstert.

Den Franzosen war verboten worden, den 14. Juli gebührlich zu feiern. Maréchal Pétain, das Oberhaupt der neuen französischen Regierung, hatte in seiner Radioansprache aus dem Regierungssitz Vichy die Bevölkerung aufgerufen, auf die üblichen Freudenbekundungen, Paraden und Straßenfeste zu verzichten. Die Franzosen sollten den Tag zur Besinnung nutzen, in sich gehen, ihrer Verfehlungen gedenken und den Gefallenen des Krieges huldigen. Andächtig und maßvoll sollte man den Nationalfeiertag begehen.

Das war vielen gegen den Strich gegangen. Einige der patriotischsten Bretonen, die ansonsten bei jeder Gelegenheit gegen Paris wetterten, hatten mit einem Mal für die Trikolore gebrannt. Wie ein Lauffeuer hatte sich die Abmachung in allen Gassen herumgesprochen, dass am 14. Juli ein großer Waschtag veranstaltet werden solle. Ausschließlich für blaue, weiße und rote Wäsche, die man in der Reihenfolge der französischen Flaggenfarben in jedes Fenster zum Trocknen aufhängen sollte. Am Morgen hatten viele Bewohner mit kindlichem Eifer angefangen, ihre Schränke umzukrempeln und nach blau-weiß-roten Kleidungsstücken zu suchen. Nach einer kurzen Wäsche wurden sie gut sichtbar in den Fenstern der Fachwerkhäuser zum Trocknen aufgehängt. Sogar in den engen Straßenschluchten hüpften Wäschestücke auf Leinen, die zwischen den Hausfassaden befestigt waren. Blaue Blusen reihten sich an weiße Schlüpfer und rote Tücher.

Was am Anfang eine glühende Bekundung des Nationalstolzes gewesen war, verwandelte sich mit zunehmender Dauer in einen Groll gegen die Besatzer und vor allem die Regierung in Vichy und ihre Anhänger. Einen Groll, den man nicht ausleben konnte und der die Menschen ohnmächtig zurückließ.

Am Nachmittag war Isabelle wie ein Tiger in einem zu engen Käfig durch die Wohnung gelaufen und hatte zornig vor sich hingemurmelt. Von einer Sekunde auf die andere hatte sie ihre Bedenken abgeschüttelt und Anne-Marie praktisch gezwungen, sie in die Altstadt zu begleiten. Dort hatten sie vor einem Bistro Vincent kennengelernt. Mit seinem geknoteten Seidentuch im Nacken, den langen Haaren, die ihm in die Stirn fielen, und dem verwegenen Blick hatte er ausgesehen wie ein Künstler. Sein Vater war Metzger. Da Lebensmittel immer knapper wurden, fand Isabelle den Beruf ihres neuen Schwarms nicht weniger anziehend.

»Wann siehst du ihn wieder?«

Isabelles Schmollmund hatte sich verflüchtigt. Bereitwillig antwortete sie: »Wahrscheinlich erst nächste Woche.« Sie schaute verträumt durch das offene Fenster. Das letzte Abendlicht drang buttergelb in die Küche. Kleine Staubkörner schwebten in den Sonnenstrahlen. Isabelle wurde ungewöhnlich ernst. »Der Krieg hat unser Leben verändert, Anne-Marie. Nichts ist mehr, wie es war, und niemand weiß, was morgen kommt. Diese Unsicherheit setzt mir zu. Schau mich an, von Natur aus bin ich fröhlich. Doch in letzter Zeit schaffe ich es kaum zu lächeln, ohne dass ich mich danach schlecht fühle. So kenne ich mich gar nicht. Ich bin froh, dass du hier bei mir lebst, ansonsten würde ich mich sehr verlassen fühlen.« Sie ergriff Anne-Maries Hand und drückte sie.

»Und ich bin dir dankbar, dass wir bei dir sein dürfen. Momentan wäre es schwer, ein Zimmer zu finden. Noch dazu in meiner Situation. Aber ich möchte dir auf keinen Fall auf der Tasche liegen. Ich habe ein wenig Geld übrig. Bald werde ich mich nach einer Kinderfrau umschauen und Arbeit suchen.« Anne-Marie durfte nicht zulassen, dass die Zukunftsängste nach ihr griffen und ihre Brust zerquetschten. Sie versuchte zu lächeln.

»Du könntest bei den Deutschen arbeiten. Sie suchen händeringend nach Arbeitern. Schade, dass du kein Deutsch sprichst. Elsässer oder Lothringer, die ihre Sprache sprechen und übersetzen können, stehen hoch im Kurs. Doch auch Hausangestellte werden verzweifelt gesucht. Sie zahlen das Dreifache!«

»Ich weiß nicht ... ob das richtig ist, für die Besatzer zu arbeiten?«

Mit einer Handbewegung wischte Isabelle Anne-Maries Bedenken weg. »Wir haben den Krieg nicht gewollt. Trotzdem müssen wir schauen, wie wir zurechtkommen. Außerdem sind nicht alle Deutschen schlecht. Schau dir deinen Arzt an, der ...« Isabelle grinste, als sie sprach.

»Er ist nicht *mein* Arzt!«, fiel Anne-Marie ihrer Freundin entrüstet ins Wort.

Ein Klopfen an der Haustür ließ beide Frauen hochschrecken.

»Das könnte Vincent sein. Er hat es sich anders überlegt und gemerkt, dass er nicht ohne mich leben kann. Ich schaue nach.« Isabelle stand auf und warf ihrer Freundin keck einen Kussmund zu.

»Besuch für dich.« Mit einem Zwinkern in den Augen kam Isabelle zurück in die Küche.

Hinter ihr stand Helmut.

»Oh!« Abrupt stand Anne-Marie auf. Fast wäre der Küchenstuhl nach hinten gekippt.

»Ich möchte Sie nicht stören. Ich habe Ihnen etwas mitgebracht und hoffe, dass Sie Freude daran haben werden.« Er stellte einen großen dunklen Koffer ab.

Isabelles Neugier war geweckt. »Eine Überraschung?« Die Gastgeberin klatschte in die Hände. »Wir lieben Überraschungen. Nicht wahr, Anne-Marie?« Sie wandte sich zu ihrer Freundin um, die wie angewurzelt auf den Küchenfliesen stand.

Helmut hievte seinen Koffer auf den Tisch.

»Da Sie gestern Ihren Nationalfeiertag nicht feiern konnten, habe ich für eine Stunde ein Grammophon und zwei Schallplatten ausgeliehen.« Stolz öffnete er die Abdeckung.

»Helmut, Sie müssen sofort mit uns tanzen!« Isabelles Kummer war wie weggeblasen. Sie strahlte vor Lebensfreude. Hastig schob sie die Küchenstühle an die Wand. »Ist das überhaupt erlaubt, was Sie da machen? Ach, egal, es ist eine wunderbare Überraschung!« Während Helmut das Grammophon aufsetzte, nahm Isabelle die Schallplatten in die Hand. »Joséphine Baker!« Ein lautes Jauchzen drang aus ihrer Kehle.

Helmut hob die Nadel. Ein Kratzen kündigte den ersten Tanz an. Galant verbeugte er sich vor Isabelle und forderte sie mit einem verschmitzten Lächeln auf.

»Sie müssen mir helfen, Isabelle. Ich bin kein guter Tänzer und werde mich maßlos blamieren!«

Sofort trat er ihr auf den Fuß und beide prusteten los. Seine Schritte waren viel zu groß und unbeholfen und seine Tanzpartnerin hatte mit ihrem engen Rock größte Schwierigkeiten, ihm zu folgen.

»Sie sind ein grässlicher Tänzer! Aber wir haben gerade keinen besseren zur Hand.«

Fröhlich wirbelten sie in der Küche herum und sangen lauthals mit Joséphine Baker über die Liebe.

Dabei bemühten sie sich, den amerikanischen Akzent der Sängerin nachzuahmen, was bei Helmut sehr lustig klang. Sobald die letzten Akkorde ertönten, war Anne-Marie an der Reihe, während Isabelle Marie-France aus dem Bettchen holte und vorsichtig mit ihr durch den Raum kreiste. Nach mehreren Tänzen war die Stimmung ausgelassen. In diesem Augenblick waren sie einfach nur drei junge Leute, die sich am Leben erfreuten und die Küche mit Fröhlichkeit ausfüllten.

Isabelle beschloss, die zweite Platte aufzulegen. Kaum ertönte Lucienne Boyers weiche Stimme, veränderte sich die Atmosphäre. Helmut verlangsamte seine Schritte und zog Anne-Marie fast unmerklich an sich. Ein Knistern legte sich über die Tanzenden. Helmuts Augen suchten die Tiefe ihres Blicks.

»Ich gehe eine kleine Runde draußen spazieren.« Isabelle verließ mit Marie-France auf dem Arm die Küche.

Anne-Marie und Helmut tanzten bis zum Ende des Lieds und darüber hinaus, selbst als Lucienne Boyer längst aufgehört hatte zu singen. Anne-Marie hatte Helmuts Augen gefunden. Samtbraun und weich. Ein Blick, dem man sein Herz schenken konnte. Wie lange sie sich in den Armen hielten und anschauten, konnte Anne-Marie nicht sagen. Eine Minute, drei Minuten. Beide wollten den Zauber des Moments festhalten, damit er nicht zu schnell verblasste.

Da ertönte Isabelles lautes Rufen, das von Marie-Frances Schreien übertönt wurde. Wenige Sekunden später trat die Freundin in die Küche. »Anne-Marie, ich weiß nicht, was ich machen soll. Deine Tochter schreit und ist nicht zu beruhigen.«

Anne-Marie und Helmut ließen sich rasch los, als hätten sie sich die Hände verbrannt. Dann lachten sie ihre Verlegenheit weg.

Kapitel 16

Vannes, Bretagne

Helmut

Als er die Haustür öffnete, grüßten ihn die röhrenden Hirsche und schwimmenden Schwäne auf den Jagdgemälden im Flur wie alte Bekannte. Beschwingt nahm er das Koffergrammophon in die Hand und machte sich auf den Weg ins Wohnzimmer. An der Türschwelle blieb er wie vom Donner gerührt stehen.

Madame saß auf einem imposanten gelb gestreiften Ohrensessel und wartete in ihren schwarzen Gewändern auf ihn. Ihr wacher Blick war auf ihn gerichtet. Der blauschwarze Gewitterhimmel, der darin lag, drohte sich zu entladen.

»Setzen Sie sich zu mir.« Ihr Ton duldete keine Widerrede.

Er fühlte sich wie ein kleiner Junge, der mit einer Steinschleuder ein Fenster eingeschossen hatte. Nachdem er seinen Koffer abgestellt hatte, schritt er zu dem verspielten Toile-de-Jouy-Miniatursessel, auf den *Madame* mit ihrem ausgestreckten Zeigefinger deutete. Der Sessel hatte eine tiefe Sitzfläche, die für Helmuts Körperbau viel zu klein war. Umständlich winkelte er seine Beine an und presste die Knie in seinen Bauch. Er musste zu der älteren Dame hochschauen.

»Wie war Ihre kleine französische Eskapade?« Die Gewitteraugen schauten ihn streng an, und er spürte, wie ihm die Wärme in den Kopf stieg.

»Ähm, sehr angenehm. Vielen Dank, *Madame*, dass Sie mir Ihr Koffergrammophon ausgeliehen haben.« Woher wusste sie von seinem Besuch bei Anne-Marie? Weitere Fragen schossen ihm durch den Kopf. Woher wusste sie, dass er nicht mit Kollegen gefeiert hatte? Konnte *Madame* hellsehen?

»Wie gefallen Ihnen Vannes und seine Annehmlichkeiten, *Monsieur*?«

»Ausgezeichnet. Ihre Stadt ist wunderschön.« Er hatte das Gefühl, auf seinem Sessel noch tiefer zu versinken.

Prüfend las seine Gastgeberin in seinem Gesicht. Mittlerweile wusste er, dass *Madames* süße Erscheinung ein Trugbild war. Sie hatte nicht nur einen messerscharfen Verstand, sondern strahlte eine Autorität aus, die man einer so zierlichen Person nicht zugetraut hätte.

»Sehen Sie, *Monsieur*, Vannes mag Ihnen wie eine Stadt erscheinen. Doch es ist hier wie in einem Dorf. Jeder kennt jeden, und Gerüchte verbreiten sich rasend schnell. Sie dringen wie dichter Nebel in alle Gassen und setzen sich selbst in den dunkelsten Ecken unseres Städtchens fest.« Sie räusperte sich kurz und fuhr fort: »In der Zeit, in der Sie unter meinem Dach gelebt haben, konnte ich mir ein Bild von Ihnen machen. Ich schätze Sie als aufrichtigen, gewissenhaften und zurückhaltenden jungen Mann ein. Manche Ihrer Landsleute benehmen sich ganz anders. Daher möchte ich offen mit Ihnen reden.« *Madame* machte eine kurze Pause, und Helmut wusste instinktiv, dass er den weiteren Verlauf des Gesprächs nicht hören wollte.

Trotzdem antwortete er artig: »Ich danke Ihnen für Ihre Einschätzung, *Madame*. Das ehrt mich.«

Mit einer schweifenden Armbewegung bedeutete sie ihm zu schweigen. »Nun. Mir ist zu Ohren gekommen, dass Sie sich mit einer jungen französischen Dame treffen.« Das Gewitter in ihren Augen schoss erste Blitze. So heiß wie ihm war, musste er rot angelaufen sein wie der Dekorstoff, auf dem er saß.

»Es liegt in der Natur der Dinge, dass Sie sich in Ihrem Alter vergnügen wollen. Sie können sich vorstellen, was man über die junge Dame sagen würde, falls Ihre *Liaison* publik werden sollte. Nicht nur Ihre Vorgesetzten verachten das Fraternisieren mit den Besiegten, insbesondere mit der weiblichen Bevölkerung. In den Augen ihrer Landsleute wäre sie als Prostituierte abgestempelt. Daher bitte ich Sie, diskret zu sein. Vor allem seien Sie mit Ihren Gefühlen aufrichtig. Spielen Sie nicht mit ihr.«

Helmut schloss die Augen. Könnten doch nur die schweren Eichendielen des Bodens auseinanderbrechen und ein tiefes Loch auftun. Die Situation war so unangenehm, dass er freiwillig hineingesprungen wäre. Er zwang sich, die Augen zu öffnen und *Madame* anzuschauen. »Ich habe verstanden … und ähm, danke Ihnen. *Madame*, seien Sie versichert … Ich spiele nicht. Ich weiß leider nur zu gut, was mit einer jungen, ehrenhaften Dame passieren würde, wenn man sie als leichtes Mädchen brandmarken würde. Eine Strafe wäre ihr sicher.«

»*Monsieur*, ich bin noch nicht fertig.«

Bereits jetzt war das Gespräch an Peinlichkeiten kaum zu überbieten. Konnte es noch schlimmer kommen? Wieso ließ die zierliche Frau nicht von ihm ab? Was er als Nächstes zu hören bekam, erstaunte ihn.

»Ich vertraue Ihnen ein Geheimnis an.« Erneut räusperte sie sich, als bräuchte sie einen Augenblick, um ihre Gedanken zu sammeln.

»Vor siebzig Jahren wütete schon einmal ein Krieg in Europa. Damals lebten meine Großeltern mit ihren Kindern in Lothringen. Meine Mutter war siebzehn Jahre alt, als sie einen deutschen Soldaten kennenlernte und sich Hals über Kopf in ihn verliebte – gegen den Willen meiner Großeltern. Ein Skandal, der nicht ohne Folgen blieb. Neun Monate später wurde ich geboren. Meine Mutter hat sich von dieser Schande nie erholt. Zeit ihres Lebens haftete eine Melancholie an ihr, die sie nicht abzulegen vermochte. Zumal sie selbst versucht hatte, sich des Zeugnisses ihrer Liebe zu entledigen. Ich muss Ihnen als Arzt nicht erklären, dass ihre Tat in einem Blutbad endete und dass es an ein Wunder grenzt, dass ich lebe. Gesellschaftlich gerettet wurde meine Mutter von einem Freund der Familie, einem älteren Herrn, der sie ehelichte.« Ihre Erzählung begleitete sie mit einem lauten Seufzen. »Wir Frauen lieben und leiden intensiver, *Monsieur*.«

Helmut war von ihrer Geschichte ganz benommen. »Für meine liebste A., Dein ewiglich C., 1871«, murmelte er.

»Ach, Sie haben das Büchlein meiner Mutter bereits gefunden? Das Einzige, was ihr von ihrer Liebschaft geblieben war.« Die alte Dame erhob sich ruckartig von ihrem Sessel. »Ich werde mich zurückziehen. Schlafen Sie wohl, *Monsieur*.«

Helmut wollte ebenfalls aufspringen. Doch seine Beine waren in ihrer Verrenkung gefangen. Er musste sie strecken, um aufstehen zu können. Er schaffte es, sich noch leicht zu verbeugen, ehe die schwarzen Gewänder seiner Gastgeberin mit der Dunkelheit des Flurs verschmolzen.

Bevor er sich auf die Matratze legte, wusste er bereits, dass er keinen Schlaf finden würde. Eine innere Unruhe hatte sich in seinem Bauch ausgebreitet und strahlte auf seine Beine aus, die er nicht stillhalten konnte. Nun lag er in seinem Bett, mit geschlossenen Augen, und versuchte, tief und regelmäßig zu atmen, während sein Körper ihn aufforderte zu laufen. Immer wieder gingen ihm die Worte seiner Gastgeberin durch den Kopf.

Er spielte nicht mit Anne-Marie. Im Gegenteil, er fühlte sich zu ihr hingezogen. Sie war anders als alle anderen Frauen, die er kannte. Die Französinnen, mit denen er bisher Kontakt gehabt hatte, waren ihm zu kokett, zu geschminkt, manchmal zu laut. Viele deutsche Frauen waren damit beschäftigt, dem nationalsozialistischen Ideal zu entsprechen. Deutsches Frauentum. Anne-Marie war natürlich und schüchtern, gleichzeitig stark, mutig und unerschrocken. Sie war gebildet und interessiert. Und sie strahlte eine Verletzlichkeit aus, die ihn tief berührte. Auf einem kleinen Holzboot war sie direkt in sein Herz gesegelt, das voll war mit einer bisher ungekannten Sehnsucht. Er wollte ihr Boot für immer festhalten, damit es nicht kenterte. Alles andere erschien ihm zweitrangig.

Er warf sich hin und her und schaffte es nicht einzuschlafen. Das war immerhin besser als die Albträume, die ihn regelmäßig heimsuchten. Manche seiner Kameraden waren fest davon überzeugt, dass eine Invasion Englands kurz bevorstand. Der errungene Sieg über Frankreich ließ sie euphorisch davon träumen. Er hingegen hoffte nur, dass der Krieg bald zu Ende wäre und er sich mit Anne-Marie eine gemeinsame Zukunft aufbauen könnte, vorausgesetzt natürlich, sie wollte dasselbe. War das zu viel verlangt? Wie schön wäre es, eine kleine Praxis auf dem bretonischen Land zu eröffnen. Am Wochenende könnten sie Ausflüge unternehmen, vielleicht das Segeln lernen. An dieser Hoffnung musste er festhalten.

Schließlich glitt er in einen unruhigen Schlaf, der bevölkert war von Liebespaaren, die sich eng umschlungen hielten, während um sie herum Schüsse knallten, Panzer rollten und Kanonen donnerten.

Als er am nächsten Morgen aufwachte, hätte er am liebsten seine Bettdecke über den Kopf gezogen und den Möwen weiterhin bei ihrem lautstarken Weckruf zugehört. Ihm war eingefallen, dass er heute früh zum Militärkrankenhaus beordert worden war. Ein ungutes Gefühl beschlich ihn. Gerädert stand er auf und machte sich auf den Weg. Mittlerweile fand er sich in der Stadt gut zurecht. Nach wie vor begeisterte ihn die Architektur. Nicht nur die bunten, schrägen Fachwerkhäuser, sondern auch die gut erhaltene Festungsmauer, die hübschen Plätze und die herrschaftlichen Bauten. Er konnte sich nicht sattsehen.

An einer Straßenecke beobachtete er, wie ein deutscher Soldat ein Merkblatt an eine Hausfassade nagelte. Automatisch verlangsamte er seine Schritte und versuchte im Vorbeilaufen, die neusten Aufrufe an die Bevölkerung zu lesen. Sie waren in deutscher und französischer Sprache verfasst:

Faulheit darf nicht länger toleriert werden.
Eine einzige Losung für alle: Arbeit!
Um einem Energiemangel entgegenzutreten, muss der
Verbrauch eines jeden ab sofort gedrosselt werden.
Der Verkauf von Fleisch ist von nun an mittwochs,
donnerstags und freitags verboten.

Den Rest wollte er gar nicht lesen. Es hätte ihn deprimiert und er musste sich auf seinen Termin im Krankenhaus konzentrieren.

Er saß vor dem Büro des Truppenarztes und wartete darauf, dass er hereingerufen wurde. Ein weiteres Mal wurde ihm bewusst, wie privilegiert er in der kleinen Krankenstation im Kloster war angesichts des hektischen Treibens, das im Militärkrankenhaus herrschte. Das Einzige, was ihm dort von Zeit zu Zeit zu schaffen machte, waren die Sticheleien von Schwester Bernadette. Er schmunzelte.

Plötzlich wurde die Tür aufgerissen. Vor ihm stand der Truppenarzt, der ihn hereinbat und aufforderte, sich zu setzen. Sein Blick fiel auf den Schreibtisch, der mit Akten, Merkblättern und Notizen übersät war. Aus einem vollen Aschenbecher kräuselte sich Rauch empor. Sofort griff der Truppenarzt nach seiner Zigarette und nahm einen tiefen Zug. Alles an ihm war gelb. Sein Arztkittel, sein faltiges Gesicht, seine Hasenzähne, seine Fingerkuppen. Sogar das Weiße in seinen Augen hatte einen ungesunden Gelbstich. Helmut bemühte sich, seinen Ekel zu verbergen, und lehnte sich auf seinem Stuhl so weit nach hinten, wie die Lehne es ihm erlaubte.

»Junger Kollege, Sie hatten es bisher recht einfach, wenn ich mir anschaue, was Ihre Kameraden hier vor Ort leisten müssen. Das wird sich von nun an ändern.« Ein weiterer tiefer Zug, dann fuhr er unbeirrt fort: »Die Ruhr war unser größter Feind im Polenfeldzug. Kein Wunder bei der primitiven Lebensweise der ländlichen Bevölkerung und der Tatsache, dass es dort von dreckigen Juden nur so wimmelt.« Er hielt kurz inne und steckte sich eine neue Zigarette zwischen die Lippen. Mit dem glühenden

Stummel der alten steckte er die neue an und inhalierte mehrmals. »In Frankreich haben wir mit anderen, aber ebenso widerwärtigen Gegnern zu kämpfen. Wir müssen nicht nur die Verlausung der Truppe und den Ausbruch einer Fleckfieberepidemie verhindern, sondern ganz andere Feinde ausmerzen: die Verbreitung der venerischen Krankheiten. Unsere Soldaten lassen sich mit minderwertigen Frauen ein. Vom Gesichtspunkt der Rassenhygiene aus betrachtet ist das eine Katastrophe. Aber was will man machen? Sie können ihre Triebe einfach nicht im Zaum halten. Nun wurden wir vom Heeresarzt gerügt, da wir in den wenigen Wochen seit Beginn des Feldzugs einen traurigen Anstieg an Geschlechtskrankheiten um hundertsiebzig Prozent zu verzeichnen haben. Unsere Soldaten fallen primär nicht mehr durch Feindeseinwirkung aus, sondern selbstverschuldet wegen ihrer sexuellen Unbeherrschtheit. Wir müssen ab sofort mit allen Mitteln das rasante Fortschreiten der Syphilis unterbinden. Schließlich beeinträchtigt die Krankheit die Einsatzbereitschaft unserer Truppen. Ich habe zwei Kollegen abgestellt, die die von der Wehrmacht zugelassenen Bordelle überwachen werden. Die Untersuchung der Dirnen können wir nicht den lokalen Ärzten überlassen. Sie scheinen ein Auge zuzudrücken und die Visitationen durchzuführen, ohne dass diese Frauenspersonen sich ausziehen. Zunächst hatte ich daran gedacht, Sie für diese Tätigkeit einzusetzen, Sie erscheinen mir aber zu jung dafür.« Prüfend schaute der Arzt Helmut durch die Rauchwolke an.

Am liebsten hätte Helmut ihm auf der Stelle gedankt. Egal was kommen würde, es war in jedem Fall besser als ein solcher Einsatz. Unfähig zu reden, wartete er auf die weiteren Ausführungen des Truppenarztes.

»Auch in unseren Reihen haben wir ein paar schwarze Schafe, die in unverantwortlicher Weise eine für die Krankheit typische Leistendrüsenschwellung als Leistenbruch diagnostizieren. Erst gestern habe ich wieder so einen Fall gesehen. Ein Soldat, der fälschlicherweise operiert wurde, obwohl er die eindeutigen Symptome der Syphilis hatte.« Der Truppenarzt atmete kräftig Rauch ein. »Wie Sie von Ihrem Studium hoffentlich wissen, gilt als zuverlässigste Syphilistherapie die kombinierte Anwendung von Salvarsan mit Wismut oder Quecksilber. Normalerweise reicht eine ambulante Kur. Doch angesichts der rasanten Ausbreitung, der Ansteckungsgefahr und der möglichen Behandlungsschäden werden wir die Anwendungen in dem kleinen Krankenhaus durchführen, in dem Sie eingesetzt sind. Hier haben wir sowieso zu geringe Liegekapazitäten. Und wo wären unsere geschlechtskranken Soldaten besser aufgehoben als bei den Nonnen?« Er lachte über seine Bemerkung. Die Zigarette hüpfte an seinen Lippen auf und ab, Asche rieselte auf seinen gelben Kittel.

»Bevor Sie gehen, dürfen Sie Fräulein Margot Zimmermann kennenlernen. Sie ist gestern aus dem Vaterland angereist. Eine ausgesprochen fähige Krankenschwester, die Sie ab morgen mit ihrem scharfen Auge unterstützen wird.«

Helmut wollte aufstehen, doch seine Beine gehorchten ihm nicht. Mit einem Mal sehnte er sich nach der vertrauten Zweisamkeit mit Schwester Bernadette. Die ruhige Zeit in der Krankenstation war definitiv vorbei.

Der Truppenarzt drückte ihm ein Schreiben in die Hand: »Junger Kollege. Lesen Sie das Merkblatt, das ich momentan verfasse, während ich Fräulein Zimmermann hole. Ich bin nicht ganz fertig und muss noch an der einen oder anderen Formulierung feilen.«

Helmut überflog lediglich die unterstrichenen Sätze, während seine Gedanken mit der neuen Schwester beschäftigt waren.

Deutscher Soldat! Hüte dich vor wilden Dirnen und geschlechtlichen Ausschweifungen.
Meide den Umgang mit unkontrollierten und minderwertigen Frauenspersonen – sie sind fast immer geschlechtskrank.
Alkohol ist der »Vater der Geschlechtskrankheiten« – er lähmt die Willenskraft und führt auf Abwege.

Der Truppenarzt war wieder ins Zimmer getreten, gefolgt von einer stramm marschierenden Krankenschwester. Helmut sprang auf, während der Arzt die Vorstellungen übernahm.

»Ab morgen werden Sie unseren jungen Kollegen Wagner unterstützen. Er kann jede Hilfe gebrauchen.« Ein nasales Säuseln drang aus der Kehle des Truppenarztes, während ein dunkles Augenpaar Helmut zu durchlöchern schien.

Vor der Krankenschwester musste er sich in Acht nehmen, das spürte er sofort. Nachdem sie ihre Begutachtung abgeschlossen hatte, straffte sie ihre Brust und strich ihre Uniform glatt. »Ich werde für Ordnung und Sauberkeit sorgen. Sie können sich auf mich verlassen.«

Helmut wusste nicht, ob ihre Worte an ihn oder den Truppenarzt gerichtet waren. Er verstand sie als Drohung und ihm wurde klar, dass sich für ihn die Zeiten verfinstern würden.

Kapitel 17

Vannes, Bretagne

Helmut

Er hatte gewartet, bis die Schatten auf den Straßen länger wurden und die Konturen sich aufweichten. Erst dann war er nach draußen getreten und eine halbe Stunde ziellos durch die Straßen gelaufen. Zunächst durch die engen Gassen in der Nähe des Hafens, danach in Richtung Norden, bis er nur noch wenige Menschen auf den Straßen sah. Mehrmals hatte er sich umgedreht, niemand folgte ihm. Dessen war er sich sicher.

Seitdem die deutsche Krankenschwester in sein Leben getreten war und ein eisernes Regiment führte, fühlte er sich ständig beobachtet. Selbst jetzt schien es ihm, als würde sich ihr eisiger Blick in seinen Rücken bohren, dabei war das völlig unmöglich. Niemals würde sie sich in den finsteren Seitenstraßen verirren, wo sich Arbeiter, Fischer und leichte Frauen aufhielten.

Mit Margot Zimmermanns Ankunft hatte sich die Stimmung in der Klinik verdüstert. In der einen Hand hielt die Schwester die Zügel, in der anderen eine Peitsche. Sogar Schwester Bernadette schien unter ihrer Flügelhaube geschrumpft zu sein. Still besah sie aus ihren glasigen Augen das Geschehen um sie herum, während ihre

Lippen stumm beteten. Mit Schrecken hatte die Nonne vernommen, dass ihre Klinik zu einer Syphilisstation für deutsche Soldaten umgewandelt werden sollte. Sie wollte die Türen für alle Kranken offenhalten, insbesondere für die Zivilbevölkerung, die zusehends unter der schlechten Versorgungslage litt. Er konnte sie verstehen, doch die Befehle des Truppenarztes waren eindeutig. Ab und an, wenn sie sich auf den Gängen begegneten und Schwester Zimmermann nicht anwesend war, lächelte sie ihn zaghaft an. Er deutete es als ein heimliches Zeichen unter Verbündeten, und unerklärlicherweise erfüllte ihn die Geste mit Freude.

Die deutsche Krankenschwester war voller Vorurteile. Alle Minderheiten hatte sie in Schubladen sortiert. Juden, Schwarze, Roma ... alle hatten ihr eigenes Fach. Die größte Schublade hatte sie jedoch reserviert für alle Französinnen, die unter vierzig waren. In ihren Augen waren sie eine Kränkung für das arische Frauentum. Sie wurde nicht müde zu erwähnen, dass sich eine anständige Frau ausdrücklich gegen Modetorheiten zu stellen hatte. Schminke, auffällige Haartrachten und Parfüm schadeten dem Ansehen der deutschen Frauen. Als Vertreterin einer besonderen Rasse wollte sie im besetzten Gebiet mit untadligem Beispiel vorangehen. Stolz schwellte ihre Brust, ihre Tracht sollte einzig durch Sauberkeit bestechen. Flittertand würde man bei ihr nicht finden.

Sie war überaus eifrig, das musste man ihr lassen. Doch schoss sie über das übliche Maß hinaus und rannte andauernd zum Truppenarzt, um Bericht zu erstatten und ihm irgendwelche Listen zu überreichen. Die acht Tage, die er bislang mit Margot Zimmermann gearbeitet hatte, schienen ihm wie eine quälende Ewigkeit, und er hatte das schmerzliche Verlangen verspürt, Anne-Marie sein Herz auszuschütten.

Er drehte sich ein letztes Mal um und huschte in ihre Straße. Sie war menschenleer.

»Helmut!« In Anne-Maries Augen blitzte Freude auf. Helmut dachte an kleine Silberbläschen, die darin aufstiegen und leuchtend zerplatzten.

Schnell trat er ein und schloss die Tür hinter sich. Anne-Marie schien wahrzunehmen, dass ihn etwas bedrückte. Vielleicht lag es an seiner steifen Haltung, vielleicht an der Traurigkeit seiner Augen. Als sie sich am Küchentisch gegenübersaßen, sprach sie ihn darauf an.

»Seit diese deutsche Krankenschwester da ist, fühle ich mich fehl am Platz. Es ist nicht die Arbeit mit den Syphiliskranken. Die Aufgabe stört mich nicht, es könnte schlimmer sein. Es hat allein mit ihrer Person zu tun, die ihr Gift in jedem Raum versprüht. Sogar Schwester Bernadette hat sich wie eine Schildkröte unter ihrem Habit verkrochen und betet noch öfter als früher.« Er seufzte laut und ließ die Schultern hängen. »Und diese Parolen über die Herrenrasse und die Reinheit des arischen Blutes. Das ist doch völliger Unsinn!«

»Du musst geduldig sein. Sie wird sicherlich nicht lange bleiben. Wahrscheinlich fühlt sie sich zu Höherem berufen und geht wieder weg.« Anne-Marie blickte ratlos drein, offenbar wusste sie nicht, wie sie ihn trösten sollte.

Helmut selbst konnte sich seiner Niedergeschlagenheit nicht erwehren, auch wenn er spürte, dass er nicht er selbst war. »Das wäre schön! Das Schlimmste ist, wie sie mich behandelt. Von oben herab. Dabei stellt sie sogar meine

Behandlungsvorschläge infrage. ›Jungchen, ich könnte Ihre Mutter sein!‹«, äffte Helmut sie nach. »Ich weiß nicht, wie ich es länger mit ihr aushalten soll! Aber nun sitze ich hier und beklage mich. Dabei sind die Momente mit dir zu wertvoll, um sie mit meinem Gejammer zu füllen. Es tut mir leid.« Er grinste sie schief an.

Seit einer Woche sahen sie sich, sooft es ihnen möglich war. Diese wenigen Stunden waren zu etwas Kostbarem in Helmuts Leben geworden.

»Helmut, du musst dich nicht entschuldigen.«

Er konnte nicht genug davon bekommen, seinen Namen aus ihrem Mund zu hören. Das H verschluckte sie, das U spitzte sie zu einem süßen Laut. Aus ihrem Mund klang sein Name weich wie eine Verlockung. Sein Herz setzte aus und machte Sprünge. Und da geschah es.

Er nahm ihre Hand und legte sie auf sein Herz. Mit seinen Fingern hielt er sie bedeckt. Dann, ganz sacht, beugte er sich zu ihr, bis seine Lippen ihre Wange berührten. Einen Wimpernschlag lang. Anne-Marie lehnte sich zurück und lächelte ihn zaghaft an. Die Grübchen machten kleine Purzelbäume.

»Ich liebe es, wie du meinen Namen aussprichst.« Mit dem Finger stupste er ihre Nasenspitze.

Genau in diesem Augenblick meldete sich Marie-France zu Wort. Wie es des Öfteren vorkam, wandelte sich ihr leises Wimmern innerhalb einer Sekunde zu einem markerschütternden Schreien.

»Oh nein! Schon den ganzen Tag schreit sie. Ich weiß nicht, was sie hat oder wie ich sie beruhigen soll.« Jetzt war es Anne-Marie, die verzweifelt dreinblickte. Sie wollte aufstehen und nach ihrem Töchterchen sehen, das in dem kleinen Weidenkorb in der Ecke lag.

»Darf ich sie nehmen?« Helmut stand auf und betrachtete das kleine Mädchen. Aus dem großen offenen Mund ertönten herzerweichende Schreie. Ihre Wangen waren gerötet. Er nahm Marie-France in die Arme und wiegte sie sanft hin und her. Ein altes Wiegenlied fiel ihm ein, das er vor sich hin summte. Langsam kamen ihm die Worte wieder in den Sinn.

Guten Abend, gut Nacht, mit Rosen bedacht,
mit Näglein besteckt, schlupf unter die Deck,
Morgen früh, wenn Gott will,
wirst du wieder geweckt,
Morgen früh, wenn Gott will,
wirst du wieder geweckt.

Marie-France hatte sich beruhigt und beobachtete ihn aufmerksam. Mit ihren blonden Locken und den dicken Pausbacken sah sie zum Anbeißen aus. Sie hatte den herzförmigen Mund ihrer Mutter. Ihre Oberlippe zuckte. Sie öffnete ihren Mund und lächelte Helmut an.

Vor lauter Erstaunen rief er: »Anne-Marie, sie hat gelächelt. Schau nur!«

»Das kann nicht sein! Sie lächelt noch gar nicht. Vielleicht hat sie ihren Mund verzogen, weil sie Bauchkrämpfe hat«, neckte sie ihn.

»Doch! Kein Zweifel.«

Sie standen beide über das Mädchen gebeugt und versuchten mit einer freundlichen Mimik und süßen Lauten, ein Lächeln auf Marie-Frances Gesicht zu zaubern. Aber das kleine Mädchen wollte sein zahnloses Lächeln nicht zeigen, egal, wie sehr sich die Erwachsenen anstrengten. Auf einmal, als würde ihr Schauspiel sie ermüden, schloss die Kleine ihre Lider und fiel in einen tiefen Schlaf. Vorsichtig legte Helmut das Mädchen in seinen Korb zurück.

»Anne-Marie, ich sollte besser gehen. Die Ausgangssperre beginnt gleich und Isabelle wird jeden Moment zurückkommen. Wann darf ich euch wieder besuchen? Vielleicht könnten wir einen Ausflug planen, zu dritt oder mit Isabelle zusammen?« Als er sprach, fühlte er große Sehnsucht, die in seiner Stimme hörbar mitschwang. Sie hatte sich den Tag über angesammelt.

Schüchtern fragte sie ihn: »Helmut, was wird aus uns werden? Wir haben doch keine Zukunft.«

Er nahm ihr Kinn in seine rechte Hand und sah tief in das Silbergrau um ihre Pupillen.

»Ich weiß nicht, was die Zukunft für uns bereithält. Ich weiß nur, dass ich mit dir zusammen sein möchte. Es fühlt sich richtig an, wenn ich in deiner Nähe bin. Ich wünsche mir, dass wir noch viel Zeit haben, uns kennenzulernen.« Er nahm Anne-Marie in seine Arme und drückte sie an sich. Dann sog er ihren Duft ein. Am liebsten hätte er ihn in einer kleinen Pillendose verschlossen, um ihn bei Bedarf aufzusaugen.

Für später, für alle Fälle.

Kapitel 18

Zwischen Baden-Baden und Gernsbach
Mitte August

Emil

Die Stimmung fühlte sich zäh an wie der Haferbrei, den die Mutter manchmal auf dem Küchenherd kochte. Wenn sie ihn nicht bewachte und andere Dinge nebenher verrichtete, blubberte er und warf Bläschen, die beim Platzen in die Höhe spritzten. Daran dachte Emil, als er sich den letzten Streit der Eltern in Erinnerung rief. Mutter und Vater stritten viel in letzter Zeit. Er hatte nicht genau verstanden, worum es gegangen war. Mehrmals war der Name des Mannes mit dem Rattengesicht gefallen. Hitler. Die Eltern waren sich nicht einig gewesen. Lauthals hatten sie sich angeschrien, dann hatten sie wegen des Radios gezankt.

»Du bringst uns alle noch ins Zuchthaus!«, hatte die Mutter krakeelt. »Hast du denn nicht nur das Licht verloren, sondern auch den Verstand?« Sie hatte so laut gebrüllt, dass Emil sich die Ohren zugehalten hatte. Sogar Bobbele hatte den Schwanz eingezogen und sich unter der Eckbank verkrochen.

Nach einer kurzen Pause hatte die Mutter weitergezetert: »Alles bleibt an mir hängen. Ich muss die ganze Arbeit allein machen.«

Der Vater hatte mit der Faust fest auf den Tisch geschlagen, dass die Milch aus ihren Tellern schwappte.

Am liebsten hätte Emil seine Stimme erhoben und die beiden aufgefordert, augenblicklich mit ihrer Streiterei aufzuhören. Außerdem hatte die Mutter ihm mit ihrer letzten Bemerkung unrecht getan. Mehrmals die Woche ging er nach Baden-Baden, holte die Gefangenen ab und brachte sie abends zurück. Das war doch auch etwas. Mittlerweile hatte er keine Angst mehr vor ihnen. Den Wiktor fand er sogar nett. Der große, dürre Mann hatte ihm einen Hund geschnitzt, der seinem Bobbele ähnelte. Emil trug ihn in seiner Hosentasche immer bei sich. Er hatte Emil versprochen, dass er ihm noch andere Tiere schnitzen würde. Der andere, der Jaroslaw, konnte wunderschön pfeifen. Das machte er allerdings nur gelegentlich auf dem Hin- oder Rückweg im Wald, nie, wenn sie bei ihnen auf dem Hof arbeiteten.

Für den Rest der Mahlzeit hatte sich ein Schweigen über den Esstisch gelegt. Aber kein angenehmes, es war mehr wie ein Eindringling, der ungebeten am Tisch Platz genommen hatte und den man nicht ausladen konnte.

Jetzt freute sich Emil umso mehr, weil der Vater angekündigt hatte, dass sie eine Runde im Wald drehen würden. Er verspürte zwar keine große Lust auf einen Spaziergang, doch er hoffte, dass sie dabei aus dem zähen Haferbrei stapfen könnten. Vielleicht würde ihm der Vater eine Geschichte erzählen. Das hatte er lange nicht getan.

Der Vater war ungewöhnlich still. Er fragte Emil nicht, was er im Wald beobachten konnte. Tapfer lief der Junge voran, während der Vater ihm folgte und ihn fest an der Schulter hielt. Emil überlegte angestrengt, wie er den Vater aus seinen Grübeleien herausziehen und aufheitern konnte. Das Beste wäre, er würde eine komplizierte Frage stellen über die Natur oder die Tierwelt, für die der Vater eine längere Zeit zur Antwort brauchen würde. Politik interessierte den Vater auch, doch davon verstand Emil nichts. Das Thema fand er sowieso langweilig. Spontan fiel ihm etwas ein. »Vater, zu Hause haben wir dunklen, braunen Honig. Letzte Woche habe ich in Baden-Baden in einem Schaufenster gelben Honig gesehen. Warum gibt es Honig in unterschiedlichen Farben?«

»Wie? Ach so.« Aus seinen Gedanken aufgeschreckt, wandte der Vater sich Emil zu. »Das liegt an der unterschiedlichen Nahrung der Bienen.« An der lahmen Antwort konnte Emil spüren, dass sein Vater nicht bei der Sache war.

Sein Plan war noch nicht aufgegangen. Emil musste nachhaken. »Heißt das, dass sie sich bei gelbem Honig von gelben Blüten ernähren und bei braunem von dunklen?« Ohne groß zu überlegen, hatte Emil drauflosgeplappert.

Der Vater grinste und Emil freute sich. »Büble, nenn mir mal eine dunkelbraune Blüte.«

Emil war ratlos. Er blieb stehen und wies seinen Vater auf eine Wurzel hin, die aus dem Waldboden ragte, damit er nicht ins Stolpern kam.

»Nein, Büble. Der braune Honig, der Tannenhonig, den ernten die Bienen aus den Ausscheidungen der Läuse. Die Läuse bohren die Tannennadeln an, trinken den Pflanzensaft und scheiden den Rest aus. Der ernährt wiederum die Bienen.«

»Das kann ich mir gar nicht vorstellen. Wie bohren die Läuse die Tannennadeln an?« Emil wusste, dass er weiterfragen musste.

»Büble, das erzähl ich dir ein andermal. Wir gehen zurück zum Hof und hoffen, dass die Mutter sich beruhigt hat.«

Nach einer Weile bemerkte sein Vater: »Es wird Zeit, dass du lesen lernst. Dann kannst du mir aus der Zeitung vorlesen.«

»Dann musst du kein englisches Radio mehr hören und die Mutter schimpft nicht mehr.« Emil fand seinen Rückschluss schlau, erwachsen, verschwörerisch. Einige Male war er in der Nacht aufgewacht und hatte gelauscht. Das konnte er seinem Vater anvertrauen, sie waren schließlich Verbündete.

Leider fiel die Reaktion nicht aus wie erhofft. Der Vater schüttelte ihn heftig am Oberarm und herrschte ihn an: »Was sagst du da? So etwas möchte ich nie wieder hören! Das könnte uns in größte Schwierigkeiten bringen. Verstehst du? Ich höre kein englisches Radio, nur den deutschen Sender!« Der Vater war verärgert. Das spürte Emil an seinem Griff. Sein Nacken schmerzte. »Sei still. Ich höre Motorengeräusche.« Der Vater hatte mit seinem feinen Gehör das Fahrzeug vernommen, bevor Emil das Brummen hörte.

Das war außergewöhnlich, der Weg zu ihrem Bauernhof war für Automobile völlig ungeeignet. Warum sollte sich ein Fahrzeug auf ihre Lichtung verirren? Aber der Vater hatte recht, es waren eindeutig Motorengeräusche. Der Vater trieb Emil zur Eile an. »Lass uns nachsehen, was passiert ist. Hoffentlich ist es nichts Schlimmes.«

Noch bevor Emil auf die Lichtung trat, konnte er sie sehen.

»Büble, was ist es?« Der Vater fasste Emil fest an der Schulter an.

»Es sind drei Soldaten, Vater. Einer sitzt hinten im Fahrzeug, zwei stehen draußen. Die Mutter steht neben ihnen und fuchtelt wild mit den Armen.«

»Was für Soldaten?«, erkundigte sich Vater.

»Das weiß ich nicht. Sie sehen alle gleich aus. Halt, nein. Ihre Uniformen haben nicht die gleiche Farbe wie Helmuts. Sie sind irgendwie dunkler.« Emil war nervös und kaute auf seiner Unterlippe. Er spürte, wie kalte Angst langsam seinen Rücken hochkroch bis in die Haarspitzen. Das, was er sah, bedeutete nichts Gutes.

»Lass uns hingehen«, beschloss der Vater.

Die Gruppe hatte Vater und Sohn bemerkt und sich zu ihnen umgedreht. Sobald sie auf den Hof traten, öffnete der Mann, der bis jetzt im Automobil gesessen hatte, die Wagentür und stieg aus. Trotz der sommerlichen Temperaturen trug der Soldat einen langen schwarzen Mantel. Das fand Emil eigenartig. Schwitzte er nicht wie verrückt?

Prompt nahm der Mann seine Schirmmütze in die Hand, wischte sich mit einem weißen Taschentuch über die Stirn und überprüfte seinen ordentlichen Scheitel, bevor er seine Mütze wieder aufsetzte. »Markus Wagner?« Der Soldat hatte eine durchdringende Stimme, die viel zu hoch war und weder zu seiner Statur noch zu seiner Uniform passte. Sie kreischte über die Lichtung.

»Ja, der bin ich.« Der Vater hatte in die Luft gesprochen.

»Sie sind verhaftet. Mitkommen!« Mit dem Finger gab er seinen beiden Untergebenen ein Zeichen, die neben dem Fahrzeug standen.

Sie packten den Vater an den Armen und zwangen ihn ins Auto. Es ging alles so schnell, als würde man ein Daumenkino viel zu rasch über die Fingerkuppe laufen lassen.

»Aber warum?« Der Vater versuchte, sich zu befreien. Es war zwecklos. Wie hätte der blinde Mann sich gegen drei Soldaten wehren können?

Sie drückten ihn fester in das Automobil und schlugen die Türen zu. Der Motor heulte kurz auf und der Wagen rumpelte davon.

In dem Moment erhob sich eine Krähe mit lautem Geschimpfe aus dem Holunderbaum. Sie flog über das Drama, das sich unter ihr abspielte, und verschwand in sicherer Entfernung im grünen Nadelkleid einer Fichte. Emil hatte sie mit den Augen verfolgt. Ihr Gefieder war schwarz wie der Mantel des Mannes.

Emil und seine Mutter standen noch lange im Hof. Längst konnte man von dem Wagen nichts mehr sehen oder hören, aber die Mutter verharrte immer noch völlig reglos. Ein Eiszapfen mitten im Sommer. Plötzlich fing sie zu zittern an. Ein unkontrolliertes Zucken, das ihren ganzen Leib erfasste. Emil wusste nicht, was ihn mehr erschreckte. Dass der Vater von Soldaten abgeholt worden war oder dass die Mutter keinen Ton sagte und seltsam zuckte.

»Mutter, was hast du denn?« Seine Worte lösten sich in der Stille auf, die Besitz von der Lichtung ergriffen hatte.

Emils Mutter drehte sich um, ging ins Haus und legte sich ins Bett. Am helllichten Tag.

Der Rest des Tages verlief schleppend. Der Küchenherd blieb kalt, der Esstisch leer. Emil wusste nicht, wo er mit seinem ganzen Kummer hinsollte, der zentnerschwer auf seiner Brust wog. Er rief Bobbele zu sich und vergrub die Nase in seinem Fell. Tief einatmen, das half immer.

Heute nicht.

Emil fing an, hemmungslos zu schluchzen. Seine Tränen rannen ihm über die Wangen. Immer wieder wischte er das Gesicht an Bobbeles Rücken ab. Der Hund blieb geduldig sitzen. Selbst er spürte, dass etwas Schreckliches geschehen war. Sein kleiner Stummelschwanz war eng zwischen die Beine gepresst.

Es folgte eine Zeit des bangen Wartens. Am ersten Tag nach der Verhaftung hatte sich die Mutter nach dem Melken auf den Weg gemacht und Emil aufgetragen, im Haus zu bleiben. Er dürfe auf keinen Fall nach draußen. Am Nachmittag war sie wiedergekommen, mit hängenden Schultern. Wieder war er mit seinen Sorgen allein geblieben. Die Mutter weinte nicht, jammerte nicht, sie erstarrte in einem Schweigen, das noch unerträglicher war. Gemeinsam verrichteten sie am Abend ihre Aufgaben im Haus und im Stall, Worte wechselten sie dabei keine.

Der zweite Tag nach der Verhaftung war nicht besser. Es fühlte sich an, als würde Emil in einer Luftblase leben. Nur wenige Geräusche und Gefühle drangen zu ihm durch. Irgendwie schaffte er es, vom Morgen bis zum Abend zu kommen.

Als er am Nachmittag des dritten Tages erneut Motorengeräusche vernahm, konnte er den Lärm zunächst nicht einordnen, so versunken war er in seiner Blase. Die Mutter hatte das Fahrzeug ebenfalls gehört und rannte aus dem Haus.

Mit beachtlichem Tempo fuhr ein Automobil auf den Hof und kam mit quietschenden Bremsen zum Stehen. Der Beifahrer stieg aus, öffnete die hintere Tür und zerrte eine Gestalt aus dem Wagen. In hohem Bogen flog der Vater auf den Boden. Ohne sich weiter um den alten Mann zu sorgen, stieg der Soldat wieder ein, und der Wagen fuhr von dannen.

»Markus!« Ein gellender Schrei. Die Mutter eilte zu ihrem Mann und kniete sich neben ihn.

An seinem Kopf hatte der Vater eine Platzwunde, an der geronnenes Blut klebte. Sein linkes Auge hatte die Farbe einer Zwetschge und war zugeschwollen. Vorsichtig entwirrte er seine Beine und ächzte schmerzerfüllt auf. Es gelang ihm mühevoll aufzustehen. Wie ein Greis schleppte er sich zur Haustür, während er sich auf seiner Frau abstütze. Der Mann konnte unmöglich sein Vater sein. Er schien um Jahrzehnte gealtert.

Der Vater sprach kein einziges Wort über seine Inhaftierung, zumindest nicht in Emils Beisein. Jahre später erwähnte die Mutter, dass der Vater ihr lediglich erzählt hätte, dass er während dem Verhör angegeben habe, rein zufällig auf den englischen Sender gestoßen zu sein. Er sei blind und könne den Sendeanzeiger des Volksempfängers nicht genau regeln.

Sie hatten sich das Hirn zermartert, wer sie verraten hatte. Zwecklos. Auf der Lichtung gab es niemanden, der infrage kam. Ab diesem Vorfall blieb der Volksempfänger still. So wie der Vater, der nur noch sehr selten sprach. Er hatte nicht nur das Licht und den Verstand verloren, wie die Mutter geschrien hatte, sondern auch die Worte. Sie waren alle aus seinem Mund gerutscht und hatten sich im Sumpf des Schreckens verloren.

Kapitel 19

Vannes, Bretagne
Ende August

Helmut

Seit einigen Wochen flutete Anne-Marie sein Leben mit Sonne. In den Momenten, die sie gemeinsam verbrachten, versanken sie in eine warme und weiche Welt. Alles andere war ein Dazwischen ohne Bedeutung. Höchstens eine fiebrige Erwartung, die ihn durch den Tag gleiten ließ und zur nächsten Begegnung trug. Sie waren vorsichtig, stets darauf bedacht, von niemandem gesehen zu werden. Meistens besuchte Helmut Anne-Marie in Isabelles kleiner Wohnung, manchmal trafen sie sich im Umland oder südlich des Hafens.

Isabelle war zu ihrer Komplizin geworden. Mit der für sie typischen Leichtigkeit hatte sie ihre Bedenken weggelacht. »Das Leben ist zu kurz, um es mit Sorgen zu füllen. Außerdem kennt Liebe keine Nationalitäten.«

Manchmal ging Isabelle mit Marie-France spazieren. Dann gehörten diese wenigen Augenblicke ganz ihnen. Meistens jedoch waren sie zu dritt. Wie eine kleine Familie. Als Marie-France ihn noch einmal angelächelt hatte, hatte Helmut zu Anne-Marie gesagt: »Ich habe sie so gern, als wäre sie meine eigene Tochter. Schließlich habe ich sie entbunden.« Mit einem treuherzigen Blick hatte er in die glänzenden Silberperlen geschaut, in denen ab und an ein Schalk zu hausen schien.

»Dann hoffe ich, dass der Herr Doktor nicht mehr viele Kinder entbindet. Ansonsten hätte Marie-France bald viele Geschwisterchen«, hatte sie ihn geneckt.

An seinem freien Tag hatte er sich ein Automobil ausgeliehen und sie waren zur Halbinsel Rhuys gefahren. Als Helmut südlich von Sarzeau die endlose Weite des Atlantiks erblickt hatte, drohte sein Herz stillzustehen. Noch im Rennen hatte er sich seiner Kleidung entledigt und war ins Wasser gestürmt. Vor lauter Glück fühlte er sich wie berauscht. Es füllte ihn so vollkommen aus, er hätte es mit zwei Händen fassen müssen. Anne-Marie stand bis zu den Knöcheln im Wasser und erfreute sich an seinem Entzücken. Er schwamm ewig, und als er endlich aus dem Wasser watete, hatte sich das Meer bereits ein weites Stück in Richtung Horizont verkrochen. Bunte Muscheln lagen auf dem nassen Sand, kleine Krebse liefen im Zickzackkurs umher. Von all dem hatte er nichts gesehen. Er hatte sich auf die Decke gelegt, und Anne-Marie hatte sich an seinen nassen Körper gedrückt. In diesem Augenblick hatte er gewusst, dass er sie immer lieben würde.

Bis zu seinem letzten Atemzug.

Heute Abend würden sie sich wieder treffen. Sie waren in einem Park unweit des Hafens verabredet. Das vorfreudige Fieber ließ ihn glühen.

Margot Zimmermann kam in das Krankenzimmer, in dem er eben den Heilungsverlauf eines Syphiliskranken überprüfte. Sie sprach ihn an: »Der Truppenarzt erwartet

Sie um sechzehn Uhr im Militärkrankenhaus.« Ein hämisches Grinsen lag auf ihren Lippen. Es zog sich von einem Ohr zum anderen.

Sein Instinkt schlug Alarm. Hoffentlich täuschte er sich. Nach einem kurzen Kopfnicken wendete er sich wieder seinem Patienten zu.

Seit er ausschließlich Syphiliskranke betreute, war die Arbeit nicht mehr sehr abwechslungsreich. Sie bestand nur aus Injektionen, kombinierten Salvarsan-Wismut-Kuren, die er in regelmäßigen Abständen spritzte. Die einzige Herausforderung bestand darin, die Häufigkeit der Injektionen richtig zu bestimmen, damit die Soldaten so schnell wie möglich wieder einsatzbereit waren. Solange sie jedoch infektiöse Symptome hatten, mussten sie in der Klinik verweilen. Die Weitergabe der ansteckenden Krankheit sollte auf diese Weise verhindert werden. Doch trotz dieser Maßnahmen, der Meldepflicht und der Kontrolle der Bordelle verbreitete sich die Seuche wie ein Lauffeuer. Als Zentrum der Epidemie galt Paris. Wer immer konnte, verbrachte seinen Kurzurlaub in der Stadt der Liebe, bevor er die Heimreise antrat und die Krankheit an deutsche Ehefrauen und Freundinnen weitertrug. Sie drang in alle Schichten, einfache Landser waren genauso betroffen wie Offiziere, ledige Burschen nicht stärker als verheiratete Familienväter. Im Krankenhaus brüsteten sich manche mit ihren amourösen Abenteuern, anderen wiederum war die Krankheit furchtbar peinlich.

Den Patienten, der vor ihm lag, konnte er auf keinen Fall entlassen. Bei ihm waren Komplikationen aufgetreten. Er litt unter Übelkeit und hatte eine Hautrötung, die sich vom Leistenbereich über den Bauch und den gesamten unteren Rücken zog. Vielleicht war die Anwendung zu hoch dosiert gewesen oder er vertrug die Medikation nicht. Schwester Zimmermann hatte sich über seine Empfehlung hinweggesetzt und eine höhere Dosis gespritzt. Daraufhin war es zu einem Eklat gekommen, nach dem sie schmollend abgezogen war.

Den Rest des Tages versuchte er, der Krankenschwester möglichst aus dem Weg zu gehen. Als es an der Zeit war aufzubrechen, hatte er sie seit Stunden nicht gesehen. Er war gespannt, was der Truppenarzt von ihm wollte. Jedoch bemühte er sich, seine Bedenken zur Seite zu schieben, und sich auf das Wiedersehen mit Anne-Marie zu konzentrieren. Seine kleine Bretonin, die so unerwartet in sein Herz geschlittert war. Er schmunzelte, als er seinen Arztkittel auszog.

Helmut saß auf der Bank vor dem Büro des Truppenarztes und wartete. Wie beim letzten Mal wurde die Tür zackig aufgerissen, und zu seinem Erstaunen sah er Margot Zimmermann, die sich mit ihrer drallen Figur im Türrahmen aufgebaut hatte. Die Fäuste hatte sie fest in die Hüften gestemmt. Das bösartige Grinsen hatte sie nicht abgelegt. Sie ging beiseite und ließ ihn eintreten. Der Truppenarzt saß an seinem Schreibtisch und sortierte Papiere. Da er nicht aufgefordert wurde, sich zu setzen, blieb er vor dem Tisch stehen, während die Krankenschwester wie ein Wachhund hinter dem Arzt Position bezog. Die beiden waren sich einig, das spürte Helmut sofort, und eine ungute Vorahnung beschlich ihn.

Der Arzt nahm einen tiefen Zug aus seiner brennenden Zigarette und zerdrückte den übrig gebliebenen Stummel mit seinen gelben Fingern im Aschenbecher, der überquoll. »Junger Kollege. Ihre Flitterwochen sind vorbei.« Was ein

Witz sein sollte, ließ Helmut erstarren. Der Arzt lachte laut und zeigte dabei seine gelben Hasenzähne. Kleine Spuckfetzen drangen aus seinem Mund. »Auf Sie wartet eine neue Herausforderung. Sie verlassen unsere Truppe und werden einer neuen Einheit zugeteilt. Es geht in den Ostraum, mehr kann ich Ihnen nicht sagen. Dort werden aufstrebende Hilfsärzte wie Sie dringend gebraucht. Geheimsache!« Er griff nach einer neuen Zigarette.

»Nein! Das kann nicht sein.« Ein Krächzen entkam Helmuts Kehle. Sein Hals war rau und trocken geworden. Er packte mit beiden Händen die Schreibtischkante und hielt sich krampfhaft fest. Nur nicht umkippen, nur nicht hinfallen. Seine Fingernägel bohrten sich in das Holz, die Knöchel traten weiß hervor.

Margot Zimmermann hatte das silberne Feuerzeug genommen, das auf dem Schreibtisch lag. Ein lautes Klicken ertönte.

Der Arzt beugte sich vor und hielt seine Zigarette in die Flamme. Er nahm einen tiefen Zug, verengte die Augen und musterte Helmut zwischen zwei Rauchschwaden. »Nicht schwach werden, junger Kollege!«

»Das kann nicht sein«, wiederholte Helmut, diesmal lauter. »Es muss eine Verwechslung vorliegen. Ich werde hier gebraucht.« Seine Finger drückten weiterhin die Schreibtischkante.

»Jeder ist ersetzbar, merken Sie sich das. Außerdem habe ich es hier schwarz auf weiß vor mir liegen. Lesen Sie selbst.« Der Arzt klopfte auf ein Dokument, das auf dem überfüllten Tisch lag. Winzige Aschepartikel sprangen auf. Näselnd fuhr er fort: »In drei Tagen fahren Sie ins Elsass. Dort werden Sie auf irgendeine Mission vorbereitet, bevor Sie zu einer neuen Truppe aufschließen. Wo es für Sie genau hingeht, weiß ich nicht. Die Stärke des Sanitätswesens ist es ja, Verwundete möglichst früh in vorderster Linie zu versorgen. Vielleicht dürfen Sie an einer Front irgendwo im nirgendwo die Wundversorgung übernehmen. Das wäre doch was! Da sehen Sie die unterschiedlichsten Fälle. Medizinisch ist das überaus interessant. Im Ostraum gilt es zudem, die Verlausung der Truppen zu unterbinden, damit sich das Fleckfieber nicht ausbreitet. Das war letztes Jahr in Polen ein großes Problem, wie ich Ihnen schon gesagt habe. Wie Sie sehen, junger Kollege, gibt es viele Möglichkeiten, sich in der Wehrmacht auszuzeichnen. Seien Sie stolz, Führer, Volk und Vaterland als junger Arzt dienen zu dürfen.«

Der Arzt ließ den Stempel laut auf seine Versetzungspapiere knallen. Genüsslich lehnte er sich zurück und grinste Helmut durch den blauen Dunst an.

Helmut war unfähig, sich zu bewegen.

»Grämen Sie sich nicht. Ihr kleines französisches Liebchen wird sich bald einen neuen Verehrer suchen. Schließlich sind Sie nicht der Erste, der zum Zug kam, wie mir berichtet wurde.« Der Arzt ließ ein kurzes ekelerregendes Lachen ertönen, bevor er ergänzte: »Wie Sie wissen, ist der Verkehr mit einer Französin für einen deutschen Soldaten unehrenhaft. Appetit haben Sie sich hier geholt, da können wir ein Auge zudrücken, speisen sollten Sie aber daheim, bei einer deutschen Frau.«

Die letzten Worte hatten Helmut aus seiner Starre gerüttelt. Am liebsten hätte er einen Sprung über den Tisch gemacht, seine Finger um die Gurgel des Truppenarztes gelegt und fest zugedrückt, bis das erbärmliche Leben aus ihm herausgequetscht war. Woher wusste er von seiner Liebe zu Anne-Marie? Wie konnte er so unverschämt von ihr sprechen? Er drückte seine Kiefer zusammen, bis seine Zähne knirschten. Nochmals ließ der Truppenarzt den Stempel krachen. Dann händigte er ihm die Papiere aus.

»Alles Weitere erfahren Sie im Elsass. Sie können jetzt gehen. Viel Glück, junger Kollege.«

Das Letzte, was Helmut sah, war das Grinsen der Krankenschwester, die ihre Hand besitzergreifend auf die Schulter des Truppenarztes legte.

Helmut konnte sich nicht erinnern, wie er aus dem Militärkrankenhaus gegangen und zum Hafen gekommen war. Er wusste, dass er gerannt war und kräftig nach Luft geschnappt hatte. Er hatte das Gefühl gehabt, sich übergeben zu müssen. Jetzt saß er abwesend auf einer Parkbank, viel zu früh für seine Verabredung mit Anne-Marie. Tausend Dinge gingen ihm durch den Kopf, und doch blieb nur ein Gedanke haften. In drei Tagen muss ich Vannes verlassen. In einer Endlosschleife wiederholte er stumm den Satz. Warum ich? Hatten sie kein Stück vom Glück verdient? In den wenigen Wochen, die sie gemeinsam verbracht hatten, konnten sie unmöglich ihren Anteil aufgebraucht haben. Ihre Liebe stand am Anfang. Er spürte, wie eine Traurigkeit ihn erfasste, die er noch nie so stark empfunden hatte wie in diesem Augenblick. Seine Augen wurden feucht. Er schloss seine Lider, um die Welt um ihn herum auszuschließen und seine Träume einen letzten Atemzug lang festzuhalten, bevor der Absturz kam.

Er hatte sie nicht kommen sehen. Sie setzte sich neben ihn auf die Bank und griff nach seiner Hand. »Helmut, was ist los?« Er hob den Kopf, und das Silber ihrer Augen las die Antwort in seinem verlorenen Blick. »Wann?« Es war nur ein Flüstern.

»In drei Tagen.«

Unter ihnen öffnete sich ein tiefes Loch, in das sie gemeinsam fielen.

Kapitel 20

Vannes, Bretagne

Helmut

Ihr letzter gemeinsamer Abend. Noch wenige Stunden, dann war die Uhr für sie abgelaufen. Der Krieg hatte seine Finger nach ihrer austreibenden Liebe ausgestreckt und fest zugegriffen. Ein Entkommen gab es nicht. Trotz ihrer guten Vorsätze, den Abend einigermaßen fröhlich zu gestalten, um zarte Erinnerungen fortzutragen, steckte ihre Stimmung im tiefen Schlamm. Ihre gemeinsame Zeit war zu kurz gewesen. Sie wollten sich noch so vieles erzählen und doch sprachen sie an dem Abend kaum miteinander.

Aus Anne-Maries glänzenden Augen floss eine Trostlosigkeit, die sich wie ein Trauerflor um sein Herz legte und es zuschnürte. »Sollen wir eine Runde laufen gehen. Vielleicht hilft es?« Sie seufzte laut und ließ den Kopf hängen.

»Wir sollten vorsichtig sein. Ich möchte nicht, dass du wegen mir in Schwierigkeiten gerätst.« Es war ein kläglicher Versuch, ihr zu widersprechen.

»Das spielt keine Rolle mehr.« Sie nahm ihre luftige Strickjacke und bedeckte ihre Schultern.

»Gut, lass uns bis zum Binnenmeer laufen.« Ungeduld packte ihn. Ihm war ein Gedanke gekommen.

Sie deckten Marie-France warm zu. Ende August warf sich die Dunkelheit früher auf das Land, abends war es spürbar kühler als im Juli. Sie liefen den langen Weg zur Halbinsel. Je näher sie kamen, desto unbarmherziger zeigte sich das Wetter. Ein für den Sommer ungewöhnlich kalter Wind blies von der Küste her. Anne-Marie schob den Kinderwagen, Helmut bedeckte immer wieder ihre Hand mit der seinen.

»Sollen wir umkehren?« Sorgenvoll schaute Anne-Marie auf die bleigrauen Wolken, die am Himmel rannten.

»Nein. Ich möchte ein letztes Mal das Meer sehen.« Und dir meine Liebe gestehen, fügte er in Gedanken hinzu. Endlich fühlte er wieder das Fieber, das in den letzten Wochen in ihm geglüht hatte.

Das Meer war in Aufruhr und fraß sich in den Strand. Bald würde es seinen höchsten Punkt erreichen. Der Wind peitschte die gefräßigen Wellen zu ihnen herüber. Lange würden sie es nicht aushalten, in wenigen Augenblicken wären sie durchgefroren. Der Moment war gekommen. Helmut stellte sich vor Anne-Marie, griff in seine Brusttasche und zog eine Kette heraus. Er nahm ihre Hand und kniete sich vor sie. »Anne-Marie, möchtest du auf mich warten? Ich verspreche dir, dass ich nach dem Krieg zurückkomme und dich finden werde. Mein größter Wunsch wäre, dass wir heiraten. Möchtest du meine Frau werden?«

Ein lautes Schluchzen, dann schrie sie gegen den Wind in den Himmel hinein: »Ja, Helmut. Ich warte auf dich, und wenn es eine Ewigkeit dauert.«

Er legte ihr die Kette in die Hand und drückte ihre Finger fest zu. Anschließend stand er auf, hielt sie an der Taille und wirbelte sie einmal um die eigene Achse, damit der Wind ihre gemeinsamen Wünsche forttrug.

Als er sie abgesetzt hatte, öffnete sie ihre Hand und schaute auf die goldene Halskette, an der ein kleines Herz hing. »Was ist das für eine Kette?« Ernst schauten ihn die silbernen Perlen an.

»Sie gehört meiner Familie und wird von Mutter zu Tochter weitergegeben. Da meine Mutter keine Töchter hat, habe ich sie bekommen, als ich in den Krieg gezogen bin. Es ist eine Art Talisman. Meine zukünftige Frau soll sie tragen. Das bist du, meine Liebste.«

»Ich weiß nicht, ob das eine gute Idee ist. Sie soll *dich* beschützen.« Anne-Marie setzte an, ihm die Kette zu reichen.

»Unsere Liebe wird mich schützen. Und die Sehnsucht, dich wiederzusehen. Bitte trag sie.« Er nahm die Kette und legte sie ihr an. »Außerdem habe ich dir keinen Ring gekauft. Du sollst mich aber nicht vergessen«, fügte er neckend hinzu.

Sie kehrten um. Bis sie zu Isabelles Wohnung kamen, hatte sie die Kälte tief durchdrungen. Die Freundin war bei ihrer neusten Flamme und würde erst am nächsten Morgen zurückkommen. Mit den vielen Patrouillen war es zu gefährlich, sich während der Ausgangssperre draußen aufzuhalten. Während Anne-Marie ihre Tochter in ihr Körbchen legte, entkorkte Helmut den Rotwein, den er mitgebracht hatte. Er nahm zwei Gläser von der Spüle und schenkte ihnen ein.

»Lass uns auf unsere Verlobung anstoßen.«

»Helmut, was werden deine Eltern dazu sagen? Möchtest du es ihnen überhaupt sagen?«

Er setzte sich an den Tisch und schaute in die dunkelrote Flüssigkeit, als könne er dort die Antwort seiner Eltern ablesen. Dann hob er den Blick. »Natürlich werde ich das. Gleich morgen werde ich ihnen schreiben. Meine Mutter wird zunächst … erstaunt sein, doch sie werden sich beide für mich freuen. Spätestens, wenn meine Mutter dich kennengelernt hat, wird sie dich genauso in ihr Herz schließen, wie ich es getan habe.« Seine Worte klangen bestimmt. Wollte er sich selbst überzeugen?

Sie setzte sich zu ihm. In den Händen hielt sie einen kartonierten Umschlag.

»Ich war heute beim Fotografen und habe ein Bild für dich abgeholt. Ich hoffe, es gefällt dir.« Sie schob ihm den Umschlag zu.

Vorsichtig öffnete er die Lasche und zog die Fotografie heraus. Anne-Marie saß auf einem gepolsterten Armsessel, in ihrer Armbeuge hielt sie Marie-France. Schüchtern lächelte sie in die Kamera, sodass der Fotograf ihre Grübchen hatte einfangen können.

Zärtlich strich er über das Bild. »Ich werde es immer bei mir tragen. Hier.« Er klopfte auf seine Brusttasche.

»Warte. Ich schneide dir noch eine Locke von mir ab.« Sie holte die Schere, die in einer Metalldose neben der Spüle stand.

Siebeneinhalb Stunden blieben ihnen. Sie legten sich auf die Couch und hielten sich an den Händen.

»Anne-Marie, ich liebe dich.« Er hatte deutsch gesprochen.

»Was bedeutet das? Isch libe disch.«

Er grinste von einem Ohr zum anderen und küsste ihre Nasenspitze.

»Helmut! Ist es etwas Unanständiges?« Sie hatte absichtlich in einem entrüsteten Ton gesprochen. Gespielt tadelnd streckte sie ihren Zeigefinger aus und wedelte ihn vor seinen Augen hin und her.

»*Je t'aime*. In deiner Sprache klingt es viel schöner.« Er nahm ihre Hand wieder in seine.

Sie flüsterten sich ihre Träume zu, die eine bunte Zukunft malten. Ein Haus am Meer mit grünen Fensterläden, ein kleines Fischerboot, das in der Bucht davor schaukelte, viele Geschwisterchen für Marie-France und blaue Hortensien im Garten. Anne-Marie hatte angefangen zu weinen. Er wusste nicht, wie er sie trösten sollte, denn er hatte mit seiner eigenen Traurigkeit zu kämpfen. Immer wieder strich er ihr über den Rücken, als würde er den Kummer eines Kindes vertreiben wollen. Nach einer Weile bemerkte er, wie ihr Schluchzen schwächer wurde, bis sie schließlich eingeschlafen war. Er selbst war unbeschreiblich müde. Der lange Spaziergang im Wind, der Rotwein, die Emotionen. Er spürte, wie seine Lider schwer wurden. Er wollte auf keinen Fall einschlafen. Er wollte sie anschauen, sich jede Locke, jeden Gesichtszug, den Schwung ihrer Augenbrauen und die Kurve ihres Halses einprägen. Für später, für den Osten, damit er sie stets vor Augen hatte. Das Schicksal war ungerecht.

Es war noch dunkel, als sie am nächsten Morgen aufstanden. Vom Weinen waren Anne-Maries Lider geschwollen. Er hatte in der Nacht nicht geschlafen und konnte sich vorstellen, wie blutunterlaufen seine Augen waren. Sie hatte darauf bestanden, ihn zum Bahnhof zu begleiten. Als es an der Zeit war aufzubrechen, küsste er vorsichtig die schlafende Marie-France, bevor Anne-Marie sie kurz zu einer Nachbarin brachte.

Sie traten nach draußen. Das Wetter hatte umgeschlagen. Der Wind hatte nachgelassen, die Kälte war geblieben. Nebel hatte sich eingeschlichen und ein dünner Regen sprühte flüsternd auf die Erde. Als sie am Bahnhof ankamen, waren sie bis auf die Knochen durchgefroren. Sie waren nicht das einzige Paar, das sich eingefunden hatte und dessen Liebe keine Nationalitäten kannte. Neben ihnen spielten sich schmerzvolle Szenen des Abschieds ab. Die meisten Männer, die auf dem Bahnsteig standen, lächelten tapfer ihre Ängste weg, obwohl ein Wiedersehen mit ihren Freundinnen ungewiss war. Ihnen war bewusst, dass sie die Leichtigkeit der Bretagne gegen eine unsichere Zukunft eintauschten.

Die Dampflok zischte auf und wehte rußigen Dampf zu ihnen hinüber, der sich wie ein Trauerschleier über ihre Verzweiflung legte. Ein lautes Kommando scholl über den Bahnsteig, ein schrilles Pfeifen ertönte. Die Lokomotive setzte sich in Bewegung, zunächst ruckartig, dann im Schneckentempo, um schließlich an Geschwindigkeit zu gewinnen. Helmut drückte Anne-Marie mit aller Kraft an sich, bevor er sie losließ und rennend auf den fahrenden Zug sprang.

»Unsere gemeinsamen Träume können sie nicht einfangen und einsperren. Sie haben Flügel und tragen uns weit fort. Ich liebe dich, Anne-Marie!« Er hatte aus der offenen Waggontür geschrien. Er zwang sich zu einem Lächeln und winkte der kleiner werdenden Gestalt zu. Lange blickte er zurück, bis er sie nicht mehr sah.

Dann hörte er auf zu atmen.

Kapitel 21

Zwischen Baden-Baden und Gernsbach
September 1940

Emil

Über den uralten, schrulligen Klassenlehrer wagte niemand zu lachen, auch nicht hinter seinem Rücken, denn er hatte einen langen Stock, den er allzu oft und bei jedem kleinsten Vergehen auf die Fingerkuppen seiner Schüler sausen ließ. Das war seine Art, sich Gehorsam zu verschaffen. Gleich am ersten Unterrichtstag hatte er von »Hitler und dem lieben Gott« gesprochen, die es beide so gut mit den Kindern und dem deutschen Volk meinten. Das war Emil neu. In dieser Kombination hatte er bis jetzt nie von beiden Männern gleichzeitig gehört. Zu Hause in ihrer Wohnstube hing ein Holzkreuz, ein Bild Hitlers suchte man vergeblich. Der Führer, verkündete der schrullige Kauz und stolperte dabei über seine eigenen Füße, sei ein von Gott gesandter Erlöser, der das Volk von allem Übel befreien würde, angefangen von der Schmach des Großen Krieges über die Arbeitslosigkeit bis hin zur Kriminalität. Vor allem würde der Gottgesandte das Volk von allen schlechten Genen säubern, sodass am Ende nur echte Herrenmenschen übrig bleiben würden. Dafür seien ihm alle ewiglich zu Dank verpflichtet.

Niemand widersprach, alle horchten mit ehrfürchtig großen Augen. Er war der Schulmeister und stand in der Hierarchie direkt unter dem rattengesichtigen Erlöser an dritter Stelle. Nachdem die Schüler gelernt hatten, dass die nordische Rasse von Gott und seinem Gesandten begünstigt war, drehte der Lehrer sich zur Wand und tippte mit dem Stock auf ein Schaubild dessen, was er Unterrassen nannte. Im Fach Vererbungslehre und Rassenkunde würden sie ihr Rassenbewusstsein stärken, damit sie einen Juden unter tausend erkennen könnten. »Bereits jetzt kann ich euch verraten, dass die Juden anders laufen als wir. Sie haben Senkfüße.«

Emil erschauerte. Sein Vater jammerte immer über seine Senkfüße, die ihm beim zu langen Gehen Schmerzen bereiteten. Das konnte er unmöglich dem Lehrer anvertrauen.

Der Lehrer hatte sich bereits einer großen Landkarte zugewandt, die an der anderen Wand hing. Kleine Nadeln mit hübschen Hakenkreuzfahnen markierten die neuen Reichsgrenzen seit Ausbruch des Krieges. Das Ganze sah aus wie ein großes Spielbrett aus braunen und gelben Landschaften sowie blauem Meer, übersät mit roten Fähnchen. Das Deutsche Reich wachse ständig, erklärte der Lehrer stolz und pochte mit seinem Stock gegen die Karte. Bald würde er jeden Tag im Heimatkundeunterricht die Nadeln neu stecken, um den Kindern die Fortschritte der großartigen deutschen Wehrmacht zu verdeutlichen. Das Ziel war ein Großreich, das die gesamte Karte ausfüllen und allen anderen Ländern Heil bringen solle.

Nach dieser Lektion befahl der Lehrer den Schülern, sich auf dem Schulhof in einem großen Halbkreis aufzustellen. Sie mussten lernen, wie man die Hakenkreuzfahne ordentlich grüßte. Sie standen alle stramm vor der im Wind flatterten Flagge, streckten den rechten Arm aus und riefen im Chor: »Heil Hitler!«

Emil fand das irgendwie schön. Er fühlte, dass er zu einer großen Gemeinschaft gehörte und nicht allein war.

Was folgte, gefiel ihm jedoch deutlich weniger. Während die Mädchen wieder in das Klassenzimmer geschickt wurden und unter Aufsicht der älteren Schülerinnen irgendwelche Mädchenarbeiten erlernen würden, standen für die Jungen den Rest des Morgens Leibesübungen auf dem Plan. Und das, obwohl er in der Früh schon der Mutter im Stall geholfen hatte und nach einem Glas warmer Kuhmilch die lange Strecke zur Schule geflitzt war. Der Lehrer verkündete, dass alles Schwache aus ihren Leibern ausgehämmert werden müsse. Nur durch ihre gemeinsamen täglichen körperlichen Ertüchtigungen könnten gesunde Körper herangezüchtet werden.

Emil wunderte sich, wie das gehen sollte, denn der alte Schulmeister sah sehr gebrechlich aus und konnte auf keinen Fall mitturnen. Seine Frage wurde schnell beantwortet. Aus seiner Brusttasche holte der Lehrer eine laute Trillerpfeife hervor. Jeder schrille Ton verkündete den Start einer neuen Übung, die der Alte vorher ansagte. Es folgte eine Unmenge an Hampelmännern, Liegestützen und Marschierübungen. Emil und seine Schulkameraden sahen aus wie kleine Soldaten. Trotzdem zeigte sich der Schulmeister mit ihrer Leistung nicht zufrieden. Immer wieder ging einem die Puste aus, ein anderer fiel aus dem Takt. Mit viel Übung, eiserner Disziplin und dem richtigen Drill würden sie es in Zukunft besser machen, ansonsten würde er es ihnen einprügeln, ermahnte der Lehrer.

Das wollte keins der Kinder.

»Gelobt sei, was hart macht!«, brüllte der Lehrer über den Schulhof.

Im Chor schrien sie zurück: »Gelobt sei, was hart macht.«

Sie strengten sich an, vor allem, als sie erfuhren, dass sie später das Boxen und das Werfen von Handgranatenattrappen lernen dürften. Und natürlich gab es Schießübungen. Wenn sie groß wären, in ein paar Jahren. Das klang unglaublich aufregend.

Als schließlich der erlösende Schulgong ertönte und Emil nach dem ersten Schultag nach Hause ging, war er ein wenig enttäuscht. Nicht einen Buchstaben hatte er auf seine Kreidetafel geschrieben. Das durfte er dem Vater auf keinen Fall verraten.

Die nächsten Tage ähnelten dem ersten. Nach dem Morgenappell und einem ordentlichen Fahnengruß folgte Heimatkunde. Jeden Tag wurden die Länder besprochen, die von den Fähnchen umgrenzt wurden. Sie könnten unendlich stolz sein auf Heimat, Sippe, Stamm, Volk und Führer.

Danach erzählte ihnen der Lehrer schaurige Märchen, in denen der Böse am Ende meist ein Jude war. Einmal war es ein Kommunist gewesen. Der Wolf, wie Emil ihn kannte, kam in den Geschichten nicht vor. Obwohl der Lehrer tatterig wirkte, redete er sich in Rage und die Kinder hingen an seinen Lippen.

Im Anschluss an die Märchen folgte eine Reihe Ermahnungen. Sie sollten stets wachsam sein zum Wohle der Allgemeinheit. Dabei erfuhren sie wichtige Dinge. Zum Beispiel, dass der Einzelne nichts war und nur die Volksgemeinschaft zählte. Jeder solle sich für den Führer nach Kräften aufopfern. In diesem Sinne lernten sie bedeutende

Sätze auswendig. Stundenlang wiederholten sie im Chor: »Gemeinnutz vor Eigennutz« oder »Jede Arbeit adelt, die in den Diensten der Allgemeinheit getan wird«.

Der Lehrer informierte sie darüber, dass sie bald für gemeinnützige Arbeiten eingezogen werden würden. Sobald sie lesen könnten, würden sie zum Beispiel beim Austragen der Feldpost helfen. Das war eine wichtige Aufgabe, und Emil freute sich darauf. Das Problem war nur, dass er in der ersten Woche immer noch keinen Buchstaben gelernt hatte, dafür war er stundenlang marschiert und gerannt. Langsam wuchs seine Ungeduld. Er wollte endlich auf seiner Kreidetafel geschwungene Buchstaben malen.

Die zweite Woche begann mit der wöchentlichen Schulfeier in der Turnhalle. Alle Schüler sämtlicher Klassenstufen waren vereint. Die Neuen waren von der pompösen Feier tief beeindruckt. In völligem Schweigen erfolgten die militärischen Einmärsche der einzelnen Gruppen. Danach wurde es festlich. Unter schwenkenden Fahnen brüllte ein älterer Schüler den Wochenspruch in die Halle, den alle Schüler auswendig lernen mussten: »Besser das Leben aufgeben, als die Ehre verlieren!«

Nach einigen Worten des Schulleiters sangen sie lauthals das Lied »Vorwärts! Vorwärts! schmettern die hellen Fanfaren«, bis die Turnhalle zu beben schien.

Emil hatte leuchtende Augen, als er an diesem Tag an seinem Pult saß.

Das Unglück ereignete sich am Ende der zweiten Schulwoche. Im Unterricht hatten sie endlich das »A« gelernt und einen weiteren wichtigen Satz verinnerlicht: »Die deutschen Tugenden setzen sich zusammen aus Wehrhaftigkeit, Treue, Gehorsam, Willens- und Entschlusskraft.«

Die Mutter hatte ihn beauftragt, nach der Schule regelmäßig im Postamt nachzufragen, ob eine Sendung für sie eingegangen war. Ohne dass sie es ihm gegenüber ausgesprochen hatte, wusste Emil, dass sie auf einen Brief von Helmut hoffte. Seit Wochen hatten sie keine Nachricht von ihm erhalten und ihre Stimmung war gereizt. Heute wedelte die Postbeamtin endlich mit einem Kuvert in der Hand. Ein Brief von seinem Bruder. Emil erkannte die Schrift. Die Mutter würde sich freuen, und der Tag wäre gerettet. Er eilte, so schnell er konnte, nach Hause.

Bobbele, der jeden Morgen ein Stück mit ihm zur Schule lief, begrüßte ihn überschwänglich am Waldrand. Den Rest des Weges meisterten sie gemeinsam, Bobbele voraus, er hinterher, immer darauf bedacht, auf keinen spitzen Stein oder Dornen zu treten. Schuhe durfte er erst anziehen, wenn der Boden gefror. Die alten der Mutter, eigene besaß er nicht.

Da er vor dem Bauernhof seine Eltern nicht sehen konnte, rannte er in die Wohnküche und rief aufgeregt: »Wir haben das A gelernt und Helmut hat einen Brief geschickt!«

Die Mutter stand an der Spüle. Augenblicklich ließ sie den Kochlöffel in den schweren Bratentopf fallen, wischte sich die Hände am Schurz ab und nahm den Umschlag an sich. »Endlich!« Sie strahlte über das ganze Gesicht.

Die Fröhlichkeit stand ihr gut, sie sah richtig hübsch aus, fand Emil.

»Wir haben schon gegessen. Dein Teller steht auf dem Herd.«

Emil nahm sein Mittagessen und gesellte sich zum Vater auf die Eckbank. Seit seiner Festnahme war er nicht mehr derselbe. Sein einstmals grauer Bart war weiß geworden. Bei der Nachricht vom Brief seines älteren Sohnes vibrierte ein wenig Leben in dem alten Mann. Emil erkannte Licht, das im leeren Blick flackerte.

Die Mutter öffnete das Kuvert und fing an, den Brief lautlos zu lesen. Emil beobachtete, wie sich ihre Lippen bei jedem Wort formten. Das fand er lustig. Doch auf einmal stand die Mutter ruckartig auf, der Stuhl hinter ihr kippte mit einem lauten Krachen um. Gleichzeitig ließ sie den Brief fallen, der wie ein Laubblatt zu Boden schwebte. Sie fing an zu kreischen. So laut, dass sich ihre Stimme überschlug und immer höher wurde. Ein schriller Ton, der in den Ohren schmerzte.

Emil und der Vater saßen da wie erstarrt, unfähig sich zu rühren, und schauten der schreienden Mutter zu. Sie war verrückt geworden.

Rasch wirbelte sie zum Vater herum und brüllte: »Das ist deine lasche Erziehung! Du bist schuld, du allein!« Sie rannte zur Spüle, nahm den schweren Eisentopf und warf ihn mit voller Wucht zu Boden. Die Fliesen zerbrachen. Nach diesem Akt der Zerstörung stürmte sie nach draußen.

Es blieb still in der Küche, einzig ein paar Fliegen surrten herum und suchten nach Nahrung. Das Schwirren war allgegenwärtig und schwoll zu einem nervtötenden Geräusch an.

»Nimm den Brief und schau, ob du irgendwas erkennen kannst.« Die Worte zitterten in Vaters Mund.

»Aber, Vater, ich habe erst das A gelernt. Ich kann unmöglich den Brief entziffern.« Nie zuvor hatte der Junge so bereut, nicht lesen zu können, wie in diesem Augenblick. Er glitt von der Eckbank, hob den Brief auf und stellte den Stuhl wieder hin.

»Gib ihn mir und hol die Mutter.« Vaters Stimme war zu Eis gefroren.

Emil trat vor die Tür und sah von Weitem die Mutter. Sie stand vor einem ihrer Zwetschgenbäume und hämmerte mit beiden Fäusten gegen den Stamm. Das machte ihm unglaubliche Angst. Er näherte sich der Mutter ganz vorsichtig, nahm seinen ganzen Mut zusammen und sprach sie an: »Mutter, der Vater sagt, du sollst in die Küche kommen. Ich kann ihm den Brief nicht vorlesen, und er möchte wissen, was mit Helmut passiert ist.« Er traute sich nicht hinzuzufügen, dass er sich ebenfalls Sorgen machte.

Inzwischen wusste er, dass im Krieg schreckliche Dinge passierten. In immer mehr Familien gab es Tote zu betrauern oder Schwerstverwundete zu umsorgen. Heute Morgen hatte er erfahren, dass der Vater seines Klassenkameraden Klaus ohne Beine aus Frankreich wiedergekommen war. Klaus hatte ihm das in der Pause ins Ohr geflüstert. Sein Vater liege seit seiner Rückkehr stumm im Bett und starre die Wand an. Klaus wollte unbedingt seinen alten Vater zurück, den mit den ganzen Beinen, den neuen fand er angsteinflößend.

Die Mutter drehte sich um und schaute durch ihn hindurch. Ihr Blick ging ins Unendliche, auf den Wangen kullerten Tränen. Sie hielt eine Sekunde inne, ehe sie zurück ins Haus schlurfte, als hätte sie eine schwere Last auf den Schultern zu tragen.

Emil folgte ihr in sicherem Abstand, falls sie der Wahn ein weiteres Mal befiel. Als sie in der Küche ankamen, setzte sie sich auf den Stuhl, den Emil aufgehoben hatte.

Der Vater ließ seine Faust auf den Tisch krachen und befahl: »Lies jetzt!«

Fast willenlos nahm die Mutter den Papierbogen zur

Hand. Ihre Stimme klang dünn, als käme sie aus weiter Ferne:

Liebe Mutter,
liebe Eltern,

(Brief Nummer 9)

bitte entschuldigt, falls meine Schrift unleserlich ist. Ich sitze im ratternden Zug, der mich gen Osten fährt. Wenn Ihr diese Zeilen lest, bin ich mit gro-ßer Wahrscheinlichkeit bereits dort. Leider wurde ich versetzt und musste die Bretagne von heute auf morgen verlassen. Was mich genau erwartet, weiß ich nicht. Ich möchte Euch nicht verschweigen, dass ich mit einem mulmigen Gefühl im Bauch zu mei-ner neuen Truppe aufschließe.

Ich bin unendlich traurig, die Schönheit der Bre-tagne gegen das große Ungewisse eintauschen zu müssen, zumal ich Euch eine freudige Nachricht überbringen möchte. Ich habe mich nicht nur in den einzigartigen Charme dieser Landschaft ver-liebt, sondern auch in eine ganz besondere junge Dame, der ich mein Herz bedingungslos geschenkt habe. Anne-Marie ist bezaubernd, klug, mutig und warmherzig. In ihren Augen leuchten die Sterne. Sie hat ein kleines Töchterchen, das ich ebenso lieb gewonnen habe. Vor meiner Abreise habe ich sie gebeten, auf mich zu warten. Wenn dieser Krieg endlich vorbei ist, werde ich in die Bretagne zurückkehren. Wir möchten heiraten.

Meine Entscheidung mag Euch überraschen, das kann ich verstehen, doch hoffe ich sehnlichst, Euren Segen zu erhalten. Ich wünsche mir von Herzen, dass Ihr sie mögen werdet.

Liebe Eltern, ich bin glücklich und todtraurig zugleich.

Betet für mich.

Euer Helmut

Die Mutter ließ den Brief auf ihren Schoß fallen. »Sie hat mir meinen Helmut weggeschnappt.« Ihre Worte stockten. Sie schluckte mehrmals hintereinander und räusperte sich. Dann wiederholte sie lauter: »Diese Frau und ihr Bastard haben mir meinen Helmut genommen.«

»Der Junge wurde versetzt.« Im Satz des Vaters schwang Sorge mit.

»Ein Franzosenflittchen.« Bitter spuckte die Mutter aus.

Emil kannte das Wort nicht. Er ahnte, dass es nichts Gutes bedeutete. Den Lehrer konnte er nicht nach dem Sinn fragen.

Kapitel 22

Vannes, Bretagne
November 1940

Anne-Marie

Gab es einen trostloseren Monat als den November? Alles war trüb und grau, die Welt außen, das Zimmer und am meisten die Gedanken in ihrem Kopf. Anne-Marie lag vergraben unter ihrer Bettdecke und drückte Marie-France eng an sich. Trotzdem fror sie bitterlich. Die nasse Kälte vom Binnenmeer war durch die Gassen gekrochen, hatte die Steinwände der Häuser durchdrungen und war unter ihre Decke geschlüpft.

Anne-Marie schloss die Augen und versuchte mit aller Kraft, die Wärme des Sommers heraufzubeschwören. Es gelang ihr nicht. Ihre Trübsal fand Nahrung in der klammen Kälte. Seit ein paar Wochen drang kein Licht mehr in die kleine Wohnung. Erst im Februar würde die Sonne wieder über das Nachbarsdach klettern und die Küche für einige Augenblicke erhellen.

Das hatte Isabelle ihr anvertraut. Sie lebte immer noch bei ihrer Freundin. Isabelle hatte sie darum gebeten, da sie das Alleinsein nicht ertrug. Vincent war verschwunden und mit ihm ihre ansteckende Lebensfreude. Sogar die knallroten Lippen waren verblasst. Seit Monaten hatte Isabelle von ihrem Geliebten keine Nachricht erhalten. Das traf sie sehr, sie hatte sich offenbar ernsthaft in den jungen Metzgersohn verliebt.

Anne-Marie war für Isabelles Angebot dankbar, denn für sie war ihre Zweckgemeinschaft ebenfalls vorteilhaft. Obwohl sie zum Haushalt beisteuerte, konnte sie vorsichtiger wirtschaften. Ihr Geld ging langsam zur Neige. Bald musste sie sich Arbeit suchen. Aber was würde aus Marie-France werden? Sie konnte sich nur schwer vorstellen, sie in einer Kinderkrippe abzugeben. Je fester sie die Augen geschlossen hielt, je länger sie unter ihrer Decke liegen blieb, desto schwieriger wurde es, ins Leben zurückzufinden und Zuversicht zu fühlen. Das Seil, das sie fassen konnte, um nicht in den dunklen Abgrund zu rutschen, war kaum mehr ein Faden. An manchen Tagen schaffte sie es nicht, das Bett zu verlassen. Sie war nicht allein, sie war einsam, tief in ihrem Inneren.

Mit einer schier unmenschlichen Kraftanstrengung raffte sie sich auf. Sie musste Treibholz sammeln. Isabelle hatte es ihr aufgetragen, da sie besorgt war, ihre Freundin im Bett anzutreffen, egal zu welcher Tageszeit. Kohle gab es längst nicht mehr. Auch kein Fleisch, keinen Reis, Grieß, Zucker, Kaffee und keine Butter. Anne-Marie grübelte, wie sie sich und Marie-France ernähren sollte. Die Zukunftsängste raubten ihr manchmal den Atem. Sie trug Verantwortung für ein anderes Menschenleben – in einem Land, in dem es an allem fehlte und in dem man machtlos dem Schicksal ausgeliefert war. Da schien es ihr einfacher, unter die Decke zu kriechen, die Augen vor der Wirklichkeit zu verschließen und in eine Welt zu gleiten, die wärmer war als die wirkliche.

Isabelle hatte angeboten, heute vor der Bäckerei Schlange zu stehen. Sie würde sich zu den unzähligen Menschen gesellen, die auf Nahrung hofften. Oft war kein Brot mehr zu erhalten, bis sie an der Reihe waren, trotz der Lebensmittelkarten. Es waren grausige Zustände. Wohlhabende Bürger bezahlten Ärmere, die für sie in der Schlange standen. Menschen, die zuvor befreundet gewesen waren, keiften sich in der Wartereihe an. Die Not wuchs, die Ellenbogen wurden spitzer.

Isabelle hatte erzählt, dass die Bevölkerung dazu aufgerufen worden war, den Ersatzkaffee mit Traubenkernen und das undefinierbare Teegebräu mit Brombeer- und Birkenblättern zu strecken. Wo sollten sie denn bitte Traubenkerne herbekommen?

Anne-Marie zog sich so warm an wie möglich, schlüpfte in mehrere Schichten Pullover, Jacken und Röcke übereinander und wickelte Marie-France in eine zusätzliche Wolldecke. Sie würde ihre Tochter für einige Zeit bei einer Nachbarin abgeben. Auf dem Kinderwagen konnte sie das gefundene Holz auftürmen. Das hatte sie Isabelle versprochen.

Als sie am Binnenmeer ankam, spülten die Wellen Erinnerungen an den Sommer in ihre Gedanken. Hier war sie mit Helmut entlanggelaufen, auf dieser Bank hatten sie gepicknickt, dort hatte er sie gebeten, auf ihn zu warten, und sie anschließend in die Luft gewirbelt. Sie griff nach der Kette an ihrem Hals. Es waren schöne Erinnerungen, die innerhalb von Sekunden zu Asche wurden, die der eisige Küstenwind davontrug. Sie spürte, wie Verzweiflung ihre Kehle zuschnürte. Warum hatte sie bisher keinen Brief von ihm erhalten? Waren ihre Gefühle füreinander nur Einbildung gewesen? Liebte er sie noch? Das Karussell in ihrem Inneren drehte sich immer schneller. Mit aller

Kraft musste sie es bremsen. Beim Abschied hatte Helmut angekündigt, dass die Briefe vielleicht nicht alle ankommen oder sie erst mit großer Verspätung erreichen würden. Er trug sie in seinem Herzen, das spürte sie. Trotzdem hinterließ jeder Tag, an dem sie nichts von ihm hörte, schmerzhafte Wunden, die kaum richtig heilten.

Das feuchtkalte Wetter war ihr trotz der vielen Kleiderschichten bis in die Knochen gekrochen. Immerhin regnete es nicht. Das Binnenmeer zeigte sich zaghaft und dunkel. Es schien ihr, als trage es ihren Schmerz. Ab und an schwirrte eine Möwe am grauen Himmel und stieß einen klagenden Laut aus.

Anne-Marie trat nah ans Wasser und blickte in die trübe Dunkelheit. Wie wäre es wohl, in die tiefe Welt unter der Meeresoberfläche einzutauchen, bis Kälte und Stille sie komplett umgeben würden? Würde ihre Trostlosigkeit sie auch in den Fluten erreichen? Sie erschauerte bei dem Gedanken.

Zu spät bemerkte sie, dass das eisige Wasser in ihre Schuhe und Strümpfe eingedrungen war und sich gefräßig um ihre Füße gelegt hatte. Eilig sammelte sie Holz auf. Das wenige, das sie fand, würde die Küche nicht lange wärmen. Sie türmte ihre Ausbeute auf den Kinderwagen und trat den Nachhauseweg an, langsam, damit ihr Konstrukt nicht zusammenbrach. Als sie endlich in ihrer kleinen Wohnung ankam, hatte die eisig nasse Kälte nicht nur nach ihren Füßen gegriffen, sondern war ihr die Beine hochgekrochen, hatte sich entlang ihres Rückgrats ausgebreitet und ihren Nacken gefasst. Kurze Zeit später fing das Fieber an, es brachte einen Husten mit sich, der sie fortan nicht mehr losließ.

Kapitel 23

in der Nähe von Smolensk, Russland
September 1941

Helmut

Graue Ödnis.

Oben wie unten.

So weit das Auge reichte.

Es war nicht kalt an diesem Morgen. Das Thermometer zeigte um sechs Uhr neun Grad Celsius. Doch der Himmel hing tief, ein leichter Nieselregen legte sich auf die schlammige Erde. Seit Monaten war er unterwegs. Er hatte viele Länder und Landschaften gesehen. Bulgarien, Griechenland, Jugoslawien, vielleicht noch andere. Er erinnerte sich nicht mehr, welche und in welcher Reihenfolge. Jetzt war er in Russland. Irgendwo zwischen Moskau und Smolensk.

In der Hölle.

Seine Einheit hatte in den letzten Wochen große Verluste erlitten, auch unter dem Sanitätspersonal. Seit Neustem war er für die primäre Wundversorgung an vorderster Front zuständig und entschied, wer zum Hauptverbandsplatz einige Kilometer hinter der Kampflinie abtransportiert werden sollte. Bei wem es sich noch lohnte. Ihm war bewusst, dass sein eigenes Leben am seidenen Faden im russischen Himmel hing.

Gestern hatte sich seine Einheit auf einer Schlammtrasse entlang der Frontlinie mühsam Richtung Norden gequält. Jeder Schritt war eine Tortur gewesen. Die morastige Erde verschluckte ihre Füße, und nur unter größter Mühe war es ihnen gelungen, ihre schmatzenden Stiefel aus dem Boden zu ziehen. Sogar die motorisierten Teile der Truppe mussten stellenweise mit reiner Muskelkraft fortbewegt werden. Einzig Kettenfahrzeuge passierten den schlammigen Trampelpfad noch einigermaßen zügig.

Nach wochenlangen erbitterten Kämpfen und guten Geländegewinnen hatten sie sich auf die versprochene Ruhepause hinter der Frontlinie gefreut. Nun war bei dem Weiler Chmara die Rote Armee durchgebrochen und die dortige deutsche Truppe hatte nahezu einen Totalausfall erlitten. Schnellstens musste der Russe durch einen Gegenstoß zurückgeworfen werden. Die Ruhepause wurde kurzerhand gestrichen. Sie waren der Ersatz.

Helmut blickte auf den Weiler, der in einer schlammigen Senke lag. Eine Handvoll halbverfallener Holzhütten, die Russen nannten sie Isbi, duckten sich hinter verkrüppelten Weiden. Davor schlängelte sich ein versumpfter und stinkender Bach, die Chmara. Er bildete die Frontlinie. Ab und an ertönte ein Sperrfeuer, ansonsten regierte eine gespenstische Stille über den Morast. Das übel riechende Rinnsal war nicht einmal auf einer Landkarte zu finden. Fische schwammen bestimmt einen Bogen um ihn.

Er fragte sich, ob es sich lohnte, für diesen nach Verwesung und Fäulnis stinkenden Weiler zu sterben. Es war unglaublich, welche immensen Opfer man Menschen abverlangte. Der Krieg war unersättlich. Und hier zeigte er sein wahres Gesicht. Brutal und hinterhältig.

Helmut wollte um jeden Preis überleben, um Anne-Marie wieder in seine Arme zu schließen und ihren Duft einzuatmen. Nur das und seine Verpflichtung als Arzt, Menschen zu retten, brachten ihn dazu, jeden Tag zu kämpfen. Immer wenn er glaubte, in dieser russischen Ödnis verrückt zu werden, dann holte er die Erinnerungen hervor. In seinen Gedanken erschien für einen kurzen Augenblick das bretonische Meer, und er sah, wie er mit Anne-Marie am Strand entlangspazierte, Hand in Hand, ihre Finger in zärtlichen Spielen verwickelt.

Er befühlte die Fotografie, die in seiner Brusttasche lag. Dahinter konnte er die Briefe spüren. Den einen hatte er heute Morgen geschrieben, den anderen hatte er vor drei Wochen erhalten. Seinen Inhalt kannte er auswendig. Er war von seiner Mutter. Zuvor hatte er ihr geschrieben, dass er jetzt an vorderster Front arbeiten und die Schwerstverwundeten versorgen musste. Dass er große Angst verspürte.

Ihre Antwort war eindeutig gewesen:

Lieber Helmut,

aus Russland hört man täglich von gewaltigen Schlachten und wir sind in Gedanken bei Dir. Helmut, trotzdem appelliere ich erneut an Deinen Verstand und Dein Pflichtgefühl: Löse Deine Verbindung mit dieser Französin auf. Wie kannst Du nur in solchen Zeiten ein solches Weib wählen! Eine Ausländerin, eine Frau, die zu unseren Erzfeinden gehört. Ich fühle mich immer noch sprachlos, wütend, beschämt und kann Deine Entscheidung und Deinen Starrsinn in dieser Angelegenheit

nur auf die Verwirrungen des Krieges zurückfüh-
ren. Was glaubst Du, was die Leute tuscheln wür-
den, wenn diese Beziehung bekannt werden sollte?
Was würden unsere Nachbarn sagen? Es gibt so
viele anständige deutsche Frauen, die Dich glück-
lich machen würden. Du musst eine Frau aus der
Heimat wählen. Ich flehe Dich an!
Ich habe mich bereits für Dich umgeschaut und eine
nette junge Dame gefunden, die ich Dir bei Dei-
nem nächsten Heimaturlaub vorstellen werde. Sie
ist beim Bund Deutscher Mädel und in der Orts-
gruppe für die Ausbildung der Jungmädel zustän-
dig. Schon allein dadurch zeigt sie ihr Verantwor-
tungsbewusstsein. Sie wird Dir gefallen.

Helmut, pass auf Dich auf. Es wird Zeit, dass die-
ser Krieg vorbei ist und Du wieder zu uns, Deiner
Familie, zurückkehren kannst.

Er war tagelang verärgert gewesen. Immer wieder hatte er
die Zeilen seiner Mutter gelesen und am Ende beschlossen, nicht darauf zu antworten. Sie würde zur Besinnung
kommen. Wie es wohl dem Vater ging? Über ihn hatte
sie kein Wort geschrieben. In der grauen Ödnis vor ihm
bewegte sich weiterhin nichts. Er zog den Brief heraus,
den er heute Morgen verfasst hatte.

Liebste Anne-Marie,

meine Worte sind düster. Bitte entschuldige.
Die Welt in Russland ist ein riesiges Schlachtfeld.
Schlamm, Sümpfe, verbrannte Dörfer, ausgehun-

gerte Menschen. Ich komme ins Grübeln und frage mich, wie die Menschheit mit der ganzen Schuld leben kann, die sie seit Monaten auf sich lädt. Mit den Jahren wird sie sicherlich nicht leichter werden. Im Gegenteil, das Blut wird an unseren Fingern kleben und sich nie mehr abwaschen lassen. Wie können wir lernen, damit zu leben, ohne zu zerbrechen? Ich habe Bilder in meinem Kopf, die ich nicht ausradieren kann. Narben in meiner Seele.

Kurz hielt er mit seiner Lektüre inne und dachte an das letzte Gefecht. Ein Kamerad, dem beide Beine zerfetzt worden waren, hatte ihn angefleht, er möge sein Leben beenden. Ihn erschießen oder zumindest verbluten lassen. Helmut hatte seinen Wunsch verstanden, doch war er verpflichtet gewesen, ihn zum Hauptverbandsplatz abtransportieren zu lassen, da er noch geatmet hatte. Wie oft hatte er in den letzten Monaten Gliedmaßen notdürftig amputiert und aufgerissene Bauchdecken zugedrückt, bis sämtliches Blut aus den Körpern geflossen war? In seinen schlimmsten Fantasien hätte er sich nicht auszumalen vermocht, dass der menschliche Körper so zugerichtet werden konnte. In seinen Ohren rauschten die fürchterlichen Schmerzensschreie der Soldaten. Sie verfolgten ihn im Schlaf, bis er hochschreckte, sich die Ohren zuhielt und selbst anfing zu kreischen. Wurde er verrückt? Manchmal dachte er daran, wie erlösend es wäre, einfach die Arme auszustrecken und in das MG-Feuer des Feindes zu laufen. Dieser Tollheit ein unumkehrbares Ende zu setzen. Aber seine Liebe zu Anne-Marie ließ ihn weitermachen. Er wandte sich wieder seinem Brief zu.

Einzig unsere Liebe hilft mir, einen Schritt vor den nächsten zu setzen.

Liebste Anne-Marie, ich brauche Dich, damit ich nicht verlerne zu fühlen, zu atmen, ein Mensch zu sein. Du hast mir gesagt, dass ich Dir einst das Leben gerettet hätte. Jetzt bist Du es, die mich vor dem Wahnsinn rettet. Wenn dieses Grauen endlich vorbei ist, wird uns nichts mehr trennen können. Bis zu meinem letzten Atemzug werde ich Dich in den Armen halten und in Deine silbernen Augen schauen.

In ewiger Liebe

Dein Helmut

Er steckte den Brief zurück in seine Brusttasche. Heute Abend würde er ihn verschicken. Sein Blick verlor sich in der Einöde, die sich ins Endlose erstreckte. Plötzlich spürte er die elektrisierte Luft, die einem Angriff vorausging. Todesangst krallte sich in sein Herz und seine Gedärme. Er schaute in die Gesichter seiner Kameraden, um sicher zu sein, dass sie dasselbe fühlten. In ihren Augen stand die gleiche blanke Panik. Es war wieder so weit, er hatte sich nicht getäuscht. Lippen fingen zu zittern an. Jeder handelte mit Gott sein eigenes Geschäft aus. Gläubige und Ungläubige beteten und feilschten um ihr Leben. Dabei waren sie zu immer größeren Zugeständnissen bereit. »Lass mich den Kampf überleben, auch wenn ich ein Bein verliere«, hörten Ohren wispern. »Ein Arm gegen mein Leben«, artikulierten bebende Lippen.

Je länger der Krieg andauerte, je mehr Gräuel die Erinnerungen füllten, umso größer war die Bereitschaft zu körperlichen Opfern. Hauptsache, man konnte nach den Kampfhandlungen noch atmen.

Das einzige Entgegenkommen, zu dem sich der Herr im Himmel erweichen ließ, war, dass er das unerträgliche Warten beendete. Sobald der Offizier das Zeichen gab, setzte sich die Truppe in Bewegung und die Höllenangst verflog wie durch ein Wunder. Es gab nur noch die Schlacht. Ein Vakuum, in dem alles gleichzeitig passierte. Während ein Signal ertönte, zerschnitten Flugzeuge wie Pfeile den dunklen Himmel. Sekunden später war ein lang gezogenes Pfeifen zu hören, auf das mehrere ohrenbetäubende Explosionen folgten. Die Erde glühte. Ein kräftiges Orange auf grauer Leinwand. Das hässliche Knattern der der Gewehre ertönte, ein Feuerorkan aus Granaten und Raketen antwortete. Die ersten Leiber flogen durch die Lüfte, Gliedmaßen schlugen wieder zu Boden.

Todesmutig zog Helmut gemeinsam mit dem übrigen Sanitätspersonal die Verwundeten aus dem Schlamm – oder was von ihnen übrig war.

Das Gemetzel dauerte Stunden. Unter Dauerbeschuss sortierte er aus, wer noch eine Chance hatte, drückte, schnitt, flickte. Er war eine Maschine, die jede Menschlichkeit verloren hatte.

Da geschah es.

Beim Verbinden eines Verwundeten wurde der Sanitätsfeldwebel Wagner von einem Granatsplitter getroffen und in die Luft geschleudert. Seine Bauchdecke war aufgerissen. Doch er war nicht tot. Er bemühte sich, seine Gedärme mit den Händen zurück in seine Bauchhöhle zu drücken.

Vergebens.

Innerhalb von Sekunden glitt er in eine andere Welt. Er verblutete rasch.

Es wurde Nacht.

Dann silbrig.

Am Ende sonnig, hell und warm.

Keine halbe Stunde später walzte ein russischer Panzer die Überreste der Schlacht in den weichen Boden, wo sich blutiges Rot, staubiges Grau, schlammiges Braun vermischten mit hoffnungsloser Dunkelheit.

Sieben Tage später nahm ein Hauptfeldwebel ein vorgefertigtes Dokument in die Hand, das den Tod in heldenhaftem Einsatz für Führer, Volk und Vaterland verkündete. Auf dem Formular konnte zwischen Sohn, Vater und Gatte gewählt werden. Sorgfältig unterstrich der Hauptfeldwebel das erste Wort und fügte handschriftlich den Namen *Helmut Wagner* hinzu. Er setzte eine Unterschrift unter das Schreiben, dann war er fertig. Er griff nach dem nächsten Dokument und dachte daran, wie wenig Heil der Führer diesen jungen Männern gebracht hatte.

Kapitel 24

Zwischen Baden-Baden und Gernsbach
September

Emil

Nach dem Morgenappell waren sie in Zweierreihen in die Turnhalle marschiert. Dort hatten sie Stationen aufgebaut. Der Lehrer hatte ihnen erklärt, dass er sie langsam auf ihre Tätigkeiten bei der Wehrmacht vorbereiten würde. Das präzise Werfen von schweren Kugeln, Ringen bis der erste Schüler zu Boden fiel, über Hindernisse springen und an einem wippenden Seil hochklettern gehörten zu den Ertüchtigungen. Was zunächst wie ein Spiel klang, entpuppte sich schnell als anstrengender Drill. Mit einer Trillerpfeife und einer Stoppuhr bewaffnet, nahm der Lehrer ihre Zeiten. Er trieb sie zu Höchstleistungen an. Der Beste einer Gruppe wurde gelobt und durfte auf ein kleines Holzpodest steigen, die anderen brüllte er an. »Nehmt euch ein Beispiel an Karl. Der wird Offizier, während ihr mit eurer Rotznase im Schlamm robben werdet.« Oder: »Ihr seid eine Schande für das deutsche Volk. Später wird Erich auf euch herabschauen.«

Emil gehörte nicht zu den Podestbesteigern. Er war viel zu klein, um über die Hindernisse zu springen, und das Ringen gefiel ihm schon lange nicht mehr. Es war unglaublich, welche Energie der Lehrer an den Tag legte, obwohl er so gebrechlich wirkte.

Was als Nächstes folgte, war nicht viel besser. Emil hatte gehofft, im Klassenzimmer sitzen zu dürfen und Rechenaufgaben zu lösen. Darin war er richtig gut, und seine Größe spielte bei den Kopfübungen überhaupt keine Rolle. Doch sie waren zum Dienst am Volk eingeteilt. Nicht etwa beim Austeilen der Feldpost, sondern als Erntehelfer. Bei der Ernte helfen musste er schon daheim, darauf hatte er wirklich keine Lust. Sie marschierten, wieder in Zweierreihen aufgestellt, zur Streuobstwiese, und sobald er das riesige Feld sah, sank seine Stimmung ins Bodenlose. Hunderte hochstämmige und krummgewachsene Bäume mussten es sein, da war er sich sicher, obwohl er gar nicht so weit zählen konnte. Sie waren vollbehangen mit reifen roten Äpfeln, die darauf warteten, gepflückt zu werden.

Der Lehrer brüllte seine Anweisungen: »Ihr teilt euch in vier Gruppen auf. Die Großen unter euch klettern in die Bäume und pflücken die Äpfel, die ihr in die Erntenetze steckt. Ihr reicht den Kleinen vorsichtig die Beutel. Das Obst wird anschließend mit größter Vorsicht in die Kisten gelegt.« Mit seinem Stock zeigte er auf zwei Holzkisten.

»Nicht fallen lassen. Nicht quetschen. Wehe, ich erwische einen von euch, der mit den Äpfeln grob umgeht. Ihr behandelt sie wie rohe Eier. Das Fallobst kommt in eine eigene Kiste. Nun das Wichtigste …«, seine Stimme ging ins Crescendo, »es ist strengstens verboten, sich an den Äpfeln zu bedienen. Was sage ich da, untersteht euch, überhaupt an einen Bissen zu denken! Nur durch harte Arbeit für das Volk und regelmäßigen Verzicht werdet ihr stählern.« Um seine Worte zu unterstreichen, ließ er seinen Stock auf imaginäre Fingerkuppen sausen.

Die Kinder erschauerten.

Emil freute sich, dass sein Freund Paule seiner Gruppe zugeteilt wurde. Sie waren die Kleinsten und wurden mit weiteren Schülern zum Sammeln und Auflesen bestimmt. Das einzige Große an Paule waren seine hungrigen Augen, wenn er sie auf Emils Pausenbrote richtete. Der Junge hob den Blick und schaute sehnsüchtig auf das rote Obst.

»Denk nicht mal daran«, ermahnte ihn Emil.

Paule war ein Städter, und seine Mutter hatte große Schwierigkeiten, die Großfamilie zu ernähren. Seit Neustem galt ihr Mann als verschollen. Paule hatte sich Emil anvertraut und ihm berichtet, was die Mutter gesagt hatte, als sie die Nachricht empfangen hatte. *Na, wenigstens bekomme ich nicht wieder einen dicken Bauch.*

Sie hatten gerätselt, was das Kinderkriegen mit dem Verschwinden vom Vater zu tun haben könnte. Schließlich war der Bauch der Mutter jedes Jahr verlässlich angeschwollen und ein neues Geschwisterchen war hinzugekommen, ob der Vater nun im Krieg war oder in der Kneipe um die Ecke.

Der Morgen war weit vorangeschritten, als der Lehrer endlich verkündete, dass es bald an der Zeit wäre, zur Schule zurückzulaufen. Sie sollten alle noch ihren Baum abpflücken und sich danach erneut in Zweierreihen aufstellen. Es ging alles blitzschnell. Paule stand vor der Obstkiste, lockerte die Schnur, die die zu weite Hose am Bund zusammenhielt, und ließ in jedes Bein drei Äpfel kullern. An den Knöcheln hatte er die viel zu weite und lange Hose sowieso mit Riemen befestigt. Sie war ein Erbstück eines älteren Bruders.

Aus den Augenwinkeln hatte Emil seinen Freund beobachtet. Verstohlen schaute er sich um. Niemand schien von Paules Diebstahl etwas mitbekommen zu haben. Emil atmete aus. Das Unglück ereignete sich, als sie fast auf dem Schulhof angelangt waren. Der Lehrer hatte Paules steifen Gang nicht bemerkt. Doch als sich an seinem rechten Hosenbein der Riemen löste und drei rote Äpfel vor ihm auf den Boden purzelten, verfolgte er zunächst mit erstauntem Blick das rollende Obst, ehe seine Augen das Hosenbein hochfuhren und an Paules Gesicht hängenblieben. Die Wangen des Lehrers wurden dunkelrot wie die Äpfel. Er machte trotz seiner Gebrechlichkeit einen Satz nach vorn und zog Paules Hose herunter. Seine restliche Ausbeute rollte ebenfalls auf die Straße.

Die wütenden Worte zischten aus dem Mund des Lehrers: »Das ist eine bodenlose Frechheit. Wegen solchem Pack wie dir werden Hunderte von Soldaten verhungern. Das wirst du bereuen, das verspreche ich dir! Alle Kinder in einem Halbkreis aufstellen, Paul vortreten.« Der Stock, den der Lehrer in der Hand hielt, kreiste in Erwartung.

Paule zitterte am ganzen Körper. Schnell zog er seine Hose hoch und nahm kleine, zögerliche Schritte. Als er vor dem bebenden Lehrer stand, hob er seine Arme. Er wusste zu gut, was ihn erwartete. Einzig die Augenlider zuckten, ansonsten regte sich nichts in Paules Miene. Er biss fest auf seine Unterlippe und blickte in weite Ferne. Er gab keinen Laut von sich. Immer wieder sauste der Stock auf die Fingerkuppen des Jungen, bis sich schließlich sein Gesicht öffnete, und sich Tränen und Rotz auf seinen Wangen vermischten. Endlich verharrte der wütende Stock.

Emil blickte in die grinsenden Gesichter mancher Kinder und danach in Paules. Für sechs Äpfel. Sie hätten den Hunger seines Freundes ohnehin nicht gestillt, geschweige denn die leeren Mägen seiner kleineren Geschwister gefüllt.

Und wie Hunderte von Soldaten wegen sechs Äpfeln verhungern sollten, war ihm ebenfalls schleierhaft. In dem Moment spürte Emil eine neue Empfindung. Etwas Säuerliches hatte sich in sein Herz gefressen.

»Es hat wehgetan, aber ich habe nicht geschrien.« Paule hatte die Worte in Emils Ohr geflüstert.

»Das habe ich gesehen, Paule. Du bist tapfer wie ein Krieger.« Er blickte auf die blutigen Fingerkuppen seines Freundes und versprach: »Morgen bekommst du mein ganzes Pausenbrot, Ehrenwort!« Und um ihn abzulenken, fragte er seinen Freund:

»Glaubst du wirklich, der Rote Russe frisst deutsche Kinder?«

»Bestimmt tut er das. Das hat uns doch der Lehrer gestern erzählt, warum sollte er lügen?« Inzwischen waren Paules Tränen auf seinen Wangen vertrocknet und hatten kleine krustige Spuren hinterlassen.

Emil schluckte. Gut, dass Helmut kein Kind mehr war.

Paule konnte einem leidtun, nicht nur in der Schule. Wie viele andere Familien hatte der Krieg auch die von Paule fest im Griff. Er drückte zu und quetschte das Lebendige aus ihr heraus. Einer von Paules älteren Brüdern war an der Front gestorben. Wie gut es Emil im Vergleich doch ging. Bisher war seine Familie verschont geblieben, auch wenn sich etwas verändert hatte. Seit Monaten war die Stimmung bei ihnen eisig wie im kältesten Winter, wenn seine Bettlaken feuchtkalt waren und die Mutter vergessen hatte, ihm eine Bettpfanne zwischen die Decken zu legen. Die Mutter und der Vater redeten nicht mehr miteinander. Zwischen ihnen hatte sich die Stille festgesetzt und Emil war zum Nachrichtenübermittler geworden.

»Sag dem Vater, das Essen ist gerichtet.«
»Frag die Mutter, ob Post gekommen ist.«
Das war unschön.

Absichtlich trödelte er auf dem Nachhauseweg. Heute war leider kein Fräulein-Tag. Zweimal die Woche ging er nachmittags zu einer alten Dame, die mehr Falten im Gesicht hatte als Haare auf dem Kopf. Sie war aus dem Schulunterricht entlassen worden, da sie sich geweigert hatte, der NSDAP beizutreten. Die Eltern hatten eingefädelt, dass sie Emil Nachhilfeunterricht gab. Anfangs hatte er sich gesträubt, da er sich vor ihrem runzligen Gesicht gefürchtet hatte, bis er gemerkt hatte, wie Hunderte von Falten ihn herzlich anlächelten, wenn er die Butter und die Eier überreichte, die ihm die Mutter als Lohn für den Unterricht mitgab. Dann drückte sie Emil an ihre flache Brust, und ihre schwarzen Barthaare kitzelten ihn an der Stirn.

Als er am Waldrand angekommen war, ließ er sich von Bobbele abschlecken. »Na, Bobbele, wie war dein Tag? Der Lehrer hat den Paule geschlagen. Morgen gebe ich ihm mein ganzes Brot, da bleibt nichts für dich übrig.«

Emil lehnte sich an die Böschung und blickte in den Himmel. Die Wolke über ihm sah aus wie aufgeschlagene Sahne. Luftig lockere Kringel zogen sich in das endlose Blau. Es fehlen nur die Erdbeeren, dachte Emil. Ob die Mutter ihm wohl Sahne aufschlagen könnte? Die aß er so gerne. Er schalt sich selbst. Die Erdbeerzeit war längst vorbei, und die Mutter schöpfte die Sahne ab, um Butter zu schlagen, die sie gegen Dinge eintauschte, die sie dringend benötigten. Der Vater konnte ja nicht arbeiten. Diesen Satz seiner Mutter hatte er verinnerlicht. In seinen Ohren klang er nach einer Anschuldigung.

Da sah er den Soldaten. Bobbele hatte ihn als Erstes bemerkt, und Emil hatte nach den Nackenhaaren seines Hundes gegriffen. Der Soldat trug eine steife Uniform und kam strammen Schrittes aus der Richtung ihres Hofs. Er blickte ernst drein und nahm Emil nicht wahr, der immer noch am Wegesrand saß. Erst als er vor dem Jungen stand, schreckte er aus seinen Gedanken hoch und schaute Emil nachdenklich an. Nach einem kurzen Gruß ging er weiter.

Wie eigenartig, was hatte der Soldat bei ihnen zu suchen? Eine böse Vorahnung kroch seine Beine empor und nistete sich in seiner Bauchhöhle ein. »Komm, Bobbele. Wir brechen auf.«

Auf einmal hatte Emil es ganz eilig, nach Hause zu gehen.

Es war noch stiller als sonst. Stiller als still. Emil hörte kein Geräusch, kein Aufschlagen von Eiern in einer Schüssel, kein Klappern von Geschirr, keine Schritte und Stimmen sowieso nicht. Er trat in die Wohnküche und verstand.

Der Vater saß zusammengesunken auf dem Stuhl, sein Oberkörper hing schlaff auf dem Tisch, das Gesicht hatte er in seinen Armen vergraben. Er schluchzte in das Holz hinein. Die Mutter kniete mitten in der Küche und schwankte hin und her. Die Haare standen ihr wirr vom Kopf ab. In der einen Hand hielt sie ein Büschel davon, erst bei genauerem Hinsehen erkannte Emil die graue Strähne. In der anderen hatte sie ein Schreiben, das offiziell aussah. Unfähig, sich zu bewegen, blieb er in der Tür stehen und wurde ein stummer Beobachter ihrer Verzweiflung.

Alles war erstarrt.

Festgefroren.

Wie lange er in der Türschwelle stand, konnte er nicht sagen. Irgendwann hatte er das Bedürfnis, seine Mutter aufzurichten. Leise trat er an sie heran und berührte ihren Oberarm.

»Komm, Mutter.«

Sie schubste ihn weg und fing an, wie ein Vieh kurz vor der Schlachtung zu schreien. Sie hatte den Verstand verloren.

Der Krieg hatte sie nicht vergessen. Er hatte Helmut verschlungen. Von da an standen die Uhren still. Nichts war mehr, wie es vorher gewesen war. Der Tod seines Bruders hatte Emils ganze Familie vernichtet. Für ihren toten Sohn richteten die Eltern einen Altar in der Stube ein und trauerten jeden Tag stundenlang.

In den dunkelsten Momenten beschlich Emil ein furchtbares Gefühl, dessen er sich unglaublich schämte. Eine Eifersucht auf den großen Bruder, den er kaum gekannt hatte und der ihm so fremd war. Manchmal hatte er den Drang, seine Eltern anzuschreien. »Schaut mich an! Ich bin hier, ich lebe!«

Er unterdrückte seine Gefühle und blieb mit seiner Trauer allein. Seine Eltern hatten sich zurückgezogen und schienen mit ihrem Schmerz kilometerweit von ihm entfernt zu sein, jeder gefangen in seiner eigenen dunklen Zelle. Emil hatte keinen Zutritt und wusste nicht, wohin mit sich und seinen Empfindungen. Die Wochen und Monate zogen sich dahin, irgendwie. Emil lebte fortan mit der Kälte. Der Ofen in der Stube war erloschen und die Herzen seiner Eltern waren mit ihm kalt geworden. Seine Kindheit war zu Ende.

Kapitel 25

Vannes, Bretagne
Oktober 1941

Bernadette

Eine allumfassende Stille herrschte in der Klinik. Nachts, wenn die Stunden durch die Luft irrten, hatte Schwester Bernadette Zeit zum Nachdenken. Seit Jahren schlief sie schlecht. War es das Alter? Oder die Sorgen? Sie erhob sich von ihrem Schreibtisch und kniete sich an ihren Betstuhl. An der Wand hing ein kleines Holzkreuz, von dem Jesus sie leidvoll anblickte. Daneben hatte sie ein Bildnis der Muttergottes aufgehängt. Bernadette senkte den Kopf und legte ihn auf ihre gefalteten Hände. Wenn sie ehrlich zu sich selbst war, musste sie sich eingestehen, dass es in ihrem Inneren etwas Hässliches gab. Ein kleines Flämmchen, das seit einem Jahr an Kraft gewonnen hatte und munter flackerte. Zwischen der deutschen Krankenschwester und ihr war ein Machtkampf ausgebrochen, bei dem sie manchmal kindische Freude verspürte, wenn sie kleine Siege erringen konnte. Diese Eitelkeit konnte dem Herrn nicht gefallen.

Auf Anhieb hatten sich die beiden Frauen gehasst. Margot Zimmermann war neu gewesen, hatte weder die Räumlichkeiten noch die Abläufe gekannt, doch von Anfang an hatte sie unmissverständlich klargemacht, wer in Zukunft das Sagen in der Klinik hätte. Sie hatte sich breitbeinig vor Bernadette aufgestellt, ihre Fäuste in das dralle Fleisch ihrer Hüften gestemmt und ihre Weisungen gegeben. Das war ihre liebste Pose. Völlig undamenhaft. Meistens blickte sie aus ihren dunklen Giftaugen missbilligend auf Bernadette herab und verkündete herablassend: »Na, na, na, so wird das nichts, Schwester. In Deutschland machen wir das ganz anders.«

Hier war aber nicht Deutschland. Vannes befand sich immer noch in der Bretagne. Das würden die deutschen Besatzer nie ändern, auch nicht Margot Zimmermann. Schwester Bernadette hatte angefangen, die persönlichen Dinge der Krankenschwester zu verlegen. Die Verbandsschere lag morgens nicht mehr auf Zimmermanns Schreibtisch, sondern achtlos auf einem Stuhl in einem Krankenzimmer. Das Fieberthermometer versteckte sich im Materialschrank. Die Haube verkroch sich in der Dreckwäsche. Voller Erstaunen schaute die Nonne aus ihren runden Wasseraugen und beteuerte ihre Unschuld, wenn die Krankenschwester sie auf das Verschwinden ihrer Habseligkeiten ansprach. Jetzt, in der Stille der Nacht, unter den Blicken des leidenden Gottessohns und seiner gnädigen Mutter, schämte sie sich dafür. Obwohl ihr die kleinen Machtspiele Vergnügen bereiteten, waren sie einer Ordensfrau nicht würdig. Sie gelobte Besserung. Doch wie konnte sie der Krankenschwester mit Geduld und Verständnis entgegentreten, wenn sie wieder eine lange Litanei an Gemeinheiten ausspie?

Erst gestern hatte sie ihre Grausamkeit bewiesen, als eine Mutter an der Tür geklopft und um Hilfe für ihre hustende Tochter gebeten hatte. Die Krankenschwester hatte verlautbart, dass sich in Frankreich Krankheiten ausbreiteten, da das Volk, insbesondere die Französinnen, nichts von Hygiene verstünde und in dreckigen Behausungen lebte. Das wäre einer der Unterschiede zwischen dem guten deutschen Volk und dem minderwertigen französischen. Bernadette hatte innerlich gekocht. Margot Zimmermanns Stift ging daraufhin auf Wanderschaft und lag plötzlich auf der Spüle in der kleinen Teeküche am Ende des Gangs. Die Krankenschwester hatte überall gesucht, während die wässrigen Augen unter der Flügelhaube unschuldig blinzelten. Vielleicht würde die Zimmermann irgendwann an der Klarheit ihres Geistes zweifeln und nach Deutschland in ein deutsches Krankenhaus zu guten deutschen Ärzten zurückkehren. Das war Bernadettes geheimer Wunsch. Würde er jemals in Erfüllung gehen?

In der Welt der Krankenschwester gab es eine klare Rangordnung, nach der sich ihr Einsatzwille richtete. Juden und Kommunisten behandelte sie gar nicht, in ihren Augen waren sie Schädlinge. Fast in jedem Franzosen sah sie einen Kommunisten, das Volk wimmele nur so von derlei Parasiten. Junge Französinnen erregten ihren Ekel, jenseits der Vierzig könne man sie gerade so tolerieren, vorausgesetzt, sie seien anständige Hausfrauen ohne Konturen und Farben, am besten in formlosen Kitteln verhüllt. Frankreichs Kinder galt es zu züchtigen, bis sie die Überlegenheit der Deutschen verinnerlicht hätten. Auf den oberen Positionen standen zunächst deutsche Frauen, die für die Wehrmacht arbeiteten. So wie sie selbst. Ganz oben glorifizierte sie die deutschen Soldaten, die dem Vaterland und ihrem Führer ihr Leben schenkten.

Schwester Bernadette nahm einen tiefen Atemzug und stieß einen lauten Seufzer aus. Die Fronten zwischen den beiden Frauen waren verhärtet, nichts deutete auf eine Entspannung hin. Sie griff nach ihrem Rosenkranz, machte ein Kreuzzeichen und begann, das Ave-Maria zu beten. Mechanisch bewegte sie die Perlen aus Olivenholz. Von den unzähligen Stunden des Greifens waren sie weich geworden wie die uneingeschränkte Liebe der Muttergottes. Die Monotonie gab Bernadette Halt und beruhigte sie.

Sie war nicht sehr weit gekommen, vielleicht bis zum achten Durchgang, als ein leises Klopfen an der Haustür die Stille durchbrach. Hatte sie es sich eingebildet? Vielleicht waberte das Geräusch aus den Krankenzimmern zu ihr herüber? Sie ignorierte das Klopfen und setzte den Rosenkranz fort. Als sie kurze Zeit später den lauten Türklopfer hörte, unterbrach sie ihr Gebet und stand auf. Wer könnte mitten in der Nacht ihre Hilfe benötigen?

Vorsichtig öffnete Bernadette den Riegel und zog die schwere Holztür auf. Eine Gestalt stürzte in ihre Arme und sackte zusammen. Bernadette wäre fast selbst nach hinten gekippt und konnte sich im letzten Moment fangen. Sie versuchte, die Person über die Türschwelle zu schleifen. Da sah sie, dass an ihrem Mantelzipfel ein kleines Kind hing. Große runde Augen, aus denen die stumme Panik schrie. Diesen Blick hatte sie im vergangenen Jahr oft gesehen.

Langsam zog sie den schlaffen Körper in die Eingangshalle und hoffte, dass die kleine Gestalt folgen würde. Nachdem sie die Frau abgelegt hatte, schloss sie schnell die Tür. Was sollte sie bloß tun? Schwester Zimmermann würde es nicht billigen, wenn sie die Frau und ihr Kind mitten in der Nacht aufnahm, vor allem, falls die Patientin an einer ansteckenden Krankheit litt. Bernadettes Augen zuckten nervös umher. Vielleicht war die Frau nicht so ernsthaft erkrankt und könnte am Morgen die Klinik unbemerkt verlassen? Unwahrscheinlich, das sah sie sofort. Ein Blick genügte, um zu wissen, dass die Bewusstlose sterbenskrank war. Sie glühte. Schwester Bernadette beschloss, Hilfe zu holen.

Die ausgezogenen Flügel ihrer Haube zitterten hektisch in der Nacht.

Bernadette hatte Schwester Alphonsine mitten aus ihrem Tiefschlaf geschüttelt. Sie wirkte benommen, erst allmählich kehrten ihre Sinne zurück. Beide Ordensfrauen schafften es, die Kranke in Schwester Bernadettes Zimmer zu bugsieren. Das kleine Mädchen, das sich leidlich auf zwei wackligen Beinen halten konnte, tippelte mit. Es hatte den Mantelzipfel nicht losgelassen.

Etwas unwirsch öffnete Schwester Bernadette die winzige Faust, hob die Kleine an und setzte sie auf die Kniebank ihres Betstuhls. »Du bleibst hier sitzen«, befahl sie. Vielleicht konnte das kleine Mädchen sie nicht verstehen? Wie alt mochte es sein? Ein Jahr? Das war in Kriegszeiten schwer zu sagen, wo alle Kinder klein blieben und gleichzeitig aus alten und ernsten Augen schauten.

»Was machen wir mit der Frau? Was fehlt ihr?« Schwester Alphonsine flüsterte und richtete einen unsicheren Blick auf ihre Mitschwester.

Der Mantel der Kranken hatte sich geöffnet. Die Haut, die sie sahen, war durchsichtig wie Pergament und überspannte die Knochen, als hätte man eine transparente Plane stramm über ein Gerüst gespannt. Einzig durchscheinende Venen und Adern verliehen dem bleichen Körper Farbe, die jedoch alles andere als gesund wirkte.

»Das ist doch die Frau, die letztes Jahr bei uns entbunden hat?« Auf Schwester Alphonsines Stirn hatte sich eine Falte gebildet. »Ich bin mir sicher. Das sind die gleichen Gesichtszüge, auch wenn sie noch ausgemergelter ist als damals.«

Die Nonnen warfen sich einen Blick zu und sahen anschließend auf das Kind, das auf der Kniebank saß, mit ängstlichen Augen und einem leicht geöffneten Mund.

»*La fille-mère*. Die ledige Mutter.« Schwester Bernadette erinnerte sich.

Hätte man doch gleich auf sie gehört. Sie hatte sich damals von diesem jungen deutschen Arzt mit dem sanftmütigen Gesicht beschwatzen lassen. Dabei wäre es besser gewesen, das Kindchen von Anfang an zur Adoption freizugeben. Mittlerweile hätte man ihm längst eine anständige Familie gefunden. Was es wohl im letzten Jahr alles hatte erleben müssen. Schwester Bernadette wollte es sich gar nicht vorstellen.

Kurz huschten die Züge des jungen Arztes in ihr Gedächtnis. Kompetent war er gewesen und freundlich. Nach seiner Abreise hatte es Gerüchte über irgendwelche Liebeleien gegeben, aber auf das Geschwätz gab sie nichts, vor allem nicht, wenn es aus dem dünnlippigen Mund von Margot Zimmermann kam. Dieser Wagner war ihr stets anständig vorgekommen – trotz seiner Nationalität. Sie seufzte noch einmal. Nun musste sie sich um das Kindchen kümmern. Die Mutter würde die Nacht nicht überleben, um das zu erkennen, musste man kein Arzt sein.

Die Frau hustete wie zur Bestätigung von Bernadettes Gedanken. Sie drehte ihren Kopf zur Seite und spuckte

Blut. Roter Schleim benetzte ihre Mundwinkel und zog sich langsam zum Kinn.

»Wir messen ihre Temperatur und versuchen, ihr etwas Wasser einzuflößen.« In ihrer Hilflosigkeit griff Schwester Bernadette nach dem Handgelenk der Kranken und versuchte, den Puls zu ertasten.

Über vierzig Grad, blutiger Husten und keine Ärzte. Ihr in regelmäßigen Abständen Flüssigkeit zuzuführen war das Einzige, was sie tun konnten. Doch das Wasser rann auf ihre Brust herab, ohne dass die Kranke es schluckte. Es würde eine lange Nacht werden.

Schwester Alphonsine weigerte sich, ins Bett zurückzugehen. Gemeinsam umsorgten die Nonnen die Todgeweihte, dazwischen beteten sie für die junge Mutter und ihr Kind. Mittlerweile hatte sich das kleine Mädchen auf die Decke gelegt, die Schwester Alphonsine ihr angeboten hatte, und war eingeschlafen. Die kleinen Lider zuckten im Schlaf. Das Kind sah mit seinem herzförmigen Mund und den blonden Locken unglaublich hübsch aus, das fiel sogar Schwester Bernadette auf.

Gegen Morgen hob sich die Brust der Kranken nur noch schwach. Ab und an ertönte in der Zeit ohne Wirklichkeit ein blutiges Gurgeln. Der Todeskampf einer Sterbenden. Nach einer längeren Stille gab die Frau ein letztes Röcheln von sich, dann floss das Leben langsam aus dem jungen Körper.

Es wurde Nacht.

Dann samtbraun.

Am Ende sonnig, hell und warm.

Die Nonnen wurden hektisch. Das Mädchen war aufgewacht, saß reglos auf der Decke und schaute auf den leblosen Körper seiner Mutter. Das Entsetzen grub sich in das zarte Gesicht ein.

»Schnell, bring sie fort! Patric soll sie sofort ins Waisenhaus fahren.« Die Panik ließ Schwester Bernadettes Stimme schrill werden. Sie musste sich beruhigen und einen kühlen Kopf bewahren.

Kapitel 26

Emil

Wie hatte er die letzten Jahre überlebt, funktioniert, einen
Schritt nach dem anderen gemacht? Er wusste es nicht. Eine
schwere schwarze Decke hatte sich über die Zeit gelegt
und die schmerzhaften Ereignisse verhüllt. Das war seine
Rettung gewesen. Selten gelangten Bilder an die Oberfläche, gleichsam als würde unter der Decke kurz der große
Zeh herausrutschen. So wie heute. Er hatte einen Mann
gesehen, der mit seinem Blindenstock den Weg durch die
Straße ertastete. Sofort hatte er an seinen Vater gedacht.

Wenige Monate nach Helmuts Tod hatte er einen ersten Schlaganfall erlitten. Von da an hatte der Vater den
zusammengeschrumpften Rest seiner Lebenslust gänz-
lich verloren. Er hatte sich in seinem Bett an die graue
Wand gedreht und auf die Erlösung gewartet. Sie ließ lange
auf sich warten. Jahre später, nach dem zweiten Schlaganfall, holte ihn der Tod, den er so lange herbeigesehnt
hatte. Kurz davor hatte er Emil zu sich gerufen. »Endlich
werde ich Helmut wiedersehen«, hatte der Vater undeut-
lich genuschelt. Seit dem zweiten Schlag konnte er nicht
mehr richtig sprechen. Die Worte tröpfelten aus seinem

Mund, zerliefen in der Luft und waren nur schwer zu verstehen. »Du bist jetzt der Mann der Familie. Als Oberhaupt bist du für deine Mutter verantwortlich. Du musst dich um sie kümmern, versprich mir das.« Die leblosen Augen lagen tief in den Höhlen.

Emil rutschte unruhig auf der Bettkante hin und her. Die Verantwortung war schwer zu tragen. Lass mich nicht allein, ich bin doch erst elf, hätte er am liebsten gefleht. Er hatte mehrmals schlucken müssen, bis der Kloß in seinem Hals ihm erlaubte zu flüstern: »Ja, Vater. Das verspreche ich dir.« Er hatte die Hand des Sterbenden gehalten bis zu seinem letzten Atemzug.

Kurz darauf war der Krieg zu Ende gegangen.

Am Morgen des 12. April 1945 wurde Baden-Baden von den Franzosen besetzt. Die Stadt hatte sich nahezu kampflos ergeben. Zunächst hatte eine merkwürdige Ruhe geherrscht. Erst am Nachmittag veränderte sich die fast friedliche Atmosphäre. Zuerst wurden die französischen Truppen von einer Einheit der Hitlerjugend, dann von einer Wehrmachtstruppe beschossen. Im Kreuzfeuer stand der Bürgermeister, der vergeblich versuchte, eine weiße Fahne zu schwenken, um die Kampfhandlungen zu beenden. Er musste in einem Keller Zuflucht suchen. Irgendwann ebbten die Kämpfe ab. Baden-Baden und der umliegende Schwarzwald befanden sich nun in der französischen Besatzungszone.

»Ausgerechnet Franzosen«, schluchzte die Mutter.

Das verstand Emil nicht. Sie hatten den Krieg überlebt, da konnte es doch nur aufwärts gehen. Und schließlich hatten sie ein Dach über dem Kopf und konnten sich nahezu selbst versorgen. In der Zeitung hatte er Bilder gesehen.

Deutschland lag in Trümmern. In vielen Städten ragten nur noch vereinzelt Häuser aus dem Schutt wie kranke Zähne. Baden-Baden war glimpflich davongekommen.

Es vergingen einige Tage, bis die Soldaten ihren Hof gefunden hatten. Es waren Marokkaner. Als Erstes schnappten sie Emil und hielten ihm zwei Fotografien von deutschen Konzentrationslagern unter die Nase.

»Deutsche! Deutsche! Deutsche! Du!« Der eine bohrte ihm dabei seinen Finger in die Brust.

Emil sah auf die Bilder und war tief erschüttert. Unmöglich konnten Deutsche solche Gräuel begangen haben. Oder doch? Für eine Sekunde kamen ihm die polnischen Gefangenen in den Sinn. Sie hatten die gleichen traurigen Augen gehabt wie die lebenden Skelette auf den Fotos.

Dann begannen die Marokkaner mit ihrer Rache. Zunächst wurde die Kuh Rosalia beschlagnahmt. An einem langen Strick wurde sie abgeführt. Als ahne sie, dass sie ihre vertraute Umgebung für immer verlassen musste, schrie sie wie am Spieß. Einzig die Peitsche des Soldaten hatte sie schließlich mittrotten lassen. Emil und seine Mutter sahen sie nie wieder.

Bobbele, der bei dem Schauspiel anfing, wild zu bellen, und nicht wusste, wohin mit seiner Angst und seinen Eckzähnen, wurde vor Emils Augen erschossen.

Spätestens da war Emils Welt vor seinen Augen zerbröselt. Laura hatte ihren Sohn gepackt, der drauf und dran gewesen war, dem ersten Soldaten an die Gurgel zu springen. Er hatte aus Leibeskräften gekreischt bis zur völligen Erschöpfung, während die Marokkaner gelacht hatten.

An den Rest konnte er sich nur schemenhaft erinnern. Er war vor den Männern zusammengebrochen und hatte dem restlichen Treiben reglos zugeschaut. Der Hahn, der mit seinen misstrauischen Augen die herannahenden Soldaten beobachtet hatte, hatte seine Flügel ausgebreitet und sich auf den ersten von ihnen gestürzt. Er war ebenso niedergemetzelt worden wie die Hennen. Die Marokkaner machten ein großes Feuer und brieten die Vögel an, einen nach dem anderen. Am Abend zerstörten sie die Streuobstwiese. Als wäre es ein lustiger Wettkampf, warfen sie ihre Handgranaten auf die Bäume. Als sie fertig waren, feierten sie ihren Sieg mit lautem Gegröle und wilden Tänzen. Am nächsten Morgen durchwühlten sie das Haus. Matratzen waren aufgeschlitzt, Geschirr auf den Boden geworfen, Schubladen umgestülpt, Armbanduhren und Schmuck eingesteckt worden, einzig vor Helmuts Schrein machten sie einen großen Bogen. Sie hatten alles Essbare auf ihre Fahrzeuge geladen und waren mit ihrer Beute davongefahren. Endlich waren sie fort gewesen. An das Gefühl der Erleichterung konnte Emil sich heute noch erinnern.

Danach war der beißende Hunger gekommen. Ohne Kuh, ohne Hühner, ohne Vorräte, mit einem verwüsteten Gemüsegarten und einer Streuobstwiese, aus der lediglich verkohlte Stümpfe ragten, war es ihnen gegangen wie Millionen anderen Menschen. Der Alltag war zu einem Überlebenskampf geworden. Alle vier Wochen hatten sie ein Anrecht auf Lebensmittelmarken. Es war so wenig, dass man davon nicht satt wurde, vor allem nicht als Heranwachsender. Manchmal bekam man für seine Marken auch überhaupt nichts, weil es nichts gab. In dieser Zeit sammelte Emil alles, was es zu sammeln gab: Brennnesseln, Brombeeren, Bucheckern, Pilze.

Bald darauf kamen die ersten Ausgebombten und Vertriebenen. Die Glücklicheren unter ihnen hatten auf ihrer

Flucht nur ihr ganzes Hab und Gut verloren, andere hatten mehr bezahlt. Schreckliche Geschichten verbreiteten sich rasch. Kurz nacheinander wurden zwei Flüchtlingsfamilien auf ihrem Hof einquartiert. Emil und die Mutter mussten sich das Haus teilen. Das hatte die Mutter schwer getroffen. Die Wohnküche mit dem Holzherd war ihr Heiligtum. Kaum hatten die Neuankömmlinge sich umgeschaut, waren die ersten Konflikte ausgebrochen. Die Mutter begegnete den Einquartierten mit großem Misstrauen, sie zahlten es ihr mit Neid zurück. In der Wohnküche hatten erbitterte Kämpfe um den Herd und die Spüle stattgefunden. Sobald eine Familie bei Verwandten hatte unterkommen können und den Hof verlassen hatte, waren die nächsten Ankömmlinge angerückt. Die Konflikte waren die gleichen geblieben.

Sein einziger Lichtblick in der Zeit nach dem Krieg war der Unterricht gewesen. Wenn er überhaupt stattgefunden hatte, denn allzu oft waren sie als Erntehelfer und Kartoffelkäfer-Sammler eingesetzt worden. Es hatte an allem gefehlt, entnazifizierten Lehrern, Schulbüchern und Schiefertafeln samt Kreide, sogar Schulräume waren Mangelware. Tausende von Franzosen waren auf einmal unterzubringen, und geeignete Räume wurden einfach beschlagnahmt. Zunächst wurden nur die führenden Nationalsozialisten enteignet. Da der Bedarf so groß war, weitete sich die Beschlagnahmung auf die niederen Parteifunktionäre und später auf politisch unbelastete Personen aus. Der Hausrat war inklusive. In der Zeit nach dem Krieg hatte es mehr Franzosen als Deutsche in der Kurstadt gegeben. Man witzelte über die neue Hauptstadt der Franzosen, was blieb einem anderes übrig?

Emil entwickelte sich zu einem guten Schüler, der Erfolg flog ihm regelrecht zu. Das verdankte er vor allem dem faltigen Fräulein, das sich geduldig um ihn gekümmert hatte. Leider war auch sie gestorben. Während eines Bombenangriffs hatte sie sich stur geweigert, den Schutzraum aufzusuchen, und war stattdessen in ihrer Wohnung geblieben. Das war ein Fehler gewesen.

Im Sommer schloss Emil die Volksschule ab, als Klassenbester. Sein Lehrer meldete ihn für die höhere Schule an. Als er davon erfuhr, spürte er zum ersten Mal seit Jahren wieder Glück. Es schlug Purzelbäume in seinem Bauch. Das Gefühl hielt den ganzen Nachhauseweg an. Er malte sich aus, wie er Abitur machen und anschließend studieren würde. Paläontologie oder Archäologie oder Biologie, oder einfach alle drei Fächer – sein Wissenshunger war groß genug. Es faszinierte ihn, in die Vergangenheit zu blicken und zu erforschen, welche Lebewesen früher gelebt hatten. Er hatte alles gelesen, was er zu dem Thema finden konnte. Der Lehrer, der seine Leidenschaft kannte, hatte ihm einige Bücher von Zoologen und Archäologen ausgeliehen. Alles hatte er nicht verstanden, doch allein die Zeichnungen fesselten ihn. Erst kürzlich hatte er erfahren, dass ein namhafter Forscher in einer Höhle in Frankreich menschliche Überreste aus der Steinzeit gefunden hatte. Wie unglaublich spannend wäre es, in eine Grotte zu steigen und eine solche Entdeckung zu machen? Zu Hause angekommen, war er so aufgeregt gewesen, dass sich seine Stimme überschlagen hatte. Die Mutter hatte zunächst zugehört. Dann hatte sie seine Begeisterung mit einer vernichtenden Handbewegung weggefegt. Der Hof sei zu groß, seine Abwesenheit undenkbar und schließlich fehle das Geld. Das Glücksgefühl in seinem Inneren hatte gerade eben einen Kopfsprung gemacht, nun war es auf dem Boden eines leeren Beckens aufgeschlagen. Er hatte sich letztendlich gefügt und seine Verantwortung geschultert. Was hätte er tun sollen? Das Versprechen, das er dem Vater auf seinem Sterbebett gegeben hatte, musste er halten. Seine unerfüllte Sehnsucht jedoch blieb.

»Bist du schon fertig?« Die Mutter streckte ihr Gesicht in die Stube. Es war in der letzten Zeit teigig geworden. Ihre Züge flossen auseinander.

»Nein, gleich. Fang doch schon mal in der Küche an. Ich komme gleich nach.« Emil löste die schweren Tannenzapfen von der Kette. Die Gewichte lagen vertraut in seinen Händen. Er legte sie in die Kiste, gemeinsam mit der Kuckucksuhr und dem Pendel.

Die Uhr war wunderschön. Sie hatte keine geschnitzten Elemente wie manch anderes Exemplar, sondern ein bemaltes Schild. Eine bunte Schwarzwaldlandschaft. Im Hintergrund stand ein Hof mit einem tief heruntergezogenen Dach, dahinter bildeten Tannenspitzen den Horizont. Die Zeiger liefen auf einer Blumenwiese, im Vordergrund wuchsen rote Fliegenpilze. Farbenfrohe Erinnerungsfetzen schwirrten durch Emils Kopf. Er sah den Vater vor sich, der täglich die Ketten hochzog und akribisch die Pünktlichkeit des Vogels überwachte. Schnell schloss er das Paket und verschnürte es, um die Bilder zum Verblassen zu bringen. Als Nächstes war das Küchenkänsterle an der Reihe.

Vor ein paar Monaten hatte er eine Lehre in einer Handelsfirma begonnen. Die Leidenschaft fehlte, sein Lehrherr war anspruchsvoll. Oder grenzte sein Verhalten bereits an

Grausamkeit? Gleich am ersten Tag seiner Lehrzeit hatte sein Vorgesetzter ihm seine Regeln eingebläut. Sie bestanden aus blindem Gehorsam, eiserner Disziplin, pedantischer Ordnung und haargenauer Pünktlichkeit. Jeder Verstoß gegen diese Maximen würde Konsequenzen nach sich ziehen. Welche das sein sollten, ließ er offen. Seine Devisen hatte er mit wippenden Füßen vorgebracht, dabei hatte er mit den Hacken laut auf die Fußdielen des stickigen Büros getreten. Emil hatte sofort an den Staub gedacht, den er am nächsten Morgen zusammenkehren musste. Als Jüngster der Firma fing er vor allen anderen Kollegen an, um die Büroräume und die riesige Lagerhalle zu fegen. Tagsüber war er der Laufbursche. Nach einer Woche hatte er sich gefragt, ob er überhaupt etwas lernen würde.

Sie arbeiteten sechs Tage die Woche. Am Samstag durften sie früher Schluss machen, dafür halfen sie nach Feierabend bei der Trümmerbeseitigung. Zum Lohn gab es ein Vesper.

Eines Abends war er nach Hause gekommen und die Mutter hatte ihn vor vollendete Tatsachen gestellt: Sie hatte den Hof verkauft. Zu viele schlechte Erinnerungen würden unter seinem Dach lauern und an seinen Wänden kleben. Wie die Mucke am Kuhfladen, hatte sie hinzugefügt. Außerdem wolle sie zurück in die Stadt ziehen. Für Baden-Baden habe sie keine Zuweisung der Behörden erhalten. Außerdem sähe man nur noch griesgrämige Gesichter dort. Sie habe daher beschlossen, sich südlich in einer kleinen Stadt niederzulassen. Morgens gebe es einen Bus nach Baden-Baden, mit dem könne Emil zur Arbeit fahren. Er war mit offenem Mund und fragenden Augen stehen geblieben. Sie hatte seiner Verwunderung keine Beachtung geschenkt und hinzugefügt, dass sie mit dem

Verkaufserlös auskommen würden, sie müssten nur vorsichtig haushalten.

Als Emil die Summe erfahren hatte, war er wütend geworden. Die Mutter hatte den Hof zum Spottpreis verhökert und mit ihm auch alle schönen Erinnerungen weggeworfen.

»Kommst du jetzt endlich? Die großen Schüsseln auf dem Küchenkänsterle sind schwer.« Die Mutter hatte von der Küche herübergerufen.

»Ja, ich bin gleich bei dir.«

Sie hatten nicht viel. Emil wunderte sich trotzdem, wie sie alles in die kleine Stadtwohnung stopfen sollten. Ein Zimmer mit separater Wohnküche, in der Emil schlafen würde, und ein gemeinschaftliches Bad auf dem Gang. Es war unglaublich, welche Energie seine Mutter an den Tag legte, wenn sie sich etwas in den Kopf gesetzt hatte. In solchen Situationen war es zwecklos, ihr zu widersprechen. Er war der brave Sohn, der gehorchte, fremdgesteuert. Obwohl er erst vierzehn war, fühlte er sich tief innen ausgebrannt. Ein kleiner Ascheberg hatte sich in seiner Brust aufgetürmt, das Feuer war längst erloschen. Vielleicht hatte die Mutter recht, und sie könnten mit einem Umzug der Vergangenheit entfliehen.

Kapitel 27

Marie-France

Marie-France war ein Mädchen, das zu beten hatte, inbrünstiger als alle anderen, um die Schuld der Mutter reinzuwaschen. Ein Sündenkind. Die mütterliche Schande haftete an ihr, klebte auf ihrer Haut, infiltrierte ihre Gedanken, bohrte sich durch ihre Innereien. Sie war ein schwarzer Fleck auf ihrer Seele, den sie nie entfernen könnte, unabhängig davon, wie stark sie an sich schrubbte, egal wie aufrichtig sie ihre Gebete sprach. Alles, was ihr blieb, war, sich dafür zu schämen und zu beten.

»Vergiss das nie, schließlich bist du anfälliger als die anderen. Der Fehler darf sich nicht wiederholen.« Der stechende Blick der Nonne durchdrang sie.

Marie-France nickte ehrfürchtig, schloss die Lider und flehte um die Vergebung der Muttergottes. Ihre Lippen bewegten sich mechanisch, ihre Gedanken ratterten. Warum hatte sie keinen Vater wie die anderen Mädchen? Wie konnte ihre Mutter überhaupt schwanger werden, ohne dass sie verheiratet gewesen war? Es verging keine Woche, ohne dass man ihr die Worte »Sündenkind« um die Ohren schlug. Einmal hatte sie sogar zwei Nonnen unerlaubt belauscht, als sie sich unter vorgehaltenen Händen zugeflüstert hatten. Schreckliche Sätze waren zwischen ihren Fingern durchgesickert. Ihre Mutter war anscheinend tiefer gesunken, als sie bisher gewusst hatte. Während des Krieges habe sie mit einem Deutschen verkehrt. Als die Worte zu ihr drangen, war ihr eine rote Hitze ins Gesicht gestiegen. Die Schwestern hatten mit ihren Fingern errechnet, ob Marie-France sogar die Frucht des Deutschen hätte sein können. Die Bedeutung des Getuschelten hatte sie nicht erfassen können, Marie-France wusste aber sofort, dass es etwas Verächtliches war. Die Hitze auf den Wangen war unerträglich geworden.

Früh hatte sie verstanden, dass für sie nie eine geschwungene Limousine vorfahren würde, aus der eine elegante Dame mit behandschuhten Armen und langen Beinen aussteigen würde. Kein modisch bekleideter Mann mit Hut würde die Fahrzeugtür öffnen und seine Frau beim Arm nehmen, während er seine Zigarette leger auf den Kies warf und austrat. Niemand würde wegen ihr nach einem kurzen Blick auf die düstere Fassade des Gebäudes lächeln und zum Portal schreiten.

Manchmal standen die Mädchen am Fenster und rätselten, welches Kind heute mit seinen Träumen fortfliegen durfte. Die Auserwählten stammten ausschließlich aus der ersten Kategorie der Waisenkinder. Ihre verheirateten Eltern waren keine gefallenen Kreaturen. Die Glücklichsten unter ihnen hatten sogar Väter gehabt, die als Helden im Krieg gestorben waren, während ihre Mütter bei der Geburt des elften Kindes zu viel Blut verloren hatten. Patrioten und Katholiken, bessere Eltern gab es nicht.

Marie-France gehörte in die zweite Kategorie der Mädchen, die kümmerliche Frucht der im Leben Gescheiterten, der Auswurf derjenigen, die in verruchten Gassen verkommen waren. Für diese Waisen zweiter Klasse gab es in der Regel kein neues Zuhause mit einem liebevoll eingerichteten Zimmer, Plüschbären auf dem Bett und Sandburgen am Strand.

Letzte Woche hatte sie beobachtet, wie Mathilde das große Los gezogen hatte. Fröhlich und mit wippenden Zöpfen war sie ihrer neuen Familie entgegengehüpft und hatte ihre kleine Hand vertrauensvoll in die ihrer neuen Mutter gelegt. Marie-France hatte sich die Nase am Fenster plattgedrückt, die Kälte der Scheibe hatte sich in ihr Kinderherz gefressen. Sie war für immer die Zurückgelassene, für die nichts anderes übrig blieb als ein paar Brösel Hoffnung, die verstreut in den dunklen Gängen der tristen Gemäuer lagen. Zusammengekehrt würden sie nicht einmal eine Kehrschaufel füllen. Je älter sie wurde, desto kleiner wurde der Haufen. Das war ihr klar.

Ihr Nagel pochte. Den stechenden Schmerz konnte sie einordnen, sie hatte ihn und die Tortur, die folgen würde, bereits mehrmals durchlebt. Sie litt an wiederkehrenden Nagelbettentzündungen, die schlecht verheilten.

»Das Böse ist in ihr und möchte raus«, hatte das letzte Mal die Schwester der Krankenstation der Mutter Oberin zugezischt und sich bekreuzigt.

Nachdem sich hinter Mathilde das Portal des Waisenhauses verschlossen hatte, hatte Marie-France mit den anderen Zurückgelassenen in ihrer Freistunde im Hof Murmeln gespielt. Mit bloßen Händen hatten sie im Sand komplizierte Bahnen und kleine Wassermulden gegraben. Dann hatten sie einen Wettkampf veranstaltet. Immer wieder hatte Marie-France mit dem Zeigefinger hart auf ihre Murmel geschnippt, damit sie die kurvenreiche Strecke und die Wasserlachen überwand. Mit voller Wucht. Sie wollte den Neid aus ihrem Herzen schnippen. Dabei hatte sich ihr Nagel entzündet. Sie konnte nicht länger warten. Der Eiter bildete bereits eine hässliche Blase auf der Fingerkuppe. Nach dem Gebet bat sie um die Erlaubnis, die Krankenstation aufzusuchen. Wie ein Verurteilter, der zum Schafott geführt wurde, schlich sie den langen Gang entlang.

»Du schon wieder.« Die Nonne blickte prüfend auf den entzündeten Finger und griff nach einer Schere.

Ein kurzer Stoß und die Höllenqual durchfuhr Marie-France. Sie schrie aus Leibeskräften.

»Opfere deine Leiden dem lieben Gott!«, brüllte die Schwester über ihre Schreie. »Opfere sie, opfere sie!«, wiederholte sie schrill.

Die Schwester schnitt in den entzündeten Nagel. Kleine Eitertröpfchen spritzten auf den Handrücken. Endlich war die Marter überstanden und der Finger wurde verbunden.

»Nächste Woche schaue ich mir deine Hand an. Geh jetzt zu den anderen ins Studierzimmer.« Mit einer unwirschen Handbewegung wurde sie entlassen.

Die Tage waren streng geregelt und folgten einer festen Ordnung. Nach dem Aufstehen und einer kurzen Katzenwäsche gingen sie wochentags in Zweierreihen in die Kapelle, die sich innerhalb der grauen Gemäuer befand. Danach durften sie frühstücken, denn die Kommunion durfte nur nüchtern empfangen werden. Die Ausnahme bildete der Sonntag, wo sie in der Stadtkirche an der heiligen Messe teilnahmen. Ein Vergnügen in lateinischer Sprache, das zwei Stunden andauerte. Kyrie, Gloria, Credo, Sanctus, Pater, Agnus Dei, keines der Mädchen verstand die Sprache. Zusätzlich wurden vor jeder Mahlzeit das Benedictus und das Dankgebet gesprochen. Während des Mittag- und Abendessens durften sie einer verdienten Schülerin lauschen, die andächtig die Geschichte einer Heiligen vortrug. Vor dem Schlafengehen erfolgte das gleiche Ritual wie am Morgen. Sie liefen im Gänsemarsch in die Kapelle, um an der Andacht teilzunehmen. Wieder im Schlafsaal angekommen, mussten sie sich unter ihrem Nachthemd entkleiden. Obwohl es wie ein Sack bis zum Boden hing, war die Aufgabe nicht einfach, vor allem für die Jüngsten. Die Prozedur ähnelte einer Turnübung. Nichts durfte entblößt werden. Nach einer kurzen Katzenwäsche reihten sich die Mädchen nacheinander auf, um einzeln vor die Nonne zu treten. Mit geübten Fingern zeichnete sie jedem Mädchen ein Kreuzzeichen auf die Stirn, bevor sie kniend am Fußende ihres Bettes ein letztes gemeinsames Gebet sprachen. Endlich hatten sie ihr Soll erfüllt. Die Nonne klatschte laut in die Hände, und die Mädchen stiegen in ihre Metallbetten, die in einer langen Zweierreihe bis zum Ende des Schlafsaals aufgestellt waren. In der Mitte stand, erhöht auf einem Podest, das Bett der Nonne, das nur durch Tücher abgetrennt war. So konnte sie stets über ihre Lämmer wachen. Und über die Einhaltung der absoluten Stille. Die Kinder waren fromm und gehorsam gebogen worden. Mit der ständigen Angst vor der Hölle, die die Schwestern ihnen bei jeder Gelegenheit lebhaft schilderten.

Einmal im Monat wurde die Hygiene ausgeweitet. Zwei Mädchen durften sich eine Badewanne teilen. Zuvor mussten sie in lange Umhänge schlüpfen, mit denen sie ihre Nacktheit verhüllten. Mit einem Waschlappen konnten sie sich schrubben. Damit das Ganze frei von Sünde über die Bühne ging, platzierte sich eine Nonne vor der Wanne und rezitierte Gebete. Unter ihrem weiten Habit war sie ebenfalls verhüllt, eine Frau ohne Weiblichkeit und Rundungen. Die Mädchen kannten es nicht anders. Anschließend wurden die gewaschenen Haare mit einem Läusekamm durchzogen. So waren die Mädchen sauber und von jeder Perversion befreit.

Um in das Studierzimmer zu kommen, musste Marie-France den Hof überqueren. Sie nahm ihre Filzpantoffeln in die Hand und schlüpfte in ihre Holzschuhe. Im Klostergebäude waren Schuhe strengstens untersagt, nur schwebend und lautlos durften sie sich bewegen. Sie blickte kurz um sich und vergewisserte sich, dass keine Nonne sie sah. Dann hob sie ihren grauen Kittel und den grauen Rock und zog die ebenfalls grauen und verrutschten Wollstrümpfe nach oben, die mit einem Gummiband befestigt waren. Ihre gesamte Existenz war in Grautöne abgestuft, das strenge Klostergebäude, die kratzige Kleidung, die kalte Hoffnung in ihrem Herzen. Einzig die übergezogenen Ärmel waren farblich abgegrenzt. Sie waren schwarz und schützten ihre Uniform vor dem gröbsten Dreck, schließlich gab es nur jedes Halbjahr eine frisch gewaschene Garnitur.

Die anderen Mädchen waren seit geraumer Zeit am Lernen. Schnell überquerte sie den Hof, tauschte die Schuhe wieder mit Filzpantoffeln, drückte den Knauf der schweren Holztür und trat in das Studiengebäude. Neben mehreren Klassenräumen befand sich hier die Bibliothek der Nonnen. Vor ihrem Lernzimmer klopfte sie an und wartete, bis sie hereingebeten wurde.

»Ja, bitte.«

Da geschah es. Sie öffnete die Tür und blieb in ihrer Hast an der Schwelle hängen. Sie schlug der Länge nach auf den Steinboden und konnte sich im letzten Moment mit ihrer schmerzenden Hand fangen. Unter ihren hochgeschobenen Röcken stieß sie einen gellenden Schmerzensschrei aus.

Die anderen Mädchen kicherten.

Streng klatsche die Nonne in die Hände. »Ruhe!«

Augenblicklich erloschen die Stimmen.

Marie-France hatte sich bereits aufgerichtet und blickte beschämt zu Boden. Sie fürchtete sich vor der Reaktion der Nonne und hielt den Atem an. Alles musste in absoluter Stille geschehen, das Laufen, das Essen, das Leiden. Sie kannte die Regeln nur zu gut und die Strafen, die man verbüßen musste, falls man gegen sie verstieß. Mit einer erlösenden Geste bedeutete ihr die Nonne, dass sie sich an ihr Pult setzen durfte. Marie-France atmete aus. In absoluter Stille.

Vor einigen Wochen hatte sie eine furchtbare Tat begangen, für die sie ein Stück weit in die Hölle hinuntergeklettert war. Die Strafe war auf dem Fuße gefolgt, und sie hatte sich daraufhin geschworen, ihr aufmüpfiges Verhalten zu bessern. Kein Papier mehr schmuggeln, den Nonnen nicht mehr in die Augen schauen, und vor allem immer das Brot aufessen. Noch heute stieg ihr die Röte ins Gesicht, wenn sie an ihr Vergehen dachte.

Während des Abendessens hatte ihre Tischnachbarin versehentlich ihr Glas umgeschüttet. Das Wasser hatte sich über ihre Brotscheibe ergossen. Angewidert hatte Marie-France auf den wabbligen Schwamm geschaut und sich geweigert, ihn zu essen. Welche frevelhafte Unverschämtheit, das Brot stand für so vieles.

»Wie kannst du nur! Es ist ein göttliches Geschenk. Es symbolisiert das Leben und die Gemeinschaft Christi. Dazu nach all den Jahren der Entbehrung! Du bleibst hier sitzen, bis du das Brot aufgegessen hast, danach kommst du zu mir.« Blitze waren aus den Augen der Mutter Oberin gesprungen.

Zur Mutter Oberin beordert zu werden war nie etwas Gutes. In Marie-Frances Magen war die Angst gekrochen, sodass wenig Platz für den wabbligen Schwamm übrig blieb. Tapfer hatte sie die feuchte Masse in den Mund geschoben und hinuntergeschluckt. Hoffentlich muss ich ihn nicht hochwürgen, schoss es ihr durch den Kopf. Dann war sie zur Mutter Oberin gegangen.

»Der Ausflugstag ist für dich gestrichen.«

Sofort waren dicke Tränen aus Marie-Frances Augen gequollen. Wie sehr hatte sie sich auf den Tag am Meer gefreut? Den ganzen Sommer über hatte sie sich mit ihren Freundinnen ausgemalt, was sie am Strand alles unternehmen würden. Ein ganzer Tag nur warmer Wind und salziger Wasserspaß.

»Außerdem wirst du die erste Seite des Evangeliums nach Matthäus auswendig lernen, während sich die anderen Mädchen vergnügen. Du kannst jetzt gehen.«

Am Ausflugstag saß sie gebeugt über der Bibel, während die anderen Mädchen davonschwirrten. Die Namen flirrten vor ihren Augen und tanzten einen wilden Reigen:

Abraham zeugte den Isaak;
Isaak zeugte den Jakob;

Jakob zeugte den Juda und seine Brüder;
Juda zeugte den Perez und den Serach mit der Thamar;
...

Rehabeam zeugte den Abia;
Abia zeugte den Asa;

Das konnte sie sich gerade noch so merken. Doch dann folgten so viele Namen, von denen sie noch nie etwas gehört hatte. Ihre kleinen Finger glitten über die Zeilen, die die Lippen zu entschlüsseln versuchten.

Asa zeugte den Josaphat;
Josaphat zeugte den Joram;
Joram zeugte den Usia;
Usia zeugte den Jotham;
Jotham zeugte den Ahas;
Ahas zeugte den Hiskia;
Hiskia zeugte den Manasse ...

Oder zeugte Manasse den Hiskia? Das Auswendiglernen wollte ihr nicht gelingen. Die Namen waren zu kompliziert. Immer wieder schweiften ihre Gedanken zu ihren Freundinnen am Meer. Sehnsüchtig blickte sie aus dem Fenster in das grenzenlose Blau des Himmels. Ob das Wasser die gleiche Farbe hatte?

Am Abend musste sie im Speisesaal vor die Mutter Oberin treten und das Gelernte vortragen. In dem Moment saß den vielen Abkömmlingen Abrahams der Schalk im Nacken. Sie hatte Usia mit Jotham, Rehabeam mit Abia und Sealthiel mit Serubabel verwechselt, sodass am Ende ganz andere Nachfahren geschaffen wurden. Der Stammbaum brach zusammen und die Augen der Nonne verengten sich zu Schlitzen.

Sie war empört. »In den Freistunden wirst du den Text in Schönschrift kopieren. Das wird dir helfen, dich zu erinnern.«

Sie hatte eine Woche lang ihre Feder verkrampft gehalten und versucht, geschwungene Buchstaben zu ziehen. Ab und an hatte sie auf ihren Verbündeten geblickt. Er hing an der Wand, an sein Kreuz genagelt, und sah gebrochen aus. Hatte er nicht einst gesprochen: »Meine Seele ist tief betrübt bis zum Tod. Bleibt hier und wacht mit mir!«

Mit Leiden kannte er sich aus, das hatte sie gespürt.

Seitdem strengte sie sich an. Die Schwestern hatten sie aus Barmherzigkeit aufgenommen. Das durfte sie nie vergessen, nicht beim Beten, nicht beim Essen, nicht beim Spielen. Sie halfen ihr, sich daran zu erinnern. Doch in der Nacht, kurz vor dem Einschlafen, trugen ihre Gedanken Flügel und erzählten schöne runde Geschichten. In ihrer liebsten Erzählung hatte ihr Vater nur einen Tag vor seiner Einberufung in einer kleinen Kirche klammheimlich ihre Mutter geheiratet. Danach hatten sie einfach keine Zeit mehr gehabt, die offiziellen Papiere beim Standesbeamten im Rathaus zu unterschreiben. Der Krieg hatte ihn nach wenigen Wochen verschluckt, er war heldenhaft für Frankreich gestorben. Nicht für Deutschland. Auf ihrem Sterbebett hatte ihre Mutter seinen Namen nicht mehr über die Lippen bringen können. Auch Marie-France hatte einen Vater wie alle anderen Kinder. Sie musste kein Schild um den Hals tragen.

2. Teil

Kapitel 28

Emil

»Kommst du mit? Wir gehen in der Mittagspause zum neuen Wienerwald-Restaurant.« Karl lehnte sich zurück und malte mit dem Zigarettenrauch runde Kringel in die Luft. Sie lösten sich im grauen Qualm auf, der wie eine Dunstglocke an der Bürodecke hing. Am liebsten hätte Emil den dicken Rauch in Scheiben geschnitten und einzeln fortgetragen.

»Ein anderes Mal gerne. Heute gehe ich lieber eine Runde laufen.« Und frische Luft schnappen, fügte er im Geiste hinzu.

In ihrem Großraumbüro rauchten alle außer die junge, verschüchterte Sekretärin, die erst neulich bei ihnen angefangen hatte. Emil arbeitete bei einer erfolgreichen Firma für Import und Export. Er war für die Geschäftsbeziehungen zu Frankreich und Spanien zuständig. Die Stelle hatte er sich hart erarbeitet. Seit seiner Lehre hatte er viele Kurse besucht und an Weiterbildungen teilgenommen. Er hatte nicht nur sein Abitur nachgeholt und einen Abschluss an der Akademie für Welthandel absolviert, sondern fließend Französisch und Spanisch gelernt. An seiner Arbeit liebte er das Reisen und das Verhandeln in einer anderen Sprache. Er hatte sogar einige Monate in Nizza bei einem Geschäftspartner verbracht. Das war bisher die schönste Zeit in seinem Leben gewesen. Wie gerne hätte er seinen Koffer für immer in Südfrankreich abgestellt und diese einzigartige Daseinsfreude ein Leben lang genossen. Und den Geschmack des Meeres auf seinen Lippen. Als er das erste Mal vor dem endlosen Blau gestanden hatte, hatte alles in ihm vibriert. Doch er hatte Verpflichtungen. Die wenigen Monate, die er in der Sonne verbracht hatte, hatten ihren Preis gefordert. Er erhob sich, winkte kurz und trat nach draußen.

Ihr Firmengebäude lag am Siegesdenkmal am Rande der Freiburger Innenstadt, die sich in der schönsten Mittagssonne präsentierte. Beim ersten Lichtstrahl strömten die Menschen wie Ameisen aus ihren Häusern. Kinder plantschten mit nackten Füßen im Bächle, während ihre Mütter auf Bänken saßen und zuschauten; Studenten und Schüler schlenderten kichernd durch die Gassen, die Straßenbahnen bimmelten freundlich. In Freiburg fühlte er sich wohl, eigentlich.

Ohne Ziel lief er zunächst zum Münsterplatz und schaute den Marktbeschickern beim Einpacken zu. Die übrig gebliebenen Waren wurden sorgfältig in Kisten geräumt. Bei einer Bäuerin kaufte er sich eine Schale Erdbeeren, dann führten ihn seine Schritte über den Bertholdsbrunnen und das Universitätsgelände zum neuen Mensagebäude. Neidisch blickte er auf die lange Schlange der Studierenden, die sich angeregt unterhielten und auf die Essensausgabe warteten. Er hatte seine einstige Sehnsucht nicht vergessen. Sie schlummerte tief unter einer dicken Schicht aus Verantwortung, nur ab und an kroch sie an die Oberfläche und stattete ihm einen ungewollten Besuch ab. Es war ohnehin zu spät, er war bereits achtundzwanzig. Er machte kehrt und ging schnellen Schrittes zurück zur Firma. Die Pflicht wartete auf ihn.

Der Zug ratterte durch verschiedene Landschaften. Zunächst liefen die Vororte der Stadt an Emils Fenster vorbei, dann breiteten sich große Wiesen aus, mal grün, mal gelb. Im Hintergrund erhoben sich auf der einen Seite der Schwarzwald, auf der anderen die Vogesen. Normalerweise entzückte ihn dieser Anblick, doch heute konnte er sich für die Schönheit der Natur nicht erwärmen. Die verschiedenen Bilder irrten an ihm vorbei wie die Tage seines Lebens, die er nicht selbst im Griff hatte. Dieses alte Gefühl nahm ihn wieder in Besitz, dass er nichts wirklich um seiner selbst willen tat, er war fremdgesteuert. Anforderungen und Erwartungen hatten den Takt übernommen und dirigierten ihn. Zogen ihn an Fäden wie eine tanzende Marionette. Er arbeitete von montags bis freitags und an den ungeraden Samstagen. Jedes Wochenende verbrachte er bei seiner Mutter. Sobald sich seine Alltagsspule am Sonntag aufgewickelt hatte, fing sie am Montag von Neuem an, sich zu drehen. Eine Endlosschleife. Er musste aufpassen, dass der Faden nicht zerfaserte und riss. Das hätte einen Sturz ins Bodenlose zur Folge. Ihm war bewusst, dass ihm das Leben in immer gleichen Bahnen Sicherheit verlieh. In der Vergangenheit hatte er bereits sein Päckchen aus Dunkelheit bekommen. Zu viele Tote säumten seinen Weg. Wenn ungewöhnliche Ereignisse aus dem Nichts auftauchten, hatte er das Gefühl, diese fremdbestimmte Sicherheit zu verlieren. Es waren gegensätzliche Regungen, die in seinem Inneren tobten und ihm in letzter Zeit zu schaffen machten. Am liebsten wäre er ausgerissen, ausgewandert, hätte irgendwo von vorn angefangen und alles Dunkle und Belastende hinter sich gelassen. Doch würde am Ende seiner Flucht nicht nur der Anfang seiner inneren Unzufriedenheit stehen? Konnte er vor sich selbst weglaufen? Er wusste es nicht.

Der Zug würde in Kürze Baden-Baden erreichen. Seit einigen Jahren lebte seine Mutter in der Kurstadt. Die Wohnungsnot, die in den ersten Jahren nach dem Krieg geherrscht hatte, hatte sich einigermaßen normalisiert. Sie wohnte in einer kleinen Mietwohnung am Rande der Stadt, hatte nette Nachbarn und brauchte nur wenige Schritte, um in der Natur zu sein. Es ging ihr gut. Dennoch fehlte ihr etwas, und das spürte er nur zu gut. Jedes Wochenende.

Als er klingelte, roch er bereits den Hefezopf. Ein Ritual. Am Samstagnachmittag einen Hefezopf, abends Vesper, sonntags Dampfnudeln oder Wurstknöpfle im Zweiwochentakt. Alles nach Plan.

Nana Mouskouri schmetterte ihren Song »Weiße Rosen aus Athen« aus dem Radio, während seine Mutter die Tür öffnete und er eintrat.

»Du kommst spät, obwohl du heute deinen arbeitsfreien Samstag hast.« In ihren Worten schwang der Vorwurf unüberhörbar.

Tief einatmen, ausatmen. »Guten Tag, Mutter. Ich musste meinen Haushalt erledigen. Einkaufen, Wäsche waschen, und ich habe mein Zimmer geputzt.«

»Es wird Zeit, dass du eine Frau an deiner Seite hast, die dir den Haushalt führt.«

Ihr wöchentliches Lieblingsthema war heute sehr früh dran. Normalerweise lag sie ihm damit erst beim Vesper, spätestens am Sonntagmorgen beim Frühstück in den

Ohren. Sie schnitt den frischen Hefezopf in dicke Scheiben. Er war noch warm und dampfte leicht.

»Wie war deine Woche?« Ein Themenwechsel würde helfen.

»Die Ilse hat mich gestern Abend eingeladen. Wir haben einen Film angeschaut. ›Das schwarze Schaf‹ von Heinz Rühmann. Er spielt einen Pater, der einen Mordfall aufdeckt. Der Rühmann, das ist ein Mann«, schwärmte die Mutter. »Wir haben anschließend noch ein Likörchen getrunken.«

»Wie schön. Dann hattest du einen tollen Abend?« Gedankenverloren rührte er in seinem Kaffee, bis er bemerkte, dass er keinen Bissen von seinem dick mit Butter und Marmelade bestrichenen Hefezopf genommen hatte.

»Der Film war schön, zumindest das, was ich davon mitbekommen habe. Die Ilse hat andauernd dazwischengeplappert. Das kann ich gar nicht leiden. Sie fährt jetzt ein Goggomobil und redet von nichts anderem mehr. Furchtbar, wie sie angibt. Stell dir vor, eine Frau in ihrem Alter am Steuer.« Der Neid quoll aus den Lippen seiner Mutter.

Emil freute sich für die Nachbarin. Sie hatte es nicht einfach mit einem invaliden Mann und einem Sohn, der seinen Eltern nur Sorgen bereitete. Mit was er seinen Lebensunterhalt verdiente, wusste niemand so recht. Auf jeden Fall schien es nicht auszureichen, denn seine seltenen Besuche bei seinen Eltern dienten meistens dazu, ihnen Geld aus der Tasche zu leiern.

»Es ist doch gut, wenn die Ilse ein bisschen rauskommt. Dann kann sie mit dem Werner kleine Ausflüge unternehmen.« Sobald er gesprochen hatte, wusste er, dass seine Antwort ein Fehler gewesen war.

»Mir täte es auch gut rauszukommen.«

»Komm mich doch nächstes Wochenende in Freiburg besuchen. Dann gehen wir ins Café Steinmetz oder ins Café Schmidt und essen ein Törtchen, danach können wir in der Innenstadt einkaufen.« Wenn seine Mutter zu Besuch kam, übernahm sie in seiner kleinen Wohnung das Regiment und stellte alles auf den Kopf. Es würde ein anstrengendes Wochenende werden. Da kam ihm ein Einfall. »Weißt du was? Nächste Woche treffen wir uns in Baden-Baden in der Innenstadt und kaufen dir einen Fernseher. Damit kannst du gemütlich auf deiner Couch einen Film sehen, ohne dass Ilse dazwischenredet.« Seine Mutter hätte noch weniger Kontakte zu ihren Nachbarn. Sie wäre abgelenkt, jedoch einsam.

Nach einer kurzen Überlegung schüttelte sie vehement den Kopf. »Es würde mir gefallen, einen Film oder eine Quizsendung zu sehen, ohne dass ich bei der Ilse betteln muss, aber das kann ich mir nicht leisten.«

»Reicht dir denn das Geld nicht, das ich dir jeden Monat gebe?« Mit ihrer Rente kam sie gut über die Runden, für Luxus reichte es allerdings nicht. An jedem Monatsanfang überreichte Emil der Mutter deswegen einen Umschlag, damit sie sich etwas gönnen konnte.

»Ich habe zwei Weltkriege erlebt. Da wirft man sein Geld nicht einfach so aus dem Fenster. Ich lege alles auf die hohe Kante. Man weiß ja nicht, was noch kommt.« Demonstrativ verschränkte sie die Arme vor der Brust und lehnte sich auf der Eckbank zurück.

»Ach, Mutter. Genieß doch die Jahre, die du vor dir hast.« Aus Erfahrung wusste er, dass er sie nicht umstimmen würde. Sie war sturer als ein Ziegenbock.

Nun war Rudi Schuricke an der Reihe, »Capri-Fischer« aus dem Radio zu trällern.

»Emil, wäre das nicht schön, mit einem blitzblank polierten Automobil nach Italien zu fahren? Wie es dort wohl aussieht?«

»Wahrscheinlich ähnlich wie in Südfrankreich. Vielleicht sollten wir im nächsten Urlaub eine Busreise nach Italien unternehmen. Ich bringe dir einen Katalog aus Freiburg mit und du suchst uns eine aus.« Natürlich verbrachte er seine Ferientage mit seiner Mutter, sie hatte sonst niemanden. Meistens mietete er ein Gästezimmer im Schwarzwald, sie unternahmen kleine Ausflüge, und den Rest der Zeit konnte er wandern.

Nach Rudi Schuricke sang Freddy Quinn »Unter fremden Sternen«.

»Es ist eigenartig, wie alle Sänger von der Ferne singen. Vielleicht sollten wir wirklich eine weitere Reise unternehmen. Was das wohl kosten würde?« Die Mutter wippte im Takt der Musik, während Emil auf einem Stuhl mit heißen Kohlen saß. Morgen nach dem Frühstück könnte er endlich einige Stunden wandern gehen.

»Das ist ein schönes Lied. Wofür brauchen wir diese amerikanische Musik, dieses Rock und Roll? Wir haben genügend deutsche Volkssänger. Und wenigstens versteht man da die Texte.«

Emil verzichtete darauf, seiner Mutter zu sagen, dass Freddy Quinn irischer Abstammung war und seine Karriere mit Country-Songs für die amerikanischen Soldaten begonnen hatte. Ein Druck in seinem Nacken gesellte sich zu seiner Ungeduld in den Beinen. »Mutter, lass uns eine kleine Runde spazieren gehen. Das tut uns beiden gut.«

Er erhob sich und räumte den Küchentisch ab.

Am nächsten Morgen war seine Vorfreude kaum zu bremsen. Beim Schuhhaus Kocher hatte er sündhaft teure Wanderschuhe erstanden und brannte darauf, sie auszuprobieren. Das braune Leder war weich und fühlte sich in seinen Händen samtig an. Er nahm den letzten Schluck Kaffee und erhob sich.

»Ach, Emil. Bevor du gehst, könntest du mir bitte im Keller das schöne Geschirr mit dem Goldrand holen? Es steht ganz vorn in der Kommode.« Sie schaute ihn unschuldig an. Er kannte diesen Blick.

»Hast du heute Nachmittag wieder Gäste eingeladen?«

»Vor ein paar Wochen ist im zweiten Stock eine Frau mit ihrer Tochter eingezogen. Das habe ich dir ja gesagt. Ich habe beide zum Kaffee eingeladen. Das habe ich gestern ganz vergessen zu erwähnen.« Sie blätterte scheinheilig im Quelle-Katalog, in dem mehrere Seiten an der Ecke umgeknickt waren. »Die Röcke werden auch immer kürzer.« Sie rümpfte die Nase.

»Mutter, du sollst nicht versuchen, mich zu verkuppeln. Die Zeiten sind vorbei. Das habe ich dir bereits das letzte Mal gesagt, als du diese Bäckertochter eingeladen hast, die stundenlang in irgendwelchen Illustrierten geblättert und von der neusten Mode geschwärmt hat.« Emil war verärgert. Der Druck, der ihm seit gestern Nachmittag im Nacken saß, hatte sich verstärkt. Er brauchte dringend frische Luft.

»Ich werde nicht jünger und würde mich über ein paar Enkele freuen«, kam es schnippisch hinter dem Katalog hervor.

Emil ignorierte die Bemerkung, bückte sich vor dem Küchenkänsterle und öffnete die linke Tür. »Wir können das Geschirr mit dem Blumenrand nehmen.«

Hinter einem Berg aus sorgfältig gefalteten Bäckertüten, die päckchenweise mit einem Gummiband zusammengelegt waren und die sie in ihrem Leben nie aufbrauchen würden, war das hübsche Kaffeeservice aufgestapelt.

»Nein, ich möchte das mit dem Goldrand«, beharrte seine Mutter.

Er gab sich geschlagen, schlug die Tür des Küchenkänsterles etwas zu fest zu und zog die Erledigung gedanklich von seiner Wanderzeit ab.

»Also gut. Ich gehe in den Keller.«

Es war duster im Untergeschoss, und er verstand, dass seine Mutter ungern in den Keller ging. Eine einzige schwache Glühlampe erhellte die einzelnen Räume, die durch Holzplanken abgetrennt waren. Ein dickes Schloss hing an der Kellertür seiner Mutter.

Das Geschirr fand er sofort, er hatte aber in seiner Eile vergessen, einen Korb mitzunehmen, um es zu transportieren. Kurz blickte er sich um und suchte nach einem passenden Behälter. Aus einem Impuls heraus ging er bis zum hinteren Ende des Raums, an dem ein verstaubtes Regal stand. Auf dem unteren Regalboden stand ein Henkelkorb. Als er ihn greifen wollte, fiel eine Schachtel zu Boden. Bei ihrem Sturz öffnete sich der Deckel, und ihr Inhalt landete vor seinen Füßen. Gedankenverloren wollte er den Stapel Briefe und die Fotografie aufheben und rasch zurück in die Schachtel legen, da fiel sein Blick auf das vergilbte Bild einer bezaubernden jungen Frau, die einen Säugling auf dem Arm hielt. Nicht steif wie auf alten Fotografien üblich, sondern mit schrägem Kopf und charmantem Lächeln schaute sie in die Kamera. Einige Locken hatten sich aus ihrer Frisur gelöst und umrahmten ihr zartes Gesicht. Er konnte zwei Grübchen erkennen. Seine Neugier war geweckt. Er blätterte den Stapel durch und sah, dass es sich um einen Briefwechsel zwischen Helmut und seiner Mutter handelte. Ohne groß zu überlegen, steckte er die Briefe und das Bild in seine Westentasche, packte den Korb und ging mit dem Geschirr nach oben.

Der Waldboden war weich und federnd wie ein Teppich. Ab und an durchbrach ein Sonnenstrahl die dunklen Nadelbäume und tropfte zu Boden. In ihm tanzten kleine Lebewesen. Emil blieb stehen und schaute dem Schwirren zu. Der Wald war sein Rückzugsort, in dem er sich in den Moment hineinwandern konnte, bis die Welt um ihn herum verschwand und die Zeit stehen blieb. Heute wollte ihm das nicht gelingen. Trübe Gedanken drängten sich in seinen Kopf. Seine Mutter hatte mal wieder eine junge Dame eingeladen, in der Hoffnung, ihn endlich unter die Haube zu bringen. Das ärgerte ihn maßlos. Warum konnte sie es nicht einfach bleiben lassen? Je mehr sie drängte, umso stärker zog er sich zurück.

Kurz ließ er das Leben seiner Kollegen Revue passieren. Ihre Welt schien perfekt. Die meisten waren verheiratet und hatten mittlerweile ein Kind, Karl sogar zwei. Trautes Heim, Glück allein. Die Mutter wünschte sich, dass er ein Mädchen aus der Heimat heiratete und sie dann alle gemeinsam unter ein Dach ziehen würden. Er würde brav arbeiten gehen, während Mutter und Ehefrau sich um Haushalt und die Kinder kümmern würden. Alles in einer ordentlichen Geraden, vorhersehbar bis zum Horizont seines Lebensendes.

Von einem Wimpernschlag auf den nächsten fühlte er

ein unbändiges Verlangen, sein Leben in den Wind zu werfen, damit es frisch aufgewirbelt würde und sich die engen Stricke lösten. Verärgert kickte er nach einem Stein, der im hohen Bogen ins Dickicht flog. Es wurde Zeit, dass sich etwas änderte und er so lebte, wie er es für sich wollte. Und er wusste, womit er anfangen würde. In plötzlicher Eile machte er kehrt.

»Mutter, ich esse jetzt noch die Wurstknöpfle mit dir, dann fahre ich zurück nach Freiburg.« Bevor ihn der Mut verlassen und das schlechte Gewissen sich einschleichen konnte, hatte er ihr seinen Entschluss von der Wohnungstür aus zugerufen.

»Das geht nicht, die Hannelore kommt mit ihrer Tochter zum Kaffee. Das habe ich dir doch vorhin erklärt.« Ihr Gesicht wurde spitz.

»Du weißt genau, was ich von deinen Verkupplungsversuchen halte. Hast du dir eigentlich mal überlegt, wie ich mich dabei fühle? Früher haben mich Kollegen gefragt, ob ich am Samstagabend mit ihnen etwas unternehmen möchte. Ich habe immer brav abgelehnt. Jetzt fragen sie mich nicht mehr. Ich würde auch gern einmal ein Wochenende für mich haben, lesen, wandern, vielleicht sogar tanzen gehen. Stattdessen besuche ich dich. Und trotzdem lässt du keine Möglichkeit aus, an mir herumzuzetern.« Er stand immer noch an der Türschwelle. Sollten die Nachbarn ruhig ihren Streit mitbekommen. Am besten sogar die neue Hannelore und ihre Tochter.

»Dass ich auf meine alten Tage so eine Unverschämtheit erleben muss! Was ist bloß in dich gefahren?« Demonstrativ verschränkte die Mutter die Arme vor der Brust und schob ihre Unterlippe nach vorn.

Einen kurzen Augenblick schauten sie sich an. Schuldgefühle fingen an, nach ihm zu schnappen.

»Ich rede kein Wort mehr mit dir, bis du zur Besinnung gekommen bist.« Der Schmollmund kroch weiter vor.

Auf einmal rutschten ihm die Worte aus dem Mund: »Dann kann ich ja jetzt schon nach Hause. Bis nächste Woche, Mutter.« Er drehte sich um und ging. Die Schuldgefühle bissen jetzt fest zu. Er rannte, um ihnen zu entkommen. Da spürte er die Briefe in seiner Westentasche. Die hatte er vollkommen vergessen.

Kapitel 29

Freiburg und Baden-Baden
Juni 1962

Emil

Anfangs hatte er geglaubt, dass seine Wut mit den Tagen verrauchen würde. Doch sie kochte wallend in ihm weiter. Tief innen spürte er dieses Brodeln, das in seinen ganzen Körper strahlte und ihn nicht mehr zur Ruhe kommen ließ. Seine Gedanken kreisten pausenlos um die Briefe. Er hatte sie alle gelesen, mehrmals, und reimte sich das Ungesagte zusammen, das zwischen den Zeilen stand. Im Laufe der Woche schlüpften unterschiedlichste Empfindungen in seinen Kopf. Mal war es die tiefe Traurigkeit über das abrupte Ende einer viel zu kurzen Liebe. Ein anderes Mal waren es die Schuldgefühle, die ihn plagten, über seinen kindlichen Neid, den er jahrelang auf den Bruder empfunden hatte, der heroisch im Krieg geblieben war. Über all dem thronte die Wut auf seine Mutter, die ihre Bedürfnisse über die ihrer Söhne gestellt hatte und es immer noch tat. Zum ersten Mal in seinem Leben spürte Emil, dass Helmut und er Verbündete waren. Er fühlte sich nicht mehr allein. Nun lag es an ihm zu handeln, auch für seinen verstorbenen Bruder.

Die ganze Woche war er bei der Arbeit fahrig gewesen. Er hatte sogar vergessen, dem spanischen Geschäftskunden ein Angebot zu unterbreiten, auf das dieser dringend gewartet hatte. Der Anruf aus Sevilla hatte ihn wachgerüttelt. Das war ihm noch nie passiert. Akribisch notierte er immer in einem Notizheft alle Aufgaben, die er erledigen musste, und hakte sie der Reihe nach ab. Das Angebot nach Spanien stand nicht darauf. Sein Chef hatte verwundert reagiert und ihn gefragt, ob er irgendwelche Schwierigkeiten habe. Er hatte sich sogar nach dem Wohlbefinden seiner Mutter erkundigt. Das hatte Emils Ärger über sein eigenes Versäumnis angefacht. Den Rest der Woche strengte er sich an, doch die Gedanken hatten sich selbstständig gemacht und kreisten weiterhin in seinem Kopf.

Er roch schon im Treppenhaus den rituellen Hefezopf. Sie hatte mit seinem Kommen gerechnet, obwohl sie sich letztes Wochenende im Streit getrennt hatten.

Er klingelte und sie öffnete die Tür. Sie musste dahinter gelauert haben.

»Guten Tag, Mutter, wir müssen reden.«

»Das sehe ich genauso. Dein Benehmen letzte Woche war unmöglich, Emil. Und ich erwarte eine angemessene Entschuldigung.« Hatte sie den Schmollmund die ganze Woche nicht abgelegt?

Was er zu sagen hatte, war diesmal nicht für die Ohren der Nachbarn bestimmt.

Er schob sie leicht beiseite und ging in die Küche. Der Tisch war eingedeckt. Butter, Marmelade, das hübsche Geschirr mit dem verblichenen Blumenrand, der Hefezopf stand in der Mitte und wartete darauf, in Scheiben geschnitten zu werden.

Sie setzten sich und schauten sich in die Augen. Der Raum war randvoll mit ihren gegensätzlichen Erwartungen. Wo sie aufeinanderprallten, schien sich die Luft elektrisch aufzuladen.

Seine Mutter brach als Erste das Schweigen: »Ich warte.« Der Schmollmund fügte pikiert hinzu: »Vorher schneide ich den Zopf nicht an.«

Würde das Ungesagte zwischen ihnen nicht so schwer wiegen, hätte er über ihre kindische Erpressung fast lachen können. Wenigstens war sie so freundlich gewesen und hatte bereits den Kaffee eingeschenkt.

»Ich bin nicht gekommen, um mich zu entschuldigen.« Er beugte sich vor und schaute ihr in die Augen. Er las das Erstaunen in ihrem Blick. »Mutter, wer ist Anne-Marie?«

Der Schmollmund fiel zu Boden, und Emil konnte förmlich sehen, wie die Gedanken seiner Mutter ratterten. Suchte sie nach den richtigen Worten, um ihm die damalige Situation zu schildern? Oder legte ihr Gehirn sich Ausreden und Lügen zurecht?

Er blieb still sitzen, fixierte sie und ließ die elektrische Spannung zwischen ihnen beben.

Nach einer Weile räusperte sie sich und brummte in den Raum hinein: »Emil, ich warte noch auf deine Entschuldigung.« Sie versuchte, seine Frage schlicht zu ignorieren. Doch ihre Selbstsicherheit bröckelte. Das Zucken ihrer Lider verriet es.

Da packte ihn die Wut, die er seit einer Woche mit sich herumtrug. Er knallte die Faust auf den Tisch. Der Kaffee in seiner Tasse schwappte über und das Besteck klapperte auf den Tellern. Ein kleiner See hatte sich auf der Untertasse gebildet, eingerahmt von dem verblichenen Blumenmuster. »Herrgott noch mal, hör auf, Mutter!«, fuhr er sie laut an. »Ich frage dich erneut, wer ist Anne-Marie?«

»Ich weiß ja nicht, welche Anne-Marie du meinst? Es gibt viele Frauen mit diesem Namen«, wich sie aus.

»Dann werde ich deutlicher. Als ich letzte Woche für dich das Geschirr im Keller geholt habe, habe ich aus Versehen eine Schachtel umgestoßen. Die Briefe, die darin waren, lagen verstreut auf dem Boden. Mutter, es waren die Briefe, die Helmut euch geschrieben hatte, und deine Antworten dazu. Es war ein Brief dabei, den Helmut an eine Anne-Marie geschrieben hatte. Ich habe sie alle gelesen, jeden einzelnen, mehrmals.« Er beugte sich weiter vor und konnte die Tischkante in seiner Magengrube spüren. Weiter vor ging nicht.

»Dann weißt du ja, wer diese Frau war. Mehr habe ich zu dem Thema nicht zu sagen.« Die Schultern, die sie in ihrer Anspannung hochgezogen hatte, trennten sich von den Ohren und sanken nach unten. Sie lehnte sich zurück.

»So einfach wird es nicht, Mutter. Ich habe viele Fragen an dich. Zum Beispiel möchte ich wissen, warum du Helmuts Wunsch nicht respektiert hast? Warum hast du mit Druck versucht, ihm seine Liebe auszureden? Gut, ich verstehe, dass es andere Zeiten waren und Deutschland und Frankreich sich im Krieg befanden, doch Helmut hat euch angefleht, dass ihr seine Verlobte akzeptiert. Er hat diese Frau geliebt. Also, warum?« Er spürte, wie alles in ihm siedete.

»Warum musst du diese alten Geschichten auspacken? Das bringt doch nichts.« Ihre Schultern kletterten wieder nach oben.

»Mutter, antworte auf meine Frage. Warum hast du dich über seine Wahl hinweggesetzt? Wäre es so schlimm gewesen, eine französische Schwiegertochter zu haben?« Sein Tonfall war ernst. Ein Mann sprach, nicht ihr Junge.

»Er war bereits mit einem Mädchen aus der Heimat verlobt. Wahrscheinlich hat ihm diese Französin absichtlich den Kopf verdreht. Sie sind ja frivol, von dem was man hört.« Bestimmter fügte sie hinzu: »Überleg doch mal: Sie. Hatte. Schon. Ein. Kind.« Sie zog jedes einzelne Wort in die Länge.

Dass Mutter log, wussten sie beide. Kein einziges Mal hatte Helmut in seinen Briefen von einer deutschen Verlobten gesprochen. Die angeblich Auserwählte war den Wunschgedanken seiner Mutter entsprungen. Je länger ihr Briefwechsel angedauert hatte, umso flehentlicher und seltener waren Helmuts Briefe gewesen, während die Missbilligungen der Mutter im gleichen Tempo zunahmen. Er konnte die letzten Sätze, die sie an Helmut adressiert hatte, nicht aus seinem Kopf verbannen.

Wie kannst Du nur in solchen Zeiten ein solches Weib wählen! Eine Ausländerin, eine Frau, die zu unseren Erzfeinden gehört. Ich fühle mich immer noch sprachlos, wütend, beschämt und kann Deine Entscheidung und Deinen Starrsinn in dieser Angelegenheit nur auf die Verwirrungen des Krieges zurückführen. Was glaubst Du, was die Leute tuscheln würden, wenn diese Beziehung bekannt werden sollte?

»Ich glaube dir kein Wort. Du hast versucht, ihn gegen seinen Willen zu verkuppeln, so wie du es bei mir andauernd versuchst. Und ich denke mittlerweile, dass du nicht ausschließlich aus Sorge um uns handelst, sondern aus Egoismus. Ich hoffe …«

Weiter kam er nicht, sie rief laut dazwischen: »Ich musste handeln! Sie wäre die Falsche gewesen und hätte unsere Familie mit Schande übergossen!«

»Ich hoffe, dass das Gefühl der Liebe, das Helmut in seinem Herzen trug, im Moment, als er starb, stärker war als der Schmerz über deine Ablehnung.« Das Brodeln in Emil ließ nach. Er hatte gesagt, was es zu sagen gab. Jedes weitere Wort wäre verschwendet. Mit beiden Händen stützte er sich auf dem Tisch ab und erhob sich.

»Wie kannst du mir das antun? Das werde ich nicht überleben. Du bringst mich noch ins Grab.« Bitter flossen die Worte aus ihrem Mund.

Emil stieß einen lauten Seufzer aus. Erneut wies sie alle Schuld von sich und war nicht bereit, für ihr Handeln Verantwortung zu übernehmen. So war es bisher immer gewesen.

»Mutter, hast du dir schon mal überlegt, dass das von dir so ersehnte Enkelkind vielleicht bereits in Frankreich lebt?« Das hatte gesessen. In ihrem Kopf ratterte es wieder, das konnte er spüren.

»Das ist unmöglich. Helmut kam im Juni nach Frankreich, das Kind auf der Fotografie war da schon auf der Welt.« Der erste Zweifel zog eine Furche auf ihre Stirn.

»Wir wissen ja nicht, wie alt das Kind war. Auf der Fotografie ist das schwer zu schätzen. Vielleicht war seine Verlobte wieder schwanger? Ich denke, es ist erst mal das Beste, wenn wir uns einige Wochen nicht sehen. Das gibt uns beiden Zeit nachzudenken.« Er brauchte dringend unverbrauchte Luft.

Die Tür fiel hinter ihm ins Schloss und er trabte los. Bis er am Bahnhof angekommen war, hatte der Druck in seinem Kopf nachgelassen und einer ungewöhnlichen Leere Platz gemacht. Im Zug fühlte er sich erschöpft und schlief sofort ein. Ein Rucken ließ ihn hochschrecken. Wie lange hatte er geschlafen? Er schaute aus dem Fenster und merkte gerade noch rechtzeitig, dass der Zug in Freiburg hielt.

Benommen stieg er aus und wusste im ersten Augenblick nichts mit sich anzufangen. Er folgte dem Strom aus Reisenden, die sich in die Eingangshalle zwängten. Abrupt blieb er stehen. Menschen rempelten ihn an. Ihm war ein spontaner Einfall gekommen. Ohne zu überlegen, ging er zum Billettschalter und kaufte eine Bahnfahrkarte nach Vannes. Das war er nicht nur der Verlobten seines Bruders schuldig. Auch Helmut und ein Stück weit sich selbst.

Endlich spürte er aus heiterem Himmel die Freude, die ihn seit Jahren verlassen hatte. Sie hatte ihn schließlich wiedergefunden.

Kapitel 30

Emil

Noch in Deutschland, irgendwo zwischen Offenburg, Appenweier und Kehl, waren ihm die ersten Zweifel gekommen. Mit Wucht drängten sie sich auf. War seine Suche nach mehr als zwei Jahrzehnten nicht aussichtslos? Wo sollte er mit seinen Nachforschungen überhaupt beginnen? Er hatte keine Ahnung. Und falls er die große Liebe seines Bruders wider Erwarten aufspüren würde – wer sagte ihm, dass sie nicht seit Jahren verheiratet war? Sein plötzliches Auftauchen würde sie eventuell in die Bredouille bringen, weil ihr Ehemann ihre Vergangenheit womöglich nicht kannte. Die Fragen kreisten wild durcheinander und zermarterten sein Hirn. Ab und an wurden sie von Schuldgefühlen abgelöst. Er war gegen den Willen seiner Mutter in die Bretagne aufgebrochen und hatte sie allein zurückgelassen. Das lastete schwer auf seinen Schultern. Das schlechte Gewissen hatte die Krallen in seinen Nacken versenkt.

Er seufzte und schaute auf das Buch, das auf seinem Schoß lag. Er durfte diese Grübeleien nicht die Oberhand gewinnen lassen. Seine Entscheidung war gefallen, schließlich saß er im Zug, es gab kein Zurück. Er nahm das Buch in die Hände und blätterte es durch. In der Freiburger Innenstadt hatte er sich einen Bretagne-Reiseführer gekauft. Die farbenfrohen Bilder hoben seine Stimmung. Er würde sich Zeit für die Erkundung der Region nehmen. Ganz oben auf seiner Liste stand die Ortschaft Carnac mit den Tausenden von Menhiren, die aus der Zeit des Neolithikums stammten. Warum man die langen Steinreihen in grauer Vorzeit aufgestellt hatte, war nach wie vor Gegenstand der Forschung. Die kleine Flamme in seinem Inneren, die so lange erloschen gewesen war, hatte sich aufs Neue entzündet. In diesem Moment freute er sich wie ein kleines Kind auf das Abenteuer, das ihn erwartete. In seinem Buch hatte er gelesen, dass es in der unmittelbaren Nähe von Vannes eine Vielzahl an Dolmen, Cairns und keltischen Steinkreuzen gab. Die Reise würde ihn verändern, das fühlte er. Der Impuls, auszusteigen und den nächsten Zug nach Freiburg zu nehmen, den er vor einigen Minuten noch gespürt hatte, verflüchtigte sich. Er würde auf der orangefarbenen Bank sitzen bleiben und die Augen weit öffnen.

Die Zugfahrt kam ihm vor wie eine Weltreise. Mehrmals musste er umsteigen, in Paris sogar den Bahnhof wechseln. Die lange Fahrt gab ihm ausreichend Zeit, um über sein bisheriges Leben nachzudenken. Seit seiner Kindheit war es eine Abfolge von Schicksalsschlägen gewesen. Jeder von ihnen hatte ihm Pflichten auferlegt. Der Krieg, der die Familie zerrüttet hatte, Helmuts Tod, gefolgt von dem des Vaters, der Verlust Bobbeles, der Hunger und die Not der Nachkriegsjahre. Heute die Verantwortung für die Mutter. Er fühlte sich, als wäre er auf hoher See hin und her geworfen worden, ohne Ziel und Richtung.

Dabei wünschte er sich so sehr, er wäre frei von all den Zwängen und könnte selbst den Kurs bestimmen. Wäre es denn zu viel verlangt, dass das Schicksal ihm ein Ruder gab? Er wollte nicht verloren umhertreiben, sondern endlich wählen, welche Häfen er ansteuerte. Dafür hatte er den ersten Schritt gewagt.

In Rennes angekommen, kaufte er sich am Bahnhof ein belegtes Baguette und stieg in den letzten Zug. Er näherte sich langsam seinem Ziel und die Aufregung wuchs. Die vielen Fragen kehrten zurück. Wo würde er schlafen? Wo würde er seine Suche starten?

Als der Zug endlich in Vannes einfuhr, war die Sonne bereits halb hinter dem Horizont versunken. Es herrschte ein wunderschönes Dämmerlicht. Er beschloss, die Erkundung am nächsten Morgen zu starten, und suchte sich in der Nähe des Bahnhofs ein Hotel. Obwohl er den ganzen Tag in Zügen sitzend verbracht hatte, fühlte er sich erschöpft und hundemüde. Er war froh, als er endlich seinen Kopf auf ein Kissen legen konnte. Kurz vor dem Einschlafen hörte er das lang gezogene Kreischen einer Möwe. Er war in der Bretagne.

Am Morgen weckte ihn ein sahnegelber Sonnenstrahl. Er lag in seinem Bett und hätte vor Glück weinen können. Die Gefühlsregung dauerte nur wenige Sekunden, doch lang genug, um die letzten Bedenken zu verscheuchen. Hastig zog er sich an und ging in die kleine Empfangshalle des Hotels, die auch als Frühstücksraum diente. Während er aus dem Fenster direkt auf die Gleise schaute, ertränkte er wie die anderen Reisenden sein Croissant in einer Tasse schwarzem Kaffee und plante seinen Tag. Ein freudiges Fieber hatte ihn erfasst.

Nach wenigen Minuten hatte er das Bahnhofsviertel hinter sich gelassen und stand inmitten eines Ensembles hübscher Fachwerkhäuser. Der Kontrast hätte nicht größer sein können. Manche Bauten hatten eine beeindruckende Schräglage und lehnten sich auf der Suche nach sicherem Halt an ihre Nachbarn an. Im Erdgeschoss befanden sich Geschäfte oder Restaurants. Darauf lagen überstehende Geschosse, die wie zu große bunte Hüte anmuteten. Den Balken hatte man farbenfrohe Anstriche verpasst. Manche leuchteten in kräftigem Rot, sattem Grün oder Himmelblau, während bei anderen die Farbe bereits ausbleichte. Eine emsige Geschäftigkeit herrschte in den Gassen. Emil ließ sich treiben und folgte dem Strom aus Menschen, bis er vor der Markthalle stand. Es war Wochenmarkt. Eine Weile schaute er zu und genoss die unterschiedlichen Gerüche, die seine Nase kitzelten. Würziger Käse, scharf Angebratenes, von der Fischhalle wehte der Duft des Meeres zu ihm herüber. Bei einer Bäuerin, die vor einem Berg aus Zwiebeln, Schalotten und Knoblauch ihre Waren anpries, erkundigte er sich nach dem Rathaus. Als er vor dem prächtigen weißen Bau stand, stockte ihm der Atem. Das Gebäude hätte genauso gut in Paris stehen können, so elegant wirkte es. Seine Suche konnte starten.

Zunächst irrte er hilflos durch die Eingangshalle, bis er das richtige Amt gefunden hatte. Er reihte sich in die Schlange der Wartenden und beobachtete die zwei Frauen, die am Schalter arbeiten. Sie hätten nicht gegensätzlicher sein können, die eine bunt gekleidet und fröhlich plappernd, die andere mürrisch und grau. Er hoffte, dass er der fröhlichen Beamtin sein Anliegen anvertrauen konnte, und verteilte im Geist die vor ihm Wartenden den Angestellten zu. Der Zufall wies ihm die Griesgrämige zu.

»*Madame*, ich suche eine Frau«, stammelte er unsicher.

Sie schaute ihn über den Rand ihrer Brille streng an. »Wir sind keine Partnervermittlung, *Monsieur*.« Ihr Tonfall hätte nicht wirscher sein können. Sie wendete sich wieder irgendeiner Akte zu.

Er war eingeschüchtert und verlor mit seiner Selbstsicherheit sein fließendes Französisch. Das konnte nicht sein, er war so weit gefahren. »Bitte, *Madame*. Ich komme von weit her, aus Deutschland.«

Neugierig schaute sie aus ihrer Akte hoch.

Er fasste sich und schilderte seine Angelegenheit, zunächst zögerlich, doch je länger er sprach, desto sicherer und verbindlicher wurde er. Als er am Ende seiner Rede angekommen war, fasste er noch einmal kurz zusammen: »Mein älterer Bruder hat diese Frau aus ganzem Herzen geliebt. Als er an der Front in Russland gestorben ist, lag in seiner Brusttasche sein letzter Brief an sie. Den möchte ich ihr nach zwei Jahrzehnten persönlich überreichen. Sie soll wissen, dass er sie nicht vergessen hatte. Bitte, *Madame*, helfen Sie mir.«

Er konnte die Wandlung sehen. Die Strenge verließ ihre Züge und machte einem verzückten Lächeln Platz.

»Wie romantisch!«, rief sie aus. »Warten Sie hier.« Sie ging zu ihrer fröhlichen Kollegin und unterbrach deren Konversation mit einem Kunden.

Emil konnte nur vermuten, dass sie ihr seine Geschichte erzählte, denn wenige Augenblicke später gab sie ebenfalls verzückte Laute von sich. Beide redeten auf den wartenden Kunden ein, der nun ebenfalls zu ihm hinüberschielte. Sie diskutierten und gestikulierten kurz, dann verschwanden beide Frauen in einem hinteren Raum. Wenig später kamen sie mit einem dicken Ordner zurück, den sie vor ihm aufschlugen. Mittlerweile hatte sich der Kunde vom anderen Schalter unaufgefordert zu ihnen gesellt. Sie waren zu viert auf der Suche nach der Verlobten seines Bruders. Der fleißige Finger der Beamtin strich bereits über die vergilbten Seiten.

»Penna… Penne… Pennec, Anne-Marie. Hier haben wir sie. Oh nein!« Die Augen der Dame wurden traurig. »*Monsieur*, es tut mir leid. Sie ist leider verstorben. Einen Monat nach dem Tod Ihres Bruders. Ach, wie tragisch.« Sie wischte sich eine Träne weg, die sich in ihrem Augenwinkel verfangen hatte.

Emil hatte viele Eventualitäten in Betracht gezogen, mit ihrem Tod hatte er jedoch nicht gerechnet. Obwohl er Anne-Marie nicht kennengelernt hatte, fühlte er eine Trauer in sich aufsteigen. Sie war eine weitere Tote, die den Weg seiner Vergangenheit säumte. Ihm blieb nichts anderes übrig, als das tragische Schicksal zu akzeptieren. Gerade als er sich verabschieden wollte, kam ihm ein Einfall.

»*Madame*, was ist mit ihrer Tochter? Könnten Sie bitte nachschauen? Vielleicht können Sie etwas in Erfahrung bringen.« Die Hoffnung hatte sich wieder geregt.

Während der Kunde Hypothesen aufstellte, machten sich die Damen emsig an die Arbeit. Sie beugten sich über ihre Register. Emil verfolgte den Finger der Gerührt-Griesgrämigen, der flink über die Zeilen strich und jäh in seiner Bewegung verharrte.

»*Monsieur*, ich kann Ihnen bestätigen, dass Marie-France Pennec nicht verstorben ist. Allerdings ist sie nicht in Vannes gemeldet.«

»Wo könnte sie sein?« Hoffnungsvoll schaute Emil die Frau an.

»Das kann ich Ihnen leider nicht sagen. Am besten gehen Sie zum Postamt und blättern in den Telefonverzeichnissen nach. Allerdings … Frankreich ist ein großes Land.« Sie sah zu Emil, der in sich zusammensackte, und fügte rasch hinzu: »Eine Bretonin liebt ihr Land. Schauen Sie zunächst in den bretonischen Verzeichnissen, danach können Sie die Pariser Bücher konsultieren. Viel Glück, *Monsieur*.« Sie nickte ihm zu und winkte den nächsten Kunden zu sich.

Emils Mut sank in das Kellergeschoss des Rathauses.

Als Emil in die Sonne trat, bemerkte er, wie hungrig er war. Es war Mittagszeit und die Menschen strömten auf die Terrassen der Cafés und Restaurants. In einer Bäckerei holte er sich ein belegtes Baguette und schlenderte zum Hafen hinunter. Dort setzte er sich auf eine Parkbank und schaute den Fischerbooten zu, die an den Anlegestellen im Wasser schaukelten. Manche hatten einen frischen Anstrich, andere sahen alt und gebrechlich aus. Soeben tuckerte ein grünes Boot gemächlich in den Hafen.

Sollte er tatsächlich die Telefonverzeichnisse durchgehen? Wie lange wäre er beschäftigt? Wahrscheinlich würde seine Suche mehrere Tage dauern. Selbst wenn es ihm nicht gelingen würde, Marie-France aufzuspüren, hatte sein Kommen einen Sinn. Er war zu dem Ort gereist, an dem die Geschichte vor vielen Jahren ihren Lauf genommen hatte. Wo genau hatte sie eigentlich begonnen?

Ein lautes Kinderschreien riss ihn aus seinen Gedanken. Er drehte sich um und sah ein kleines Mädchen, das von seinem roten Fahrrad gefallen war. Die besorgte Mutter kniete neben ihm und tröstete die Kleine. Als er sich umdrehen und in sein Brot beißen wollte, stach ihm ein

Klostergebäude ins Auge, das neben einer Kirche stand. Er benötige einige Sekunden, bis sein Hirn die Information verarbeiten konnte. Hatte sein Bruder womöglich dort gearbeitet? Er hatte in einem der Briefe an seine Eltern ein Kloster und eine Schwester Bernadette erwähnt. Energisch stand Emil auf, und sein Baguette fiel in eine Pfütze.

Einen Versuch wäre es wert.

»Vielleicht haben Sie ein altes Verzeichnis, das ich konsultieren könnte?«, fasste Emil seine Geschichte kurz zusammen.

Die junge Schwester am Empfang hatte ihm geduldig zugehört. Emil erwartete bereits eine weitere Enttäuschung, überrascht stellte er jedoch fest, dass sie zum Telefonhörer griff.

»Schwester Bernadette, Sie haben Besuch aus Deutschland. Könnten Sie bitte kommen?« Mit dem Zeigefinger deutete sie auf eine kleine Sitzgruppe, die in der Ecke stand.

Er öffnete seinen Mund, doch die Worte kamen nicht heraus.

Ganz versunken in ihrem Habit, kam eine betagte Ordensfrau den langen Gang entlanggezittert. Sie stützte sich auf einen Gehstock. Wie alt sie wohl sein mochte? Sie reichte ihm bis zur Brust. Er beugte sich vor und schaute in ein Augenpaar, in dem sich sein eigenes Gesicht spiegelte.

Sie setzten sich. Aufmerksam hörte ihm die Schwester mit den glasigen Augen zu.

»Also hat es gestimmt, was man sich hinterher erzählt hat. Ihr Bruder hatte eine *Liaison*.« Ihre Stimme war erstaunlich klar und voller Kraft. Sie hob ihren bebenden Zeigefinger und versuchte, die Fingerlochscheiben des Telefons zu betätigen. Emil ging es nicht schnell genug, er musste den Impuls unterdrücken, für sie zu wählen. Das Rattern des Geräts schien kein Ende zu nehmen.

»Schwester Bernadette aus Vannes. Schwester Odile?« In kurzen Sätzen erklärte sie den Grund ihres Anrufs. Es folgte ein langes Schweigen, ehe die zittrige Hand nach einem Stift griff und eine Adresse notierte. Endlich legte sie den Hörer zurück auf die Gabel.

»Vor vier Jahren, als sie achtzehn wurde, hat Marie-France das Waisenhaus verlassen und eine Anstellung in einem Haushalt in Dinan erhalten. Versuchen Sie es dort, *Monsieur*.« Sie schob ihm den Zettel über den Tisch.

»Wie komme ich in diese Stadt?«

»Dinan liegt im Norden der Bretagne, ganz in der Nähe der Küste. Es ist ein hübsches mittelalterliches Städtchen, das am Ufer der Rance liegt. Sie können den Zug oder den Bus nehmen. Schwester Odile ist sich sicher, dass sie dort arbeitet, sie hat nichts Gegenteiliges gehört.«

Emil war in Eile. Die berühmten Menhire könnte er sich ein anderes Mal anschauen, schließlich würden sie nicht fortlaufen. Er bedankte sich und stand auf.

»Bevor Sie gehen, möchte ich Ihnen sagen, *Monsieur*, dass Ihr Bruder ein anständiger Mann und leidenschaftlicher Arzt war, trotz der Umstände, die ihn zu uns geführt haben. Sie können stolz auf ihn sein.«

Ein wohliger Schauer durchfuhr ihn.

Erneut unternahm Emil eine kleine Weltreise. Bereits vom Bahnhof aus sah er, wie pittoresk Dinan war. Ein Puppenhaus-Städtchen aus Fachwerk, schiefen Türmen, engen Gassen und einem Schloss.

Die Adresse war schnell gefunden. Er stand vor einem prächtigen Anwesen aus gehauenen Granitsteinen, einem

Rundturm und einem schiefergedeckten Dach. Als er den Klingelknopf betätigte, rauschte sein Blut in den Ohren. Würde sie ihm in ihrer Funktion als Hausmädchen die Tür öffnen?

»Ja bitte?« Eine Frau mittleren Alters hatte die Tür aufgemacht. Sie hielt ihren Kopf schräg zur Seite und versuchte, sein Gesicht einzuordnen.

»Bitte entschuldigen Sie, *Madame*. Ich suche Marie-France Pennec, arbeitet sie hier?« Bevor die Frau antwortete, löste sich seine Hoffnung in einer großen Leere auf. Sie war nicht in diesem Anwesen, das spürte er.

»Nein, *Monsieur*. Sie hat uns verlassen.« Freundlich hatte sie ihm Auskunft gegeben, doch in ihren Augen lag Erstaunen.

»*Madame*, ich bin verzweifelt. Ich komme aus Deutschland und bin … ein Bekannter von Marie-France. Ich muss sie unbedingt finden. Wissen Sie zufällig, wo sie sich aufhält?«

»*Monsieur*, das ist nicht kompliziert. Sie arbeitet in der Crêperie du Port unten am Hafen.«

»Oh!« Damit hatte er nicht gerechnet. »Sie sind sich ganz sicher?«

»Natürlich!«, lachte sie. »Schließlich haben wir dort gestern Abend gegessen.« Sie schaute auf die Uhr an ihrem Handgelenk. »In zwei Stunden öffnet die Crêperie. Marie-France wird sich freuen, Besuch aus Deutschland zu haben.«

Als Emil den malerischen Hafen von Dinan sah, schlug sein Herz einen Schlag schneller. Bunte Boote lagen am Ufer des gemächlich dahinfließenden Flusses, eine mittelalterliche Brücke mit einem geschwungenen Rundbogen gab dem hübschen Panorama einen zusätzlichen Charme. Er setzte sich auf einen Poller, genoss das gemütliche Treiben am Hafen und wartete. Ruhe hatte sich über ihn gelegt, und er spürte, wie seine angespannten Schultern sich lockerten. Er war am Ziel angekommen, das wusste er instinktiv.

In zwei Stunden.

Als die Zeiger vorgerückt waren, wurde die Crêperie von innen aufgeschlossen und das Schild auf »*Bienvenue*« gedreht. Er trat in das winzige Lokal, das am Ende in einer dunklen Küche mündete. Er war der erste Gast, die Franzosen aßen in der Regel viel später. Am Tresen stand eine Frau mit dem Rücken zu ihm, sie faltete Papierservietten. Emils Puls fing an, wild zu rasen. Als sie sich umdrehte, traf ihn ein Blitz.

Vor ihm stand die Verlobte seines Bruders, die ihn aus silbernen Augen freundlich anlächelte. Er blieb erstarrt stehen und konnte nur noch einen Gedanken fassen. Gibt es diese eine Liebe, die sich aus dem Nichts entzündet und ein Leben lang brennt?

Kapitel 31

Dinan, Bretagne

Marie-France

Er war ein sonderbarer Gast. Wie vom Donner gerührt stand er an der Türschwelle, offenbar unfähig, sich zu bewegen. Es hatte ihm scheinbar die Sprache verschlagen. Erst als sie ihn das dritte Mal fragte, ob er etwas essen wolle, räusperte er sich verlegen und nickte.

»Ist Ihnen wohl, *Monsieur*? Möchten Sie ein Glas Wasser?« Sie deutete auf einen kleinen runden Tisch, der in der Fensternische stand. Von dort hatte man einen malerischen Blick auf den Hafen.

Unbeholfen stütze er sich zunächst an der Stuhllehne ab und setzte sich schwerfällig hin. Ihm schien heiß zu sein, denn er öffnete den oberen Knopf seines Kragens. Da sie auf ihre Frage keine Antwort erhalten hatte, brachte sie ihm unaufgefordert eine Karaffe Wasser. Er wirkte inzwischen gefasster und lächelte sie schüchtern an.

»Auf der Kreidetafel stehen unsere Galette-Spezialitäten. Sie müssen sich aber ein bisschen gedulden, der Chef ist noch nicht so weit. Darf ich Ihnen etwas zu trinken bringen? Eine *bolée de cidre* vielleicht?«, fragte sie ihn vorsichtig.

Er nickte kurz und fügte ein simples »Bitte schön« hinzu. Sie hörte einen leichten Akzent in seinen Worten, den sie nicht zuordnen konnte. War er ein Engländer im Urlaub oder ein Deutscher auf Geschäftsreise?

Wie jeden Freitagabend füllte sich das Lokal schnell. Es war ein beliebter Treffpunkt bei Einheimischen, vor allem außerhalb der touristischen Saison. Familien mit ihren jungen Kindern, ältere Paare, Männer, die an der Theke standen und kurz auf einen Cidre vorbeikamen.

Ihr Chef Yannik stand vor zwei Crêpe-Pfannen und drehte im Akkord die Buchweizenfladen. Im Laufe des Abends verschwand sein massiger Körper im Dampf über dem Herd. Immer wieder wischte er über sein verschwitztes Gesicht mit dem Küchentuch, das an seiner Schürze hing. Die Hitze schien ihm nichts auszumachen. Er war stets gut gelaunt und witzelte gern mit seinen Gästen. Von seiner dunklen Küchennische aus kommentierte er die Gespräche seiner Kundschaft und scherzte über die Ereignisse, die sich in den engen Gassen und dunklen Ecken Dinans in der Woche zugetragen hatten. Seine Frau Yvette stand an der Theke, richtete die Getränke und behielt den Überblick. Ab und an neckte sie ihn. Er solle lieber den Mund halten und schneller drehen, die Kunden seien schließlich zum Essen da und nicht zum Tratschen. Was bei den Stammgästen nicht ganz stimmte. Sie kamen hauptsächlich der fröhlichen Atmosphäre wegen in die Crêperie.

Seit einem Jahr arbeitete Marie-France für Yannik und Yvette, und sie liebte ihre Arbeit als Bedienung. Sie waren nicht nur ein eingespieltes Team, für Marie-France waren die Besitzer ein Stück weit zu Ersatzeltern geworden. Manchmal, wenn die Hektik des Abends sich legte, konnte sie ihr Glück kaum fassen, so voll war ihre Brust davon.

Als sie die nächste Bestellung zu Yvette brachte, knuffte ihre Chefin sie in die Seite.

»Der scheint ja einen Narren an dir gefressen zu haben. Mit seinen Augen verschlingt er dich.« Sie neigte den Kopf kurz in die Richtung des Mannes, der in der Fensternische saß.

»Ach was. Er ist Ausländer, vielleicht ist er von der ausgelassenen Stimmung fasziniert.« Sie zuckte mit den Schultern.

»Und deswegen schaut er nur dich an? Ha, lass dir das von einer erfahrenen Frau sagen, er ist deinem Charme erlegen.« Sie lachte laut und schaute Zustimmung heischend zu ihren Stammgästen, die an der Theke standen.

Sie nickten synchron.

Marie-France spürte die Röte in ihrem Gesicht aufsteigen.

Als wäre das nicht genug, kommentierte Yannik hinter dem Dunst: »Unsere Marie-France bricht jedem Mann das Herz.«

Schnell flüchtete sie in den Essensraum und räumte einige leere Teller ab. Yvette hatte nicht unrecht. Ihr war aufgefallen, dass der Mann sie seit Stunden beobachtete. Es waren keine lüsternen Blicke wie bei manch anderem Gast. Er schaute ernst, als wolle er sich jeden ihrer Handgriffe einprägen. Vielleicht erinnere ich ihn an jemanden, den er kennt, rätselte sie. Amüsiert nahm sie zur Kenntnis, dass er seinen Besuch bei ihnen ausdehnte. Er hatte bereits vier üppig belegte Galettes gegessen, zwei Krüge Cidre getrunken und zwei Kaffees bestellt. Eigentlich müsste er platzen. Anstatt zu zahlen, blieb er jedoch beharrlich auf seinem Stuhl sitzen und starrte sie an.

Allmählich fing die Stube an, sich zu lichten. Yannik hatte das Gas abgedreht, und man konnte seine Konturen langsam wieder erahnen. Außer dem einzelnen Gast am Fenstertisch saß lediglich eine kleine Gruppe an einer größeren Tafel. Als die Leute sich erhoben und gingen, trat Marie-France zu dem Mann.

»*Monsieur*, darf ich Ihnen die Rechnung bringen? Wir schließen.«

»Natürlich, gerne.« Er lächelte sie zaghaft an.

Der Mann beglich seine Rechnung. Dann schaute er sie mit einem Flehen im Blick an. »Bitte würden Sie sich kurz setzen?« Er musste ihr Zögern bemerkt haben. Sofort fügte er hinzu: »Ihre Mutter und mein großer Bruder haben sich während des Krieges kennengelernt … Sie … waren verlobt.«

Der Blitz traf nun sie. Sie ließ sich auf den freien Stuhl plumpsen und schaute in ein warmes samtbraunes Augenpaar.

Epilog

Dinan, über sechzig Jahre später

Astrid

Von Weitem erkenne ich die krumme Gestalt, die vorsichtig über das unebene Kopfsteinpflaster schwebt. Sie hat die Arme weit von sich gestreckt, als könnte sie in der Luft sicheren Halt finden. Ihr Oberkörper ist nach vorn gebeugt und schwankt im Takt ihrer Schritte. Manche Stolpersteine schauen spitz heraus, andere sind durch jahrhundertelanges Treten glatt geschliffen. Die *Rue du Jerzual*, die von der oberen Altstadt in den bunten Hafen mündet, ist stark abfallend. Nach einem bretonischen Regen ist das Kopfsteinpflaster besonders rutschig und voller Gefahren. Tapfer setzt die kleine Person ihren Weg fort. Mit ihren ausgestreckten Armen erinnert sie an einen zarten Schmetterling, der über die Straße gleitet. Ich genieße es, sie zu beobachten, und spüre, wie das warme Gefühl der Liebe in mir aufsteigt. Sie hebt ihren Oberkörper, als wolle sie sehen, wie weit die Strecke noch ist. Da erkennt sie mich, und die jugendliche Freude blitzt in ihren silbrigen Augen.

»Astrid! Du bist schon da! Warum bist du nicht ins Haus gegangen? Du weißt doch, dass ich den Schlüssel immer unter den Fußabtreter lege.« Meine Mutter hat laut gerufen, da uns mehrere Häuser trennen. Das todsichere

Versteck kennen alle Nachbarn, die in der Straße wohnen. Vielleicht sogar alle Bewohner der Altstadt. Es ist das gleiche seit über sechzig Jahren. Warum sie überhaupt abschließt, ist mir ein Rätsel.

»Ich dachte, du wärst beim Friedhof. Ich wollte nachkommen.«

»Ja, ich habe den Grabstein deines Vaters mit der Wurzelbürste geschrubbt. Er glänzt wieder.«

Da sehe ich, dass sie einen kleinen Kinderblecheimer trägt, aus dem der Stiel einer Holzbürste hervorschaut. Ich hole den Schlüssel, der zuverlässig unter der Matte liegt, und öffne die Tür. Sofort strömt mir der unverkennbare Geruch meiner Kindheit entgegen. Eine Mischung aus gebackenen Buchweizenpfannkuchen, Maiglöckchenseife, die meine Mutter gerne benutzt, und die Kräutersträußchen, die überall im Haus hängen. Ich liebe die Atmosphäre dieses Hauses, sie beruhigt mich.

Inzwischen ist meine Mutter angekommen. Wir haben uns seit Langem nicht gesehen und begrüßen uns überschwänglich. Ein paar Wangenküsschen *à la française*, dann schließe ich ihren knochigen Körper in meine Arme. Ich drücke nicht zu fest, sie fühlt sich an wie ein zerbrechliches Vogelküken, das aus dem Nest gefallen ist. Ich finde, sie ist seit meinem letzten Besuch geschrumpft und noch ein wenig krummer geworden. Das verrate ich ihr nicht. Ihre Perlenaugen glänzen, als würden kleine Silberkristalle in ihnen platzen.

Wir treten ein. Das Steinhaus ist genauso schräg und klein wie meine Mutter. Im Erdgeschoss befindet sich die quadratische Küche. Wie Bauklötze stapeln sich das Wohnzimmer, das Schlafzimmer und der Dachboden übereinander, in dem ich früher geschlafen habe. Eine knarzende Holztreppe führt in die oberen Stockwerke. Die einzelnen Stufen sind durchgetreten und uneben. Bei jedem Schritt hat man das Gefühl, man hätte auf das letzte Gläschen Cidre verzichten sollen. Im ganzen Haus sind die Innenwände aus gehauenen Granitsteinen. Das hatte mir schon als Kind gefallen. Mit der Handfläche bin ich immer die unebenen Steine nachgefahren und habe kleine Reisen in die Berge unternommen. In den Schwarzwald, die Heimat meines Vaters. An der hinteren Küchentür führt eine schiefe Steintreppe in einen winzigen Garten hinaus. Meine Mutter liebt Hortensien, das sieht man auf den ersten Blick. Das Blau dominiert, Violett, Zartrosa und Gelbgrün gesellen sich hinzu. Die Blumen reihen sich aneinander und gedeihen in Tontöpfen, die mit Moos überzogen sind. In der Mitte ist gerade noch Platz für eine Kräuterspirale, die mein Vater vor vielen Jahren gebaut hat.

Ohne mich zu fragen, entzündet meine Mutter die Gasflamme unter der schweren gusseisernen Crêpe-Pfanne, die auf dem Herd steht. Sie weiß, wie sehr ich die Pfannkuchen liebe und dass keiner sie so backen kann wie sie. Sie greift nach einem Stück Schwarte, das über ihr an einem Haken hängt, und fettet die Pfanne ein. Der Gedanke, dass sie es von einem befreundeten Bauern hat, bei dem die Schweine draußen im Schlamm wühlen und sich suhlen dürfen, tröstet mich ein bisschen. Ich bleibe stumm und verschweige, dass ich mich vegetarisch ernähre. Das würde sie nicht verstehen. Während ich ihr zuschaue, fahre ich automatisch mit meinem Zeigefinger über mehrere Buchrücken, die auf einem kleinen Wandregal stehen. Sie erzählen ein ganzes Leben. Meine Mutter beobachtet mich kurz und wendet sich wieder ihrer Pfanne zu.

»Dein Vater war fleißig. Jahrzehntelang hat er die bretonischen Steinkreuze erforscht, insbesondere die Keltenkreuze hatten es ihm angetan. Er hat sich sehr für die bretonischen Sagen interessiert. Alle Bücher, die auf dem Regal stehen, hat er geschrieben.« Das ist mir natürlich bekannt, doch sie ist so stolz, wenn sie davon erzählt, dass ich gern weiter zuhöre.

Sie dreht sich wieder zu mir um. »Zusätzlich hat er für eine Reihe von Reisemagazinen geschrieben. So hat er doch noch seine Erfüllung gefunden und sich seinen Kindheitstraum erfüllt.« Sie schwelgt in Erinnerungen.

»Ich frage mich, woher Papa die Zeit hatte. Schließlich hattet ihr unten am Hafen eure eigene Crêperie. Und das als deutsch-französisches Paar.« Ich blicke in Gedanken zurück und sehe mich als kleines Mädchen zwischen den Tischen stehen. Ich konnte noch nicht schreiben, kritzelte jedoch fiktive Bestellungen auf einen kleinen Block, die niemand lesen konnte.

»Er hatte eine unglaubliche Energie und einen großen Wissensdurst bis ins hohe Alter. An dem Tag, an dem er in seinem Sessel friedlich eingeschlafen ist, war er gerade dabei, einen Artikel über die Cairns der Bretagne zu verfassen.« Ihr Blick wird weich. »Wir hatten ein schönes Leben, auch wenn es nicht immer einfach war.«

»Du meinst wegen seiner Mutter?« Meine deutsche Großmutter ist kurz vor meiner Geburt gestorben. Als Kind habe ich es immer vermisst, Großeltern zu haben.

»Bis zu ihrem letzten Atemzug hat sie mir nicht verziehen, dass ihr Sohn nach Frankreich gezogen ist. Huch!« Mit einem Ruck dreht sich meine Mutter zum Küchenherd um. »Jetzt hätte ich fast die Pfanne vergessen.« Sie überprüft kurz die Temperatur und gießt eine Schöpfkelle Teig auf die Fläche. Es zischt und Dampf steigt auf.

Mit einem Holzschieber verteilt sie den Teig und zieht ihn mit einem geübten Handgriff hauchdünn bis an den Rand der Pfanne. Schmunzelnd schaue ich ihr zu und denke, dass sie Galettes wahrscheinlich im Schlaf backen könnte. Der Pfannkuchen ist fertig. Sie klappt ihn zu einem Dreieck zusammen, hebt die eine Falte und legt ein dickes Stück gesalzene Butter hinein. Ich liebe den Geschmack der Salzkristalle, die zwischen meinen Zähnen knirschen. Sie reicht mir die Galette auf einem Teller und fragt: »Isst du sie immer noch am liebsten wie früher?«

»Natürlich.« Ich greife in meine Tasche. Nacheinander hole ich vier Gläser Tannenhonig heraus. Die bringe ich meiner Mutter immer aus dem Schwarzwald mit.

»Eine bretonische Buchweizen-Galette mit Schwarzwälder Tannenhonig, schließlich bin ich eine bretonische Schwarzwälderin.« Ich grinse breit und träufle einen Esslöffel Honig auf meinen Pfannkuchen. Dann nehme ich einen großen Bissen. Die weiche Salzbutter und der würzige Honig tropfen durch die Teiglöcher und kleben an meinen Fingern. Ich verspüre das Verlangen, sie alle einzeln abzuschlecken wie zu Kindertagen.

»Darf ich?«

Das habe ich seit Ewigkeiten nicht mehr gemacht. Es schmeckt köstlich!

Nachwort & Danksagung

Nur ein kurzer Sommer ist ein Roman, der inspiriert ist von einer wahren Geschichte. Dennoch hat er Biegungen und Wendungen, die meiner Fantasie entsprungen sind. Andere Geschehnisse haben so oder so ähnlich stattgefunden, wie sie hier geschildert wurden. Ich habe sie lediglich mit Wörtern umhüllt und mich dabei auf die Erinnerungen und Aufzeichnungen meiner Eltern gestützt.

Mein Vater stammte aus einer Bürstenbinderfamilie aus der Heilbronner Gegend. Trotz seiner Erblindung hatte sein Vater, mein Großvater, ein florierendes Unternehmen aufgebaut, das ihm erlaubte, seinem Erstgeborenen ein Medizinstudium zu finanzieren. Eine Sensation zu damaliger Zeit. Doch das Glück war nicht von Dauer. Als die Luft von den Vorzeichen des Krieges schwer beladen war, verkaufte der Vater sämtliche Besitztümer in Heilbronn, einschließlich der im Buch beschriebenen Limousine, und erwarb einen abgelegenen Hof in der Nähe Baden-Badens. Die Schrecken des Ersten Weltkriegs saßen ihm noch im Nacken. Er hoffte, auf diese Weise seine Familie vor den Grauen des aufziehenden Weltenbrands schützen zu können.

Viele Dinge, die Emil im Roman erlebt, entstammen den Erzählungen und Aufzeichnungen meines Vaters. Als kleiner Bub musste er tatsächlich Kriegsgefangene abholen und auf den abgelegenen Hof führen. Eine Wegstrecke von fünf Kilometern durch den Wald. Erschüttert hat ihn die Festnahme seines Vaters. Dem Senior wurde das Hören von

Fremdsendern vorgeworfen. Wie im Roman hat die Familie nie erfahren, wer sie verraten hatte. Dass der Vater sein Verhör überhaupt überlebte und wieder freigelassen wurde, soll er seiner Erblindung zu verdanken gehabt haben. Traumatisiert haben meinen Vater selbstverständlich der Tod seines großen Bruders Helmut in Russland sowie der Schlaganfall und der spätere Tod seines Vaters. Viel zu früh musste er die Verantwortung für die Familie schultern, während seine Träume in weite Ferne flogen. Sein Wissensdurst und seine Sehnsucht nach einem Studium haben ihn ein Leben lang begleitet. Schließlich waren sie so groß, dass er sich im Rentenalter in der Universität eingeschrieben hat.

Und er hat sich noch einen weiteren Lebenstraum erfüllt: Nach dem Ende des Kalten Krieges, als es wieder möglich war, nach Russland zu reisen, hat er nach ausgiebigen Recherchen das Schlachtfeld gefunden, auf dem sein großer Bruder Helmut verstorben war. Dort, inmitten einer unbeschreiblichen Ödnis, hat er eine Handvoll Erde in ein Marmeladenglas verschlossen und mit nach Hause genommen. Diese Erde liegt nun vereint mit der Erde seines Grabes. Das war sein ausdrücklicher Wunsch.

Die Schilderungen meiner Mutter sind in Marie-Frances Erlebnissen festgehalten. Mit nur achtzehn Monaten wurde sie in einem katholischen Internat untergebracht und dort »erzogen«. Unter dem Habit der Barmherzigkeit kultivierten die Schwestern ein Regiment der Angst und der Verdammnis. Sie hatten leichtes Spiel mit den ihnen anvertrauten kleinen und gutgläubigen Seelen, die die Strafen der Nonnen fürchteten. Die Auszüge in der Geschichte sind nur ein kleiner Ausschnitt aus einer langen Liste von Gräueltaten, die meine Mutter und andere Kinder in dieser Zeit erdulden mussten. Dass sie daran nicht zerbrochen ist, grenzt an ein Wunder.

An einem Nachmittag in den Sechzigerjahren haben sich meine Eltern in einem Café kennengelernt. Bereits am nächsten Morgen folgte der stürmische Heiratsantrag meines Vaters. Sie hat *Ja* gesagt und stand ein Leben lang an seiner Seite, bis zu seinem letzten Atemzug, auch wenn die Turbulenzen des Lebens sie durchrüttelten.

Wir sind Kinder einer Kriegsgeneration und tragen die Wunden unserer Eltern in uns. Ihre Ängste, die Verluste, die sie erleben mussten, ihren Verzicht, die unerfüllten Wünsche. Die schrecklichen Erlebnisse dieser Zeit haben sich in ihren Wertvorstellungen und in der Erziehung widergespiegelt. Ein Stück weit tragen wir sie weiter, unbeabsichtigt, und vermischen sie mit unseren eigenen Erlebnissen und Empfindungen. Der Blick in die Vergangenheit hilft uns, das Geschehene zu reflektieren und zu verstehen, wer wir sind. Erst dann können wir in der Gegenwart leben und uns der Zukunft zuwenden.

Durch die Reise in der Zeit standen Menschen an meiner Seite, bei denen ich mich bedanken möchte. Zunächst möchte ich die vielen fleißigen Helfer der Universitätsbibliothek Freiburg erwähnen, die im Stillen die Unmengen an Fachbüchern bereitstellen. Sie sind die Hüter einer unschätzbaren Wissensquelle. Wenn ich in der Universitätsbibliothek sitze und umgeben bin von jungen Studierenden und Tausenden von Büchern, dann sprudeln meine Gedanken wie von selbst. Ich fühle eine große Dankbarkeit, dass es solche Orte gibt.

Ganz herzlich möchte ich mich bei den Mitarbeiterinnen des Stadtarchives Vannes bedanken, insbesondere Frau Élisabeth Quémerais und Frau Odile Thomas. Bereits im

Vorfeld hatten wir einen sympathisch enthusiastischen Austausch, der nur durch das persönliche Kennenlernen in Vannes übertroffen wurde. Ich danke ihnen für ihre wertvolle Unterstützung und ihre Begeisterung.

Ein besonderer Gedanke geht an meinen Lektor Daniel Abt. Die Arbeit mit ihm war für mich unglaublich bereichernd und sein Enthusiasmus hat mich beflügelt.

Ohne meine Eltern gäbe es diesen Roman nicht. Er ist ein Stück weit ihre Geschichte, nun ist er meine. So gilt mein letzter Dank wie immer meiner Familie, insbesondere meinem Mann, der mich ermutigt, das zu tun, was ich am meisten liebe: Geschichten schreiben.

Meine Leser haben es zwischen den Zeilen bemerkt: In meinem Herzen habe ich eine innige Liebe zur Bretagne, die mich mit ihren lieblich rauen Landschaften und den grenzenlosen Weitblicken immer wieder verzückt. Wer die Schönheit dieser Region ganz in sich aufnehmen möchte, auf den warten unzählige Wanderwege entlang der Küste, zu denen der berühmte Zöllnerpfad GR 34 gehört, oder die weniger bekannten Strecken im verzauberten Landesinneren. Wer weiß, vielleicht treffen wir uns auf einem der unzähligen Wege?

Wer es nicht bis dorthin schafft, dem verrate ich gerne das überlieferte Rezept einer Ur-Bretonin, die über fünfzig Jahre lang ihre fünf Kinder mit dem Backen ihrer Pfannkuchen ernährt und aufgezogen hat. Ich sehe sie noch vor mir, wie sie in ihrer Rauchküche über ihrer Pfanne stand und ihre Bestellungen abgearbeitet hat, die die Kunden päckchenweise bei ihr abgeholt haben. Ich hatte das große Glück, einige Tage bei ihr zu sein und mit zu backen.

Rezept
der Buchweizenpfannkuchen
nach Mémé Yvette

Zutaten:

Ein Teil Buchweizenmehl
Eine angemessene Prise bretonisches Meersalz
Zwei Teile Wasser
1 Ei

Fett
Gesalzene Butter

In einer Rührschüssel das Mehl und das Salz vermengen
und mit einem Holzlöffel das Wasser nach und nach ein-
arbeiten. Mindestens fünf Minuten schlagen, dann das Ei
hinzufügen und weitere fünf Minuten vermengen. Bei
Mémé Yvette ging das alles mit der Hand. Wer möchte,
kann natürlich auf eine moderne Küchenmaschine zurück-
greifen. Den Teig mehrere Stunden oder über Nacht ruhen
lassen.

Eine große und flache Gusseisenpfanne mit einer Schwarte,
alternativ mit Öl, einreiben und stark erhitzen. Nacheinander dünne Fladen backen. Puristen essen sie am liebsten mit einem ordentlichen Stück gesalzener Butter, die

auf dem warmen Fladen langsam verläuft und auf die Finger tropft.

Tipp: Je nach Beschaffenheit des Mehls muss man kurz vor dem Backen Wasser hinzufügen, damit man einen dünnflüssigen Teig erhält.

Bon Appétit

Ihre
Astrid Lehmann

Astrid Lehmann
im Gmeiner-Verlag:

**Die Heilerin vom
Schwarzwald**
ISBN 978-3-8392-0343-9

Nur ein kurzer Sommer
ISBN 978-3-8392-0810-6

GMEINER SPANNUNG

WWW.GMEINER-VERLAG.DE
Wir machen's spannend